KB230904

- 여주인공의 자아 발달 과정 탐구 -

도리스 레싱의 작품과 분석심리학의 접목

- 여주인공의 자아 발달 과정 탐구 -

도리스 레싱의 작품과 분석심리학의 접목

박선화 지음

한국학술정보(주)

2007년 10월 11일에 스웨덴 한림원은 도리스 레싱을 노벨 문학상 수상자로 발표했다. 그녀의 작품들 가운데 가장 두드러진 작품으로 1962년에 발표된 『황금색 공책』(*The Golden Notebook*)을 꼽으며, "여성주의 운동의 출현과 맞물린 개척자적인 작품으로, 20세기의 남성과 여성의 관계를 보여주는 소수의 저작 중 하나"라고 설명했다. 또한 한림원은 레싱을 "회의와 열정 그리고 미래를 내다보는 힘을 지닌, 여성 경험을 바탕으로 분열된 문명을 철저히 비판한 서사 시인"(that epicist of the female experience, who with scepticism, fire and visionary power has subjected a divided civilization to scrutiny)[1] 이라고 평가했다. 그리고 한림원은 『마라와 단』(*Mara and Dann* 1999) 같은 작품들에 대해 "인류로 하여금 더 원시적인 생활로 돌아가게 만드는 전 지구적 재앙에 대한 관점이 그녀에게 특별한 영감을 제공했다."며 "레싱으로 하여금 인간성에 대한 희망의 끈을 놓지 않게 하는 기본적 특징들이 좌절과 혼돈 속에서 나타나는 모습을 보였다."고 풀이했다.

레싱의 작품에서 '인간성에 대한 희망의 끈'을 볼 수 있다고 한 한림원의 평가는 필자가 도리스 레싱의 작품을 접하고 난 후 가졌던 느낌과 크게 다르지 않으며, 나아가 이것이 필자로 하여금 십 년이 넘도록 레싱의 작품에 매달리게 하는 동인이기도 하다. 필자는 레싱이 일생을 아우르는 작품에는 인간성에 대한 희망이 끈끈하게 배어 있다고 보기 때문이다. 예를 들어, 『풀잎은 노래한다』(*The Grass is Singing* 1950)는 거대하고 암울한 아프리카 초원 위에서 벌어지는 한 백인 여성의 죽음에 대한 비극적인 이야기인 듯싶다가 그녀의 살인에 대한 명확한 이유를 밝히지 않음으로써 읽는 독자에게 그녀의 살인을 그녀가 선택한 능동적인 죽음으로도 유추해 볼 수 있는 가능성을 남긴다. 성장소설 5부작 『폭력의 아이들』(*The Children of Violence* 1952 – 1962) 시리즈의 첫 번째 작품인 『마사 퀘스트』(*Martha Quest*) 또한 여주인공 마사가 결혼의 덫에 갇힌 것으로 그녀의 발전된 모습이 끝에 달한 것처럼 보이지만, 그녀의 발전적 여지는 이 시리즈의 마지막 작품인 『사대문의 도시』(*The Four – Gated City*)로까지 이어진다. 페미니즘의 한 정점이자 레싱의 최고 작품으로 손꼽히는 『황금색 공책』은 분열된 의식을 지닌 작가 여주인공이 작품의 끝에서 그녀의 분열을 극복하고 진정한 작가로 거듭나는 긍정적 결말로 이어지는 것으로 전개된다. 1979년부터 1983년

까지의 『아르고스의 캐노푸스』(*The Canopus in Argos*) 환상소설 시리즈
에서 또한 레싱은 현실 세계에서 극복할 수 없는 인간의 한계를 우
주로 끌어올려 우리 인간이 당면한 문제, 특히 성차의 문제를 초월
할 수 있는 희망의 메시지를 제시한다. 나아가 레싱은 『다섯째 아이
』(*The Fifth Child* 1988)에서 시작해서 『마라와 단』, 『벤, 다시 세상
에 나오다』(*Ben, in the World* 2000), 그리고 『틈』(*The Cleft* 2007)에
이르기까지 인간의 원시적 모습을 보여주면서 역설적으로 문명과
문화를 지닌 현대인이 상실한 의미들을 꼬집는 동시에 보다 나은
미래를 설계하도록 노력해야 한다는 것을 은연중에 촉구한다.
  후반기에 들어서 레싱은 그녀의 작품에 새로운 실험 기법을 구
사하거나 창조적 소제를 제시하지는 않지만, 그녀의 일관된 메시지
는 여전히 반영되어 있다. 특히, 후반기의 작품에서 엿볼 수 있듯
이, 그녀는 지금까지 자신이 걸어온 삶을 마무리하는 단계에 접어
들은 듯하다. 왜냐하면 그녀의 처녀작 『풀잎은 노래한다』에
제기되었던 문제를 다른 시각으로 다루고 있기 때문이다. 그녀의
이러한 시각의 변화는 이미 중반기의 작품에도, 의식적이든 무의식
적이든 간에, 어느 정도 반영되어 있다. 가장 큰 시각 변화를 보이는
화제 중 하나는 어머니‒딸의 관계라 할 수 있는데, 이는 그녀의 자

서전 『나의 속마음』(*Under My Skin* 1994)과 『그늘 속의 산책』(*Walking in the Shade* 1997)에서 밝혔듯이 바로 어머니와 자신과의 불편한 관계였다. 이러한 관계는 그녀가 『어느 착한 이웃의 일기』(*The Diary of a Good Neighbor* 1983), 『만약 노인들이 할 수만 있다면……』(*If the Old Could……* 1984), 『다시, 사랑에 빠지다』(*Love, Again* 1996), 『가장 달콤한 꿈』(*The Sweetest Dream* 2001), 그리고 『두 할머니』(*The Grandmothers* 2001) 등에서 늙은 여주인공을 등장시켜 지속적으로 그녀의 외면과 내면을 묘사하고 동시에 고찰하면서 탐구되고 나아가 그녀가 어머니 – 딸의 관계를 이해하고자 시도하는 것으로 표출된다. 2008년도에 출간된 부모의 이야기를 다룬 『알프레드와 에밀리』(*Alfred and Emily*)는 그러한 측면에서 레싱이 어머니를 이해하고자 노력한 데서 나온 산물이라 할 수 있다. 이 작품의 서문에서 레싱은 자신의 어머니가 실제의 삶이 아닌 다른 삶을 살았었다면 아마 이런 모습이었지 않았을까 하는 마음에서 이 작품을 썼다고 밝히고 있다. 아버지와 어머니의 갈등을 포함해서, 어머니와 자신과의 갈등은 근본적으로 세계 대전으로 야기된 것이라 볼 수 있다고 언급하는데,[2] 그녀는 아마도 전쟁, 이주, 농장 경영의 실패로 인한 가난하고 험한 상황에서 자신과 어머니와의 불편했던 관계는 이해 가능한 것이었다고 고백하는 듯하다. 이러한 그녀의 글쓰기의 여정에서 볼 수 있듯이, 레싱은 시대의 흐름에 순응하면서 인종차별, 성장소설, 페미니즘, 환상소설, 자서전 등을 넘나들며 20세기의 현상을 다루는 무수한 작품을 잉태해 왔다. 무엇보다도 그녀의 작가로서의 위대함은 고통과 절망의 무수한 이야기 속에서 인간애에 대한 희망의 메시지를 낚아 올린다는 데 있다 하겠다.

* * *

레싱의 일생은 그리 순탄치만은 않았다. 그녀는 1919년 지금의 이란 땅인 페르시아 케르만샤에서 태어난 뒤 1927년 영국인 부모를 따라 지금의 짐바브웨인 남 로디지아 지역으로 이주했다.

그녀의 아버지는 1차 대전에 참전했다가 다리 부상을 입었고, 전쟁 후 은행원 직업을 그만두고 농장 경영을 목적으로 로디지아로 옮겨갔다. 어머니는 원래 피아노를 전공했지만 첫 번째 연인이 전사하자 간호사가 되는 길을 택했고, 전쟁에서 부상당한 아버지의 간호를 담당했다가 결혼하게 되었다. 낭만적이며 이상적 성향을 지닌 아버지와 실리적이고 이성적인 성격의 소유자인 어머니 사이는 늘 불화가 끊이지 않았고, 레싱은 부모의 이러한 결혼 생활을 보면서 고독한 소녀기를 보냈다. 특히 현실과 동떨어진 사고를 지닌 남편에게 실망한 어머니는 레싱과 동생에게 지나친 열성을 보이다 못해 집착하기까지 해서 레싱은 이런 어머니와 항상 투쟁하는 관계에 있었다. 그녀는 어머니에게 반항하듯 열네 살에 교육을 중단하고, 이때부터 왕성한 독서와 광활한 아프리카 초원을 벗 삼아 작가로서의 소양을 쌓아갔다.

레싱은 두 차례 결혼하고 두 차례 이혼했으며, 세 명의 자녀를 두었다. 열아홉 살에 공무원 찰스 위즈덤(Charles Wisdom)과의 첫 결혼 생활은 1939년부터 1943년까지 이어졌다. 후에 동독의 우간다 대사를 지내기도 한 고트프리트 레싱(Gottfried Lessing)과의 결혼 생활은 1945년부터 1949년까지 이어졌다. 런던에 정착한 그녀는 1943년과 1949년 각각 이혼한 뒤 영국으로 이주했다. 그녀는 1950년 『풀잎은 노래한다』로 등단해 장·단편 소설, 시와 희곡을 넘나들며 다양한 작품 활동을 해 왔으며, 50년대 '앵그리 영맨'(성난 젊은이들)을 대표하는 작가로 활약했다. 또 그녀는 남아프리카공화국의 인종차별정책을 비판하고, 한때 영국 공산당에 몸담기도 했으나 1956년 헝가리 혁명이 발생하면서 당을 떠났다. 이러한 다양한 경험을 바탕으로 레싱은 열거할 수 없을 정도로 다작을 남겼는데, 그러한 많은 작품만큼이나 다루는 주제도 다양하다. 또한 다채로운 형식을 시도해 오고 있는 레싱은 실험적 작가, 예측 불가능한 작가, 한편으로 인간의 미래를 내다보는 카산드라[3]와 같은 작가라고 불리기도 한다. 현재 그녀는 런던의 햄스테드(Hampsted) 지역에서 아들과 함께 거주하면서 고령에도 불구하고 작품 활동을 계속하고 있다.

* * *

레싱의 삼십여 편에 이르는 소설에서 필자는 네 작품을 선정하여 분석심리학자 에리히 노이만의 이론에 비추어 살펴보았다. 이는 다름 아니라 영문학 작품과 분석심리학의 접목을 통해 영문학 작품을 새롭게 읽을 수 있는 하나의 방법을 모색한 것에서 나온 것이다. 한때 인문학의 위기설이 회자되면서 필자는 그 위기감에 휘둘려 인문학과 살아남을 수 있는 방법을 찾으면서 고민했었다. 그때 영문학 작품과 분석심리학의 만남은 하나의 돌파구를 제시해 주었다. 학제 간의 연구를 통해 텍스트 이해와 비평에만 한정되었던 연구 방법을 탈피할 수 있었고, 동시에 인간의 삶을 반영한 영문학 작품을 인간애를 기본으로 하는 분석심리학[4]의 시각으로 읽어 가면서 보다 심오한 인문학 세계를 접할 수 있는 기회를 가지게 되었기 때문이었다. 그래서 이 작업을 하는 동안 무수한 좌절을 겪어야 했지만 한편으로 그 속에서 기쁨의 순간도 많이 경험했다.

이 책에서는 노이만의 공포의 어머니 이론에 비추어 레싱의 네 작품에 나타난 여주인공의 자아 발달 과정을 살펴보았다. 네 작품은 공포의 어머니 – 자아 관계에 비추어 여주인공이 단계적으로 좌절, 대항, 성공, 승화를 거치는 과정에 맞추어 선정되었다. 즉, 노이만의 자아 발달 단계와 레싱의 여주인공의 발달 관계를 효과적으로 고찰할 수 있었다. 또한 작품에서 여주인공의 자아 발달 과정을 그녀의 의식뿐 아니라 무의식 세계에서 전개되는데, 그 과정을 공포의 어머니 – 자아 관계에서 나타나는 공포의 어머니의 구현 대상과 자아의 이미지로 설명하고자 했다.

지면이 한정된 한 권의 책에 모든 것을 담을 수는 없지만, 영문학 작품과 분석심리학을 접목시키고자 한 이 시도가 앞으로 이러한 분야를 연구하고자 하는 연구자에게 그리고 이 분야에 관심을 지닌 대중에게 시발점이 될 수 있기를 바라는 마음이다.

2009년 2월
박선화

| 일러두기 |

MQ Lessing, Doris. *Martha Quest*. New York: HarperPerennial, 1952.

GS _________. *The Grass is Singing*. London: Paladin Grafton Books, 1950.

GN _________. *The Golden Notebook*. New York: Simon & Schuster, Inc., 1962.

DGN _________. *The Diary of a Good Neighbor* in *Diaries of Jane Somers*.
New York: Penguin Books, 1984.

OHC Neumann, Erich. *The Origins and History of Consciousness*. (Bollingen Series XLII), trans. R. F. C. Hull. New Jersey: Princeton UP, 1954.

GM _________. *The Great Mother*. (Bollingen Series XLVII), trans. Ralph Manheim.
New Jersey: Princeton UP, 1955.

AP _________. *Amor and Psyche*. (Bollingen Series LIV), trans. Ralph Manheim.
New Jersey: Princeton UP, 1956.

FF _________. *The Fear of the Feminine*. (Bollingen Series LXI), trans. Boris
Matthews, Esther Doughty & Michael Culling worth.
New Jersey: Princeton UP, 1994.

* 이 책에서 주로 인용되는 도리스 레싱의 네 작품과 에리히 노이만의 네 작품은 위
와 같이 약칭으로 표기할 것이며, 본문에서 괄호 안에 약칭과 페이지 수만을 기입
하기로 한다.

1

들어가며

　　1950년 처녀작 『풀잎은 노래한다』(*The Grass is Singing*)를 필두로 하여 현재까지 활발한 작품 활동을 하고 있는 도리스 레싱(Doris Lessing: 1919 –)은 그녀의 작품에서 식민지주의, 인종 갈등, 개인과 사회의 갈등, 남녀관계, 정치적 주제, 심리적 주제 등의 다양한 주제를 다루어 오고 있다. 즉 레싱의 작품 세계는 인간 사회에서 벌어지는 전쟁, 사랑, 정치 등을 포괄하고 있으면서, 우주와 인간의 내면세계를 담고 있어서 매우 다채롭다. 레싱의 다양한 주제만큼이나 그녀의 작품에 대한 연구[5]도 다각적으로 이루어지고 있으며, 그녀의 명칭 또한 막시스트, 페미니스트, 신비주의[6] 작가 등 다양하다. 이처럼 레싱이 다양한 관점을 지니게 된 것은 그녀가 작품 활동을 전개했던 시대 상황과 밀접한 관련이 있다. 20세기 후반은 자본주의가 팽배해지고, 가치관에 있어서는 합리적인 우주관이 전복되었으며, 문화적으로 20세기 초기의 모더니즘이 퇴조하면서 모든 측면에서 해체주의가 만연되어 있는 변혁의 시기였다. 무엇보다도 레싱에게 지대한 영향을 끼친 것은 조세핀 헨딘(Josephin Hendin)과의 인터뷰에서 밝히고 있듯이 1차 세계대전과 2차 세계대전이었다. 레싱은 이 전쟁으로 말미암아 모든 사람들이 비정상이 되고, 혼란을 겪고, 타락하게 되었을 뿐만 아니라 기계적

인간관계가 형성되고, 인간 의식의 분열이 극대화되었다고 보았다.[7]

레싱은 그녀의 작품을 통해 사회와 개인의 문제의 원인을 인간의 내부에서 탐색하기 시작하였다. 레싱은 등장인물들이 사회적 그리고 정치적 환경에서 비롯된 갈등을 극복하기 위해 내면의 탐구를 거치고 그러한 과정에서 자신들의 문제를 극복하는 것을 다룬다. 특히, 그녀의 처녀작 *GS*에서 이미 인간의 무의식 세계의 탐색을 선보였던 레싱은 『황금색 공책』(*The Golden Notebook* 1962)에서 본격적으로 그것을 탐구하고, 그녀의 무의식에 대한 탐구는 중기, 후기 작품, 즉 『어두워지기 전의 여름』(*The Summer Before the Dark* 1973), 『생존자의 회고록』(*The Memoir of a Survivor* 1974), 『다섯째 아이』(*The Fifth Child* 1988) 등에 이르기까지 계속된다.

레싱이 그녀의 작품에서 보여준 무의식의 탐구는 그녀가 분석심리학을 직접 경험한 것과도 무관하지 않다. 레싱은 로베르타 루벤스타인(Roberta Rubenstein)에게 보낸 편지에서 밝히고 있듯이 삼 년 동안 일주일에 두세 번 심리 상담을 받은 경험이 있었고,[8] 니사 토렌츠(Nissa Torrents)와의 인터뷰에서 분석심리학을 이해하기 위해서 직접 공부한 적도 있었다는 것을 언급하고 있다.[9] 이 사실에서 레싱 자신이 분석심리학에 지대한 관심을 가지고 있었음을 알 수 있고, 그러한 분석심리학에 대한 관심이 작품에 반영되었다고 볼 수 있다. 왜냐하면 그녀의 작품 구조나 등장인물의 정신세계 표현에서 분석심리학의 개념을 찾아볼 수 있기 때문이다.

이런 맥락에서 이 책은 에리히 노이만(Erich Neumann: 1905 – 1961)의 공포의 어머니 이론(the Terrible Mother)에 비추어 도리스 레싱의 『마사 퀘스트』(*Martha Quest* 1952), *GS*(1950), *GN*(1962), 그

리고 『어느 착한 이웃의 일기』(*The Diary of a Good Neighbor* 1983)를 분석하는 것을 목적으로 한다. 레싱의 작품을 노이만의 공포의 어머니 이론에 비추어 분석하는 이유는 네 작품에 나타난 공포의 어머니가 상징하는 무의식 세계를 살펴보는 것을 통해 레싱의 작품에 나타난 주인공의 심리를 보다 더 잘 이해할 수 있기 때문이다. 레싱은 조나 래스킨(Jonah Raskin)과의 인터뷰에서 밝혔듯이 "인간의 마음이 변해 가는 방식"[10]에 많은 흥미를 보였다. 그러한 흥미는 의식과 무의식에 대한 관심으로 이어져서 그녀의 작품에서 등장인물의 내면 묘사로 표출된다. 이러한 레싱의 글쓰기는 로베르타 루벤스타인이나 로렐라이 세더스트롬(Lorelei Cederstrom) 등과 같은 비평가들이 그녀의 작품을 카를 융(Carl G. Jung: 1875 – 1961)[11]의 분석심리학적 관점으로 분석할 수 있는 가능성을 열어 주었다. 그러므로 인간의 의식과 무의식을 연구한 노이만의 이론에 비추어 레싱의 작품 읽기는 그녀의 작품에 나타난 등장인물들의 내면세계를 들여다볼 수 있는 또 다른 시도가 될 수 있다.

노이만은 『의식의 기원과 역사』(*The Origins and History of Consciousness* 1954)에서 문학 작품을 분석심리학적 관점으로 해석하는 데 두 가지 방법이 있다고 주장한다. 하나는 작품에 나타난 등장인물들을 중심으로 해석하는 '구조적 해석'이고, 다른 하나는 작품의 등장인물이 작가의 심리를 재현 또는 구현하는 것으로 보는 '발생론적 해석' 방법이다.

> 예를 들어, 연극이나 소설과 같은 예술 작품의 모든 등장인물들처럼 자아의 신화적 인물은 이중적 해석을 요구한다. 다시 말해, 그 등장인물 자체

의 성격을 바탕으로 한 '구조적 해석'과 그 등장인물을 만들어 낸 작가의
정신의 표현과 구현이라고 간주하는 소위 '발생론적 해석'이 그것이다.

Like every figure in a work of art — for instance, in a play or a novel — the
mythological figure of the ego requires a dual interpretation, that is to say,
a 'structural' interpretation based on the nature of the figure itself, and
what we might call for short a 'genetic' interpretation which regards the
figure as the expression and exponent of the psyche from which it
springs(*OHC*262).

문학 작품을 해석하는 경우 두 방법은 상호 보완적으로 작용할
수 있다. 구조적 해석을 통해 등장인물들의 구조를 전체적으로 파
악하고, 그리고 발생론적 해석을 통해 구조적 해석의 여러 현상들
과 작가의 심리적 상황과의 관계를 밝혀낼 수 있기 때문이다. 작
품의 해석에 이 두 가지가 시도될 수 있지만, 본 연구에서는 레싱
의 작품에 나타난 등장인물들을 중심으로 분석하는 노이만의 '구
조적' 해석 방법을 사용할 것이다.

레싱의 작품을 분석하는 도구로 사용하는 노이만의 관점은 융이
이미 원형 이론에서 소개한 것이다. 융의 관점 대신 노이만의 관
점을 택한 것은 융의 관점이 남성 중심으로 전개되는 것과 달리
노이만은 여성성에 대해 심도 있게 연구하였기[12] 때문에 노이만의
관점을 사용하는 것이 여성 심리 발달 과정을 더 잘 살펴볼 수 있
다고 생각해서이다. 더욱이 이 책에서 다룬 레싱의 네 작품의 주
인공이 모두 여성이라는 것을 고려해 보면, 여성 심리에 대한 노
이만의 관점은 레싱의 네 작품에 나타난 여주인공의 내면세계를
이해하는 데 유용한 도구가 될 것이다.

2

자아와 공포의
어머니 이론

| 02 |

　작품 분석에 들어가기 전에 먼저 레싱의 작품을 분석하기 위해 채택한 노이만의 공포의 어머니 이론을 살펴볼 것이다. 공포의 어머니는 자아(the ego)[13]가 무의식에서 의식으로 나아가는 과정에서 경험하는 무의식의 힘이다. 무의식에 있는 모성과 관련된 모든 속성을 지닌 대모 원형(the Great Mother)은 긍정적 속성과 부정적 속성을 지닌다. 노이만은 긍정적 속성을 선한 어머니(the Good Mother)로, 부정적 속성을 공포의 어머니로 부르면서, 공포의 어머니 속성을 다음과 같이 정의한다.

> 무의식에 있는 압도하는 힘은, 즉 집어삼키는, 파괴적인 속성으로 나타날 수 있다. 그 속성은 죽음, 역병, 기아, 홍수와 연관된 살인적 여신이나, 본능의 힘, 아니면 파멸로 이끄는 연인의 모습으로 나타나든지 간에 그 속성은 비유적으로 말하면 사악한[공포의] 어머니로 나타난다.

> The overwhelming might of the unconscious, I. e., the devouring, destructive aspect under which it may also manifest itself, is seen figuratively as the evil mother, whether as the bloodstained goddess of death, plague, famine, flood, and the force of instinct, or as the sweetness that lures to destruction(*OHC*39－40).

　공포의 어머니 속성은 자아가 자신의 품에 있는 경우에는 작용하지 않다가 자아가 그 품에서 벗어나려고 하는 경우에 드러난다. 그러나 자아는 공포의 어머니에게서 벗어나 독립적 존재로 성장해야 한다. 이때 공포의 어머니는 강력한 방해자가 되어 자아의 발달을 방해한다. 이러한 공포의 어머니 속성은 다양한 이미지로 구현된다. 신화에서는 요정, 마녀, 정령, 사악한 여신, 동물 등의 모습으로, 그리고 인간의 모습으로는 어머니, 계모, 연인, 자매, 동료, 심지어 여성적 속성을 지닌 남성 등으로 제시된다(*OHC*89).

노이만의 공포의 어머니에 대한 이해를 좀 더 명확하게 하기 위하여 도표 1을 제시한다. 도표 1에서 볼 수 있듯이, 노이만은 무의식 세계를 네 단계로 구분한다. 첫째 단계인 원형 *본체*(Archetype *an sich*)는 눈에 보이지 않는 현상으로만 존재한다. 둘째 단계 우로보로스(the Uroboros)[14]는 여성적 속성과 남성적 속성을 지녔을 뿐만 아니라 긍정적 속성과 부정적 속성도 지니고 있다. 셋째 단계인 원형 여성(the Archetypal Feminine)은 우로보로스에서 분화[발달]된 상태이다. 이 세 단계 간에서의 이동은 유동적이고 쌍방적이다. 무의식의 넷째 단계 대모는 세 가지 속성, 즉 좋은 속성, 사악한 속성, 좋고-나쁜 속성을 지닌다. 좋은 속성은 선한 어머니, 사악한 속성은 공포의 어머니, 좋고-나쁜 속성은 대모로 구현된다. 다섯째 단계인 의식 세계의 중심은 자아이다. 여기에서 자아는 대모를 극복하고 아니마(anima)[15]를 만나는데 아니마는 여섯째 단계인 세계(the World)에 투사된다. 자아가 간접적으로 경험하는 원형 이미지는 세계에 인간이나 신의 모습으로 나타난다. 예를 들어 고르곤(Gorgon)은 공포의 어머니, 소피아(Sophia)는 좋은 어머니, 이시스(Isis)는 좋은 어머니와 공포의 어머니 속성을 나타낸다.

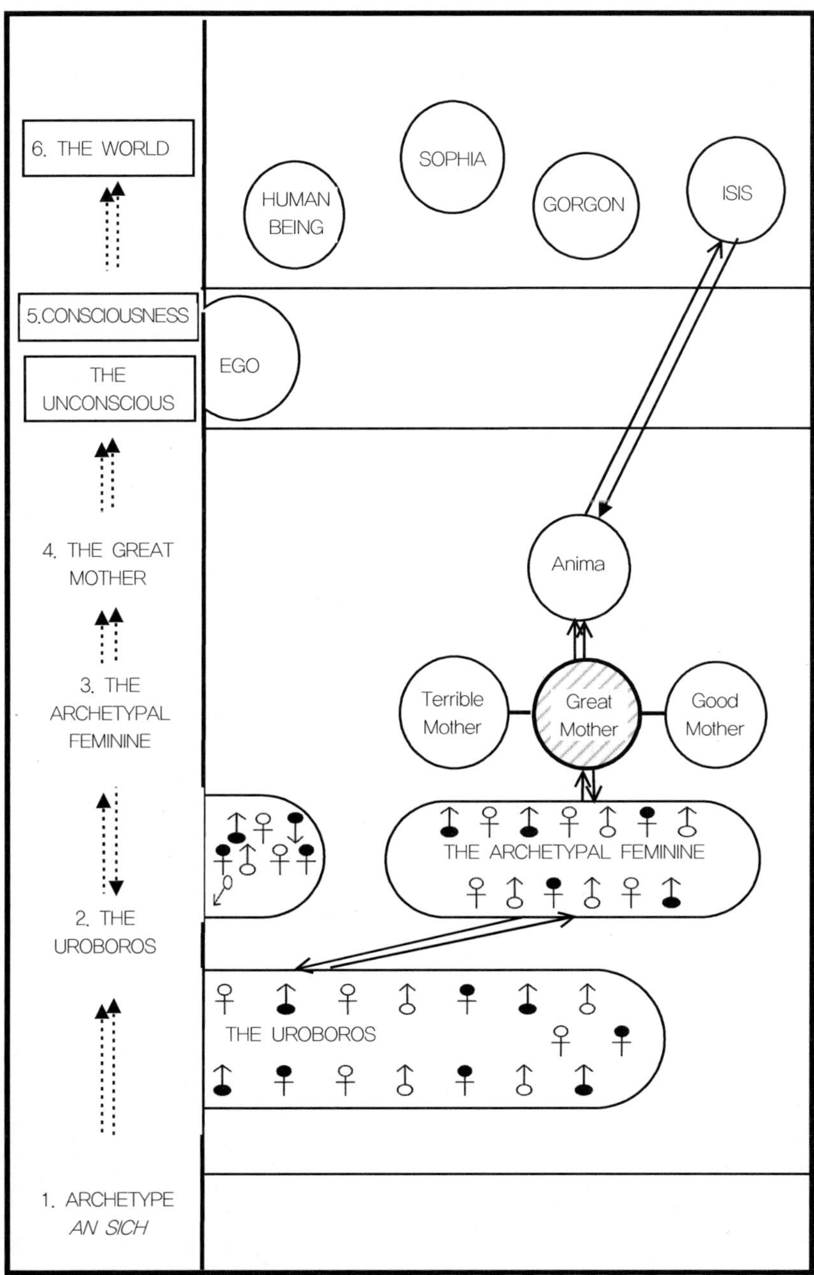

〈도표 1〉 노이만의 자아 발달 단계그림

<도표 1>에서 일반적으로 여성과 남성 구분에 사용되는 기호를 사용하였는데, 검정색은 부정적 속성을, 흰색은 긍정적 속성을 나타낸다. 노이만의 이론을 채택하는 데 있어 본 연구에서는 <도표 1>의 네 번째 단계에 해당되는 공포의 어머니를 주로 사용하고 있지만, 자아가 발달하는 과정은 <도표 1>에 제시된 단계들을 순환하면서 나아가는 것을 포함한다. 다시 말하면, 도표에서 자아 발달의 방향을 나타내는 화살표는 한쪽 방향으로만 제시되는 것이 아니라 양방향으로 제시된다. 그것은 자아가 무의식의 단계를 거치고 의식으로 나온 다음 다시 무의식으로 들어갈 수도 있음을 의미한다. 자아는 무의식에서 의식으로 나오면서 발달하기도 하지만 동시에 의식에서 무의식으로 퇴행할 수도 있다는 의미이다. 네 번째 단계 역시 자아가 무의식에서 의식으로 또는 의식에서 무의식으로 그리고 다시 의식으로 가는 유동적인 과정이다. 또한 이 책에서 중점적으로 사용하는 공포의 어머니는 자아의 발달을 방해할 뿐만 아니라 도와주기도 하는 속성을 지니고 있다. 다시 말해서 공포의 어머니는 앞에서도 지적했듯이 부정적 속성과 긍정적 속성을 모두 지닌 무의식에 있는 여성성이다. 노이만은 그러한 공포의 어머니 속성이 구현된 대표적 인물로 앞에서 언급했던 이시스[16]를 제시한다.

<도표 1>의 과정은 자아가 공포의 어머니를 만나 때로 공포의 어머니의 지배를 받고 때로는 공포의 어머니를 극복하면서 의식 세계로 가는 과정이기도 하다. 공포의 어머니는 자아 발달 과정에서 어느 한 단계에 한정되어 있는 속성이 아니라 모든 단계에서 작용할 수 있기 때문이다. 그러므로 공포의 어머니를 살펴보는 과정은 자아의 발달 과정을 살펴보는 것과 맞물려 있다고 할 수 있다.

자아는 공포의 어머니와의 관계에서 다양한 이미지로 나타난다. 자아의 이미지는 공포의 어머니의 지배를 받고 있는 상태에서는 아들-연인(son-lover), 투쟁자(struggler) 또는 남성 살인자(male-killer)로, 공포의 어머니를 극복하게 되면 영웅(hero)의 이미지로 나타난다. 공포의 어머니와 대면하는 과정에서 볼 수 있는 자아의 이미지들을 다음에서 아들-연인, 투쟁자, 남성 살인자, 영웅의 순서로 살펴본다.

1) 아들-연인

아들-연인은 공포의 어머니와의 관계에서 공포의 어머니의 지배하에 있는 존재이다. 아들-연인의 의식은 발달 초기 상태이기 때문에 공포의 어머니에게 강하게 대항하지 못한다. 신화에서 아들-연인은 강렬한 아름다움과 사랑스러움을 지닌 젊은이들로서 공포의 어머니에게 살해당하는 비운의 존재로 묘사된다. 이들은 아네모네, 수선화, 히아신스, 제비꽃의 신화와 연관되어 있다. 노이만은 아들-연인의 모습을 보여주는 대표적인 예로 나르시스(Narcissus) 신화를 제시한다(*OHC*50).

2) 투쟁자

투쟁자는 비록 죽임을 당하더라도 공포의 어머니에게 대항하는 자아의 모습으로 나타난다. 결국 투쟁자는 공포의 어머니에게 죽임

을 당하기 때문에 반영웅(anti-hero)과 유사하다. 노이만은 투쟁자
에 대해 다음과 같이 말한다.

> 투쟁자 단계는 의식 자아가 무의식에서 분리하는 것을 의미한다. 그러나
> 이 자아는 아직 최초 부모와 분리하여 성공적인 영웅의 투쟁을 밀고 나
> 갈 만큼 충분히 안정되어 있지 않다. 강조했듯이, 중심화[17]는 두려움, 도
> 망, 거부 그리고 저항으로 가장하여 표현되기에 처음에는 부정적인 것으
> 로 보인다. 그러나 자아의 이러한 부정적인 태도는 영웅이 직접 대모에게
> 대항하는 것처럼 대모와 직접 맞서는 것은 아니지만, 자아가 자기-파괴,
> 자기-거세, 자살로 스스로를 파괴하여 대모에게 대항한다는 것을 나타
> 낸다.

> The stage of the strugglers marks the separation of the conscious ego from
> the unconscious, but the ego is not yet stable enough to push on to the
> separation of the First Parents and the victorious struggle of the hero. As
> we have emphasized, centroversion manifests itself negatively at first, in the
> guise of fear, flight, defiance, and resistance. This negative attitude of the
> ego, however, is not yet directed against the object, the Great Mother, as
> it is with the hero, but turns against itself in self-destruction, self-
> mutilation, and suicide(*OHC*96).

공포의 어머니에게 대항하기 위해 자신을 스스로 파괴하는 모습
이외에도 공포의 어머니에게 자만이나 오만을 품는 자아는 결과적
으로 그 속성이 자신을 극단으로 치닫게 하기 때문에 죽음을 초래
하게 된다. 노이만은 오만 때문에 죽임을 당하는 대표적인 예로
이카루스(Icarus)를 제시한다(*OHC*188). 그리고 투쟁자는 강력한 존
재인 공포의 어머니에게 공포를 느낀다. 이 공포는 역설적으로 투
쟁자의 발달을 추진하는 힘이기도 하다. 공포의 어머니에 대한 강
한 공포 때문에 보이는 증상은 일반인에게서는 정신분열의 상태로
나타난다. 그럼에도 불구하고 스스로 자신을 파괴하는 투쟁자는 공

포의 어머니에게 무조건 굴복하는 아들-연인보다 자아 발달에서
더 발전된 모습이다.

3) 남성 살인자

자아의 의식이 발달하게 되면서 공포의 어머니는 무의식으로 밀
려나게 된다. 자아는 공포의 어머니를 무의식에 가두고 대신 선한
어머니의 모습만을 의식 세계에 남긴다.[18] 공포의 어머니 속성은
결코 사멸하는 것이 아니기 때문에 그 속성은 남성 살인자의 모습
으로 나타나 자아에게 영향을 미친다. 노이만은 남성 살인자에 대
해 다음과 같이 설명한다.

> 대모 신화 주기에서 남성 살인자의 출현은 자아가 진화적인 진보를 거두
> 었음을 의미한다. 이는 아들[자아]이 상당한 정도로 독립했음을 의미하기
> 때문이다. …… 남성 살인자는 아직 부계 속성을 지니지 않는다. 그는 자
> 기-희생을 행함으로써 스스로 배반하는 파괴적 속성을 나타내는 한 상
> 징에 지나지 않는다. …… 남성-여성 우로보로스에서 남성 적대자[살인
> 자]가 분리되는 것, 대모가 선한 어머니와 파괴적인 남성 배우자로 분리
> 되는 것에서 어느 정도의 의식 분화와 원형[대모]이 파괴되는 것을 볼 수
> 있다.

> The emergency of the male killer in the cycle of Great Mother myths is
> an evolutionary advance, for it means that the son has gained a greater
> measure of independence. …… No paternal character attaches as yet to the
> male killer; he is merely a symbol of the destructive tendency which turns
> against itself in the act of self-sacrifice. …… In the separation of the
> male antagonist from the male-female uroboros, and in the splitting of
> the Great Mother into a good mother and her destructive male consort,
> we can already discern a certain differentiation of consciousness and a

breaking down of the archetype(*OHC*95, 97).

　남성 살인자는 공포의 어머니의 대변자이자 공포의 어머니의 도구가 되어 자아를 공격한다. 동시에 남성 살인자는 공포의 어머니에게 사로잡혀 있는 자아의 모습을 상징하기도 한다. 남성 살인자는 공포의 어머니의 명령을 수행하는 역할밖에는 하지 못하기 때문이다. 그래서 공포의 어머니에서 남성 살인자의 분리는 공포의 어머니의 긍정적 속성과 부정적 속성이 양분되는 것을 의미하고 그것은 쌍둥이 형제 신화에서 나타난다. 자아는 쌍둥이 형제가 바로 자신의 무의식에 있는 부정적 속성임을 인식하고 자신에게 긍정적 속성과 부정적 속성이 공존한다는 것을 깨닫기 시작한다(*OHC*98).

4) 영웅

　세계가 상반물(opposites)로 이루어져 있음을 인식하고, 공포의 어머니로부터 벗어나기 위해 투쟁하면서 자아의식을 해방시키는 자아를 노이만은 '영웅'(*OHC*127)이라고 부른다. 영웅은 공포의 어머니를 살해하는 용 싸움을 치르는 단계로 나아간다. 용(dragon)은 이미 앞에서 공포의 어머니 속성이 동물로 나타난다고 언급한 것처럼 공포의 어머니 속성을 대변하는 한 상징으로 사용되고 있으며, 어머니 – 용은 영웅을 억압하는 무의식을 상징하고, 아버지 – 용은 의식 세계에서 영웅의 발달을 방해하는 기존 문화를 상징한다. 즉 어머니 – 용은 본성을, 아버지 – 용은 문화를 대변한다(*OHC*186).

용 싸움을 거친 영웅은 용에게 잡혀 있는 포로를 구출하게 된다. 용에게서 포로를 구출하는 것은 공포의 어머니로부터 여성 이미지를 해방하는 것, 어머니 원형에서 아니마가 구체화되는 것을 의미한다(*OHC*198). 이러한 업적을 이룬 영웅은 의식과 무의식의 통합(synthesis)을 이룬 자(*OHC*212)로서 정신 그 자체 안에서 이루어지는 성격 변화를 통해 자신을 새롭게 인식하게 된다.

이상에서 살펴본 바와 같이 자아는 공포의 어머니를 극복함으로써 영웅 단계로 발전해 간다. 여기에서 자아가 영웅이 된다는 것은 중심화(centroversion)에 이르는 것이다. 중심화는 자아가 무의식에서 나와 의식 빌딜을 이루고 사신의 부의식의 여성성을 만나 인격의 변화를 거치는 것이다. 노이만은 중심화를 '정신 자체 안에서 일어나는 자기 – 형성적(self – formative) 또는 개성화하는(individuating) 경향'(*OHC*219)이라고 부르고, '자기 – 형성(self – formation) 혹은 자기 – 실현(self – realization)'(*OHC*89)이라고도 칭한다. 자아가 중심화에 이르는 과정에서 공포의 어머니는 성장하려는 자아의 시도와 노력을 방해하거나 혹은 자아를 공격하거나 심지어 살해하는 속성을 보인다. 이러한 공포의 어머니 속성은 자아가 발달함에 따라 약화되어 가고, 마침내 자아가 공포의 어머니 속성을 포용할 수 있을 정도로 발달하게 되면 그 속성은 긍정적으로 변한다.

이상에서 살펴본 *OHC*에서의 자아 발달 과정은 레싱의 네 작품의 주인공들에서도 나타나고 있다. 이 과정을 살펴보기 위하여 이 책의 3장 *MQ*에서는 중심화로 가기 위해 노력하지만 공포의 어머니가 구현된 인물들의 방해를 받고, 원하지 않는 결혼을 치르는 마사의 아들 – 연인의 모습을 다루어 본다. 4장 *GS*에서는 비록 죽임을 당하기는 하지만 공포의 어머니에게 대항하는 메리의 투쟁자의 모습을 다루고, 메리를 살해하는 공포의 어머니를 대변하는 남성 살인자를 살필 것이다. 5장 *GN*에서는 애나가 자아 통합을 이루는 영웅의 모습을 다루고, 6장 *DGN*에서는 자아 통합을 이룬 제인이 변형을 거치고 타인에게 사랑을 베푸는 온전한 삶을 살게 된다는 것을 살펴보고자 한다.

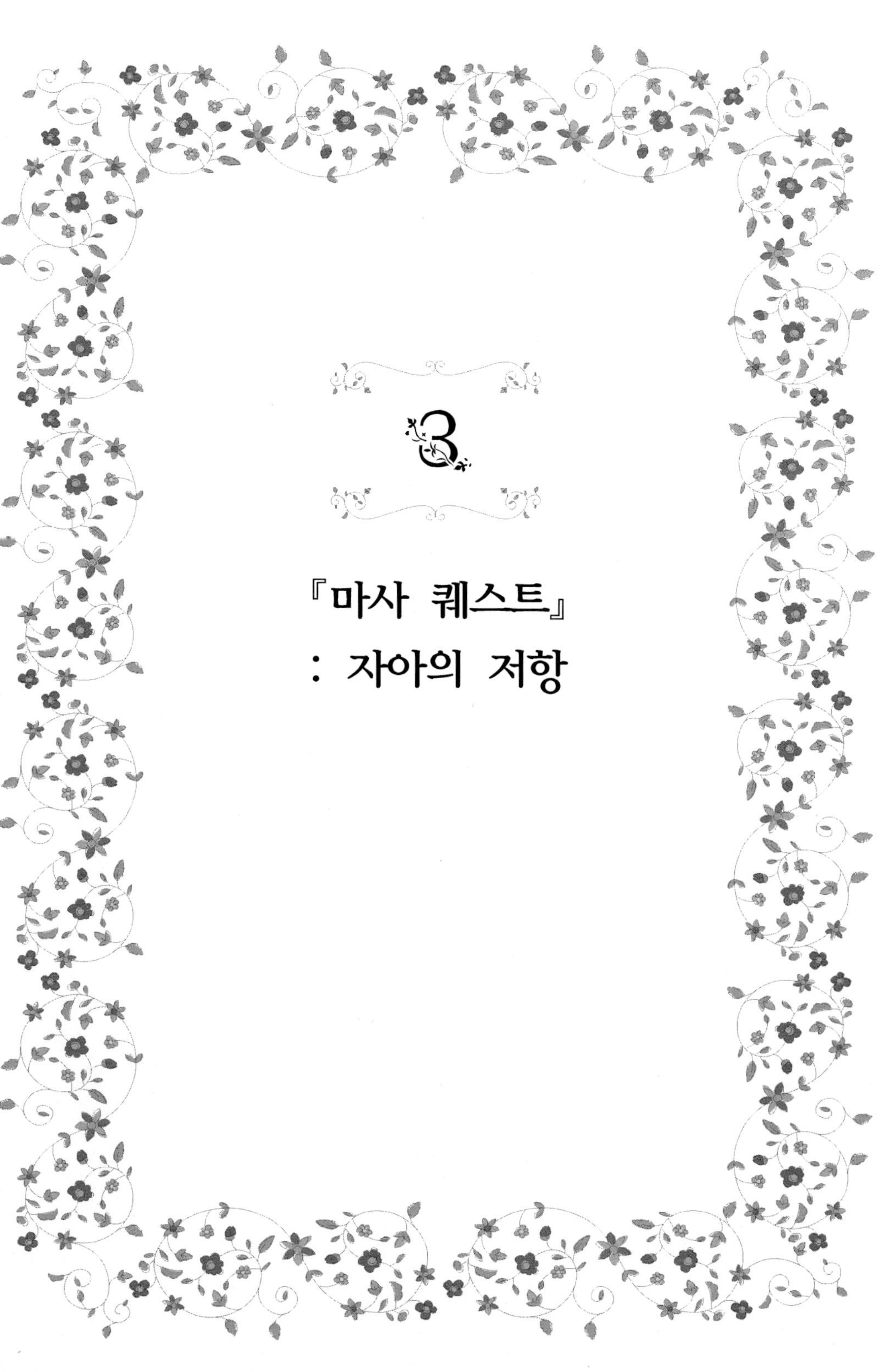

3

『마사 퀘스트』
: 자아의 저항

　도리스 레싱은 『폭력의 아이들』(*Children of Violence*) 시리즈[19])의 첫 번째 작품인 『마사 퀘스트』(*Martha Quest*)를 "젊은 주인공의 성장과 교육"[20])에 관한 작품이라고 하였다. 루스 휘태커(Ruth Whittaker)는 주인공의 이름에서 '퀘스트'(Quest)가 "탐색, 어떤 목표나 혹은 성배를 찾아 가는 여정"[21])을 의미한다고 주장하였다. 이러한 주장들처럼 이 시리즈의 첫 번째 작품인 *MQ*는 주인공 마사 퀘스트의 자아 발달 여정의 서곡이 된다.

　지금까지 *MQ*의 마사에 대한 연구 경향을 살펴보면, 로나 세이지(Lorna Sage)는 마사를 1930년대가 낳은 회의적인 인물이며 타성에 젖은 어머니의 삶을 답습하는 정체된 인물이라고 보았다.[22]) 마가렛 로우(Margaret Moan Rowe)는 마사가 "부모와 결혼의 구속에서 벗어나려 했지만", '눈에 보이는 세계와 보이지 않는 세계' 간의 대립에 직면하여 이 두 세계를 접목시키지 못하고 있다고 언급하면서 그녀의 자아 발달의 성공 여부에 질문을 제기한다.[23]) 도리스 레싱의 작품들과 사생활을 관련시켜 분석한 전기에서, 캐롤 클레인(Carole Klein)은 마사를 관습적인 삶에서 벗어나기 위해 노력한 인물[24])이라고 하였다. 로베르타 루벤스타인은 *MQ*가 "젊은 주인공 [마사]의 의식 성장을 보여준 것"이라 평하고, 마사가 농장에서 도시로 이동하면서 지적, 사회적, 그리고 성적 입문의식을 치렀다고 주장하였다.[25] 그리고 루벤스타인은 이 작품에 나타난 순환적 감금(circular imprisonment)의 구조를 강조한다.[26] 이 구조는 마사의 자아 발달이 순조롭게 진행되지 않을 것이며, 마사가 감금의 세계에서 벗어나려면 많은 노력과 희생을 치러야 한다는 것을 암시하는 것으로 볼 수 있다.

루벤스타인이 적절히 지적하는 순환적 구조는 마사가 어머니에 대한 반항으로 결혼을 하는 것에서, 그녀가 피하려고 그렇게 노력했던 어머니의 결혼과 유사한 결혼을 하게 되는 전철을 밟는 것에서 반복되어 나타난다. 다시 말해, 마사가 어머니로부터 벗어나기 위해 결혼하지만, 사실 그 결혼이라는 것은 또 다른 감금의 구조라는 것이다. 마사의 자아 발달 과정에서 결혼은 중요한 문제로 대두되며, 결혼이 마사 자신과 어머니 사이의 갈등 문제와 밀접한 관계가 있다는 것이 이 구조에 나타나 있다.

이처럼 *MQ*에서 마사와 갈등 관계를 형성하고, 그 결과 자아 발달을 방해하는 마사의 어머니를 노이만의 공포의 어머니 원형에 비추어 살펴볼 수 있다. 이 작품에서 마사는 어머니로부터 독립해서 자신이 원하는 삶을 살기를 추구한다. 그녀는 독립하기 위해 농장을 떠나 도시로 간다. 그리고 나태한 생활에서 벗어나기 위해 전문직 일을 하거나 작가나 시인 아니면 화가가 되기를 원한다. 그 삶을 위해 그녀는 많은 책을 읽는다. 그리고 어머니처럼 결혼해서 살지 않겠다고 결심한다. 그러나 이러한 그녀의 결심들은 쉽게 달성되지 않는다. 어머니가 그녀의 시도들을 방해하기 때문이다. 어머니는 자신이 딸에게 하는 행동을 딸을 도와주기 위해 하는 것이라 여기지만, 사실은 그녀의 자아 발달을 방해하게 된다. 이처럼 딸의 자아 발달을 방해하는 어머니가 바로 공포의 어머니이다. *MQ*에서 공포의 어머니 원형이 구현된 인물들은 마사의 어머니인 퀘스트 부인(Mrs. Quest), 도노반(Donovan), 앤더슨 부인(Mrs. Anderson), 스텔라(Stella) 등이라고 볼 수 있다. 이런 맥락에 비추어 본 장에서는 마사의 어머니와 주위 사람들이 마사가 하려고 하는 일을 방해하는 공포의 어머니 원형이 구현된 인물들이라는 것과, 마사의 자아의식과 공포의 어머니의 방해에 대한 마사의 저항을 살펴본 다음, 마사가 치르는 결혼에 대해 다루고자 한다.

1) 공포의 어머니가 구현된 인물들

공포의 어머니는 자아가 중심화로 가려는 시도를 방해한다. 그러면 공포의 어머니가 구현된 인물들, 마사에게 상처를 주는 인물들, 가난하고 무능력한 부모, 특히 마사의 성장을 인정하지 않는 어머니, 가난하다는 이유로 마사가 자신의 아들과 결혼하는 것을 반대하는 앤더슨 부인, 마사의 옷과 화장을 자신이 원하는 방식으로 하게 하는 도노반, 마사의 일에 간섭하는 스텔라 등을 살펴보도록 한다.

(1) 퀘스트 부인

마사의 자아 발달을 방해하는 첫 번째 인물로 어머니인 퀘스트 부인을 들 수 있다. 어머니는 마사가 항상 어린 딸이라고 생각한다. 그녀는 딸에게 나이에 맞는 대접을 해 주지 못하여 정신적 상처를 입힌다. 마사는 어머니가 자신의 신체적, 정신적 성장을 무시하는 것을 견딜 수 없다. 따라서 어머니와 마사의 관계에는 항상 대립과 갈등이 형성된다. 노이만의 주장에서 이미 살펴보았듯이, 이 관계는 자아가 공포의 어머니의 구속과 간섭에서 벗어나려고 할 때 두드러지게 보인다. 마사와 어머니의 갈등 관계는 그녀가 성장한 후 집을 떠난 경우에도 다른 사람들과의 관계에서 보인다. 마사가 어머니의 품을 떠났을 때 그녀는 어머니의 역할을 대신하는 사람들을 만난다. 따라서 마사와 다른 인물들의 관계는 어머니와 딸의 관계가 확장된 것으로 볼 수 있다. 예를 들자면 앤더슨 부인, 도노반, 스텔라 등이 퀘스트 부인의 역할을 대신한다는 것이다. 이 대리자들은 마사에게 긍정적인 영향보다는 부정적인 영향을 끼친다. 이러한 의미에서 퀘스트 부인은 마사에게 강력한 영향을 미치는 인물이라 볼 수 있다. 퀘스트 부인이 마사를 억압하고 부정적 영향을 끼치는 공포의 어머니라는 것을 다음 대목에서 알 수 있다.

> 영원불멸의 어머니(the eternal mother)인 그녀[퀘스트 부인]의 얼굴은 인내와 슬픔의 주름살을 보이며, 달콤하지만 해로운 망각의 구름 같은 잠과 죽음을 두 손에 장악하고 있었다. 이 모습은 마사 자신의 악몽에 나오는 흉악한 인물로서 본 어머니의 모습이었다.
>
> Her face fell in patient and sorrowful lines, the eternal mother, holding sleep and death in her twin hands like a sweet and poisonous cloud of forgetfulness — that was how Martha saw her, like a baneful figure in the nightmare in which she herself was caught(MQ38 − 9).

마사는 이미 꿈에서 어머니가 자신을 장악하고 있음을 인식한다.

퀘스트 부인이 마사에게 공포의 어머니로 보이는 예는 마사를 항상 품안에 있는 어린 자식으로 보는 것에서 들 수 있다. 퀘스트 부인은 마사가 열여섯 살의 나이인데도 불구하고 열세 살[27]이라고 우기며 자신의 영역에서 벗어나는 것을 원하지 않는다. 퀘스트 부인은 마사의 신체적, 정신적 성장을 인정하지 않는 것이다. 노이만에 의하면, 퀘스트 부인처럼 자아의 성장을 인정하지 않고 계속 자신의 품안에 두고 자신의 의지대로 다루려고 하는 것이 공포의 어머니가 보이는 속성 중의 하나이다. 이런 의미에서 마사의 성장을 무시하는 퀘스트 부인은 아들의 성장을 인정하지 않는 이시스의 파괴적 모습을 드러낸다.

퀘스트 부인은 아프리카에 살면서 인종 차별에 대해 매우 민감한 반응을 보인다. 이는 마사가 유태인 코언(Cohen) 형제를 만나는 것을 싫어하는 것에서, 이웃인 화란계 출신의 반 렌즈버그 부인(Van Rensberg)을 만나면서 뒤에서는 그녀를 비판하는 것에서, 그리고 흑인 하인들을 비난하고 경멸하는 것에서 찾아볼 수 있다. 특히, 어머니는 흑인 하인들을 신임하지 않는다. 어머니는 흑인들이 모두 "지저분하고, 더럽고, 끔찍하고, 하나같이 도둑이고, 거짓말쟁이이고, 요리도 못 하는"(MQ289) 것으로 여긴다. 이러한 어머니의 사고방식과 생활 습관에 반발심을 품고 있기 때문에 마사는 어머니가 하도록 원하는 모든 일에 반기를 든다.

퀘스트 부인이 지닌 공포의 어머니 속성은 마사가 어머니의 집을 '타원형'(MQ25)[28]이라고 언급한 것에서도 유추해 볼 수 있다. 2장에서 다루었듯이 분석심리학에서는 원 형태는 무의식을 상징한다. 노이만에 의하면 자아가 발달하기 위해서는 무의식 세계에서

나와야 한다. 이러한 주장들을 근거로 해서 살펴보면, 어머니와 마
사는 갈등 관계에 놓여 있음을 알 수 있다. 즉 어머니가 사는 집
은 마사가 성장하려면 나와야 하는 무의식의 세계를 상징한다고
볼 수 있기 때문이다. 마사는 어머니의 세계에서 벗어나고 싶어
한다. 어머니의 세계가 마사에게 만족감을 주지 못하는 것도 그
이유이다. 어머니는 마사가 회피하고자 하는 모든 기존 태도를 지
닌 축도(epitome)[29]로서 마사에게 혐오, 불신, 나태함, 무력감 등을
안겨 줄 뿐이었다. 그래서 마사는 다른 세계로 나가려 한다. 이미
꿈에서 어머니가 "잠과 죽음을 두 손에 장악하고"(MQ39) 있는 모
습으로 보인 것은 마사가 어머니와 대립하고 있음을 드러낸다. 이
러한 대립 관계에서 마사가 어머니 품을 떠나려 하는 것은 당연하
다. 그러나 어머니는 자신의 품을 떠나려 하는 마사에게 아직 그
녀가 어리다고 주장하면서 계속 붙잡아 두려고 한다.

퀘스트 부인이 마사의 자아 발달을 방해하는 공포의 어머니가
구현된 인물이라는 것은 퀘스트 부인이 마사의 삶에 대한 새로운
결심을 방해하는 것에서도 나타난다. 마사는 어머니를 떠나 도시로
나온 뒤 자신의 삶이 파티 때문에 흐트러진다고 여기고 한 파티에
초대받았을 때 그 초대를 거절한다. 마사는 파티에 가고자 하는
욕망을 억누르면서 자신의 미래를 위해 새로운 다른 일을 해야 한
다고 마음을 굳게 먹는다. 그러나 어머니가 보낸 편지 한 통이 마
사의 결심을 산산이 무너뜨리고 만다. 집안일에 대한 자질구레한
변명과 한탄이 담겨 있고 어머니의 속물근성을 다시 한번 일깨워
주는 편지를 읽고 마사는 어머니가 이제 편지로 자신을 간섭한다
고 여긴다. 그래서 편지를 읽으면서 그녀는 강한 분노를 느끼며

자신이 새 둥지에 갇혔다고 생각한다(*MQ*289). 그녀는 자신의 분노를 해결할 수 있는 방법은 파티에 나가는 것이라고 보고 다시 파티에 나가서 무절제한 생활에 젖어들고 만다. 여기에서 다시 한 번 퀘스트 부인이 마사를 혼란에 빠뜨려 그녀의 미래 설계의 결심을 백지화시키는 공포의 어머니 역할을 하는 것을 볼 수 있다. 또한 이는 마사가 어머니 이외에도 공포의 어머니가 구현된 다른 인물들의 유혹이나 방해에서도 자유로울 수 없다는 것을 암시한다.

(2) 도노반

퀘스트 부인과 마사의 관계는 도노반과 앤더슨 부인 관계에서도 되풀이된다. 이 구조는 마사와 퀘스트 부인의 관계를 보여주는 복선이라 할 수 있다. 앤더슨 부인은 아들 도노반을 돈을 빌미로 하여 무력하게 만드는 인물이다. 도노반은 어머니에게 억압당한 채 어머니가 원하는 대로 살아가는 나약한 인물이다. 마사는 그런 모습의 도노반을 보면서 혐오와 분노를 느낀다. 이는 그녀 자신이 어머니에게 지배당했을 때 보일 수 있는 자신의 모습일 수 있기 때문일 것이다. 그러나 마사와 같은 처지의 도노반은 그녀를 도와주는 역할보다는 퀘스트 부인의 대리인으로서 그녀를 억압하는 인물로 보인다. 이 관계는 그가 남자이지만 여성적 속성을 지니고 있다는 것에서, 그리고 마사를 돌보는 역할을 하지만 사실은 그녀를 억압하는 역할을 하는 것에서 보인다.

마사에게 남성으로 다가서기보다는 주로 딸을 대하는 어머니 역할을 하는 것에서 도노반이 지닌 여성적 속성을 볼 수 있다. 그는 마사가 입을 옷을 선택하고 손질함으로써 마사에게 관심을 보인다. 그는 마사를 이성으로서 느끼지 않는 듯하다. 이러한 면은 그녀를 파티에 데려가기 위해 옷 입는 것을 도와주는 장면에서 볼 수 있다.

> 도노반은 그녀 밑에 무릎을 꿇고 흰 옷을 손질했다. 그는 완전히 일에 몰두하고 있었다. 그녀는 그의 두 손 사이에서 수동적으로 마네킹처럼 움직였다. 그가 그녀의 가슴 위로 옷 천을 당기거나, 심지어 빳빳이 일어선 주름 사이로 그녀의 가슴을 볼록 솟아 보이게 강조하기 위해 그녀의 가슴을 두 손으로 받쳐 올려도 그녀는 티끌만큼의 부끄러움도 느끼지 않았다.

> Donovan kneeled below her and worked on the white dress. He was quite absorbed, and she turned passively between his hands like a dummy. She felt not a trace of self—consciousness when he reached up to pull the stuff across her breasts, even when he pushed them up with his hands, high into the stiff sharp folds with which he intended to emphasized them(*MQ*197).

이처럼 마사는 도노반에게 한 여성이나 이성의 대상이 아니다. 도노반은 파티에 선보이려 나가는 딸의 치장을 해 주는 어머니와 같다. 그는 마치 딸의 파트너가 그녀의 옷차림을 보고 찬탄하는 것을 바라듯 옷 손질에만 모든 신경을 쏟는다. 이 모습은 그가 마사의 파트너 역할보다는 유모 또는 감시자 역할을 더 원하는 것처럼 보이게 한다. 따라서 그는 그녀의 멋진 파트너가 될 수 있는 기회도 많았지만 스스로 그 기회를 저버린다. 마사도 도노반과 사귀는 것이나 정사를 나누는 것은 징그럽고 불가능한 일이라고 생각한다(*MQ*175). 이런 점에서 그는 남자의 외모를 지녔지만 정신적으로 거세된 여성 같은 남성이다.[30] 도노반이 여성의 속성을 지녔음을 보여주는 다른 예는 그가 실, 바늘과 밀접하게 연관되어 있는 것에서도 볼 수 있다. 바느질은 주로 여성의 일거리라고 할 수 있으므로 도노반이 주로 실과 바늘을 가지고 마사의 옷을 손질하는 모습으로 등장하는 것은 그가 지닌 여성적 속성을 잘 나타낸다.

도노반은 마사의 옷을 손질하며 도와주지만 그 행동 이면에 마사의 개성을 고려하지 않는 독선적인 태도를 지니고 있다. 그의 이러한 행동은 마사를 불편하게 한다. 이는 그가 퀘스트 부인의 대리자가 되어 어머니를 대신하여 딸의 옷을 준비해 주는 것이라고 볼 수 있다. 마사는 어머니가 입혀 주는 옷을 싫어했듯이 도노반이 원하는 방식으로 옷을 입는 것을 싫어한다. 도노반이 마사의 어머니처럼 마사에게 옷의 취향을 강요하는 것에서 그가 퀘스트 부인의 속성을 대변함이 암시된다. 또한 신화에서 운명의 망을 짜는 노른(Norn)31)이나 생명의 실을 감는 마녀들(the Weird Sisters)이 실 짜는 것과 연관되어 있다는 것에서 알 수 있듯이(OHC87) 바느질과 도노반의 연관 관계는 그가 지닌 부정적 속성을 암시한다고 유추해 볼 수 있다. 여기에서 마사가 파티에 가기 전에 도노반이 자신의 화장을 도와주는 것을 고맙게 여기기보다 적대적으로 느끼는 이유를 알 수 있다.

> 도노반은 그녀의 화장을 지워 버리고 자기가 다시 그녀 얼굴에 화장을 하는 동안 그녀에게 눈을 감게 했다. 그는 그녀의 머리를 만지고 또 만졌다. 그녀는 고분고분 따랐지만 마음이 갑갑했다. 마침내 그는 의기양양하게 그녀를 긴 거울 앞으로 데리고 갔다.
> "자, 매티. 모습을 봐."
> 마사는 보았다. 그녀는 기쁜데도 불구하고 불안했다. 이건 내가 아니라고 그녀는 느꼈다. 그 흰 옷의 단순성에는 약간의 괴상한 멋이 담겨 있었다.

Donovan wiped off her make-up, and made her shut her eyes while he
painted her face again. He arranged and rearranged her hair. She was
compliant, but impatient. At the end, he led her triumphantly to the long
mirror, and said,
"Now, then, Matty……"
Martha looked, and in spite of her pleasure, was uneasy. It was not
herself, she felt. The simplicity of that white dress had been given a touch
of bizarre(*MQ*201).

마사는 화장을 지우고 다시 자신의 방식대로 화장해 주는 도노
반이 그녀 자신의 개성을 지워 버리는 것 같아 불편하다. 그녀가
그를 싫어하는 다른 이유는 그가 여자는 모두 속물이라고 생각하
고 여자가 좋은 결혼을 하려면 지성보다는 돈이 많고 예뻐야 한다
고 생각하는 인습에 젖은 인간이기 때문이다. 마사는 처음에 도노
반이 자신의 미래에 도움을 줄 것으로 생각했었다. 그는 사회생활
에 대해 아무것도 모르는 마사에게 여러 가지 도움을 주었기 때문
이다. 그러나 마사는 그의 속물근성을 알고 나서 그가 싫어진다.

(3) 앤더슨 부인

마사에게 상처를 주는 공포의 어머니 원형이 구현된 또 다른 인
물은 앤더슨 부인이다. 이미 앞에서 언급한 대로 퀘스트 부인과
마사의 관계는 앤더슨 부인과 도노반의 관계에서 반복되어 보인다.
앤더슨 부인은 '억센 여자로 주위 사람들에게 거세 작용'[32]을 하
는 여자이다. 특히 그녀는 남편을 무력하게 만들고 도노반과 마사
의 관계에 적극적으로 가담하여 방해한다.[33]
앤더슨 부인이 돈으로 아들을 자기의 의지대로 다루는 장면은

그녀의 부정적 속성을 잘 보여준다. 그녀는 마사와 도노반이 결혼한다는 이야기를 퀘스트 부인에게서 듣고 두 사람을 만나자고 부른다. 앤더슨 부인은 가난한 마사를 며느리로 받아들일 마음이 없기 때문이다. 다음 장면에서 자신의 탐욕을 위해 아들의 결혼을 방해하는 그녀의 모습을 볼 수 있다.

"퀘스트 부인이 마치 너희가 결혼할 것처럼 말하더구나. 그래서 난 너희가 너무 어리다고 말했지. 그리고 도니를 결혼시킬 돈도 없다고……"
여기에서 마사는 분노로 얼굴이 빨개지며 소리쳤다.
"정말 참을 수가 없어요."
"그래, 매티. 미안하게 됐다. ……하지만, …… 아이, 정말 어렵구나. 너도 알다시피 우린 정말 무척 가난하고 그리고 ……"
마사는 자기 집의 기울어진 반빈곤 상태와 이 값비싼 집, 그리고 앤더슨 부인의 은밀한 사치스러운 생활을 생각하자 갑자기 웃음이 터져 나왔다. 또한 마사는 앤더슨 부인이 보여준 사소한 변칙에 대해 그 부인이 변명하는 것을 들으며 그녀가 어릴 때부터 가지고 있었던 어떤 의식이 마음속에서 떠올랐다. 그것은 퀘스트 가족의 가난도 그들을 위해 일하는 흑인 농노들이 보기에는 상상도 못 할 만큼 또 도저히 성취할 수 없을 만큼 부유하게 비친다는 사실에 대한 인식이었다. ……
"결국 남편도 은퇴했고, 우리는 부자가 아니란다. 난 돈이 좀 있긴 하지만 그렇다고 많진 않단다. 게다가 요샌 생활비가 비싸졌잖아?"
백만장자도 그의 여러 채 있는 집, 차, 요트를 가리키며 "이것을 유지하려면 많은 비용이 들어."라고 성내며 말할 것이다.

"Mrs Quest was talking as if you were getting married. I told her that you were both two young, and that we hadn't the money for Donny to marry……"
Here Martha flushed with annoyance, and exclaimed,
"It really is the limit."
"Yes, Matty, I'm sorry — but …… Oh dear, it is so difficult. You see, we are really very poorand ……"
Matty suddenly laughed, thinking of the oblique semi — poverty of her home, and of this expensive house, and of the secret luxurious life of Mrs.

Anderson: also, like a black screen against which this minor anomaly was exposed stood that knowledge she had brought with her from her earliest years: the fact that the poverty of the Quest family represented unimaginable and unreachable wealth to the black serfs who supported them. ……
"After all Mr. Anderson's retired, and we're not rich. I have some money but not much, and living is so expensive these days, isn't it?"
So too the millionaire, indicating his several houses, his cars, his yacht: 'But it all costs a lot to keep up', he says indignantly(MQ171).

앤더슨 부인은 눈물을 보이며 돈 때문에 두 사람을 결혼시킬 준비가 되어 있지 않다고 하소연한다. 그녀가 말하는 가난이란 백만장자가 가지고 있는 것을 유지하는 데 많은 돈이 든다고 푸념하는 것과 같은 이치이다. 그녀는 자신의 탐욕을 채우기 위해 써야 할 돈이 마사에게 지출되는 것을 견딜 수 없다. 그녀는 아들에게 분명히 가난한 마사와 결혼할 수 없다고 말한다. 여기에서 돈 문제로 아들과 마사의 결혼을 방해하는 앤더슨 부인은 공포의 어머니가 구현된 인물임을 알 수 있다.

(4) 스텔라

마사의 자아 발달을 방해하는 공포의 어머니 원형이 구현된 또 다른 인물은 스텔라이다. 스텔라는 마사가 도노반의 소개로 파티에 참석하면서 알게 된 여성이다. 그녀는 마사의 후견인 역할을 자칭하고 나서더니 마침내 마사의 개성적 성장을 가로막는 역할을 한다. 공포의 어머니 속성이 주위의 동료로 구현될 수 있다고 했듯이(OHC89), 마사의 자아 발달을 방해하는 스텔라는 공포의 어머니이다. 처음 마사는 스텔라를 만났을 때 그녀가 사람들을 압도하는 모습을 보고 매력적이라고 생각한다.

> 사람들이 귀를 기울이며 웃는 것은 그 이야기 때문이 아니었다. 스텔라는 이를테면 남편을 바탕 삼아 자신을 돋보이게 하고 있었던 것이다. 그녀는 꽉 끼는 밝은 빛 새틴을 입고 의자 팔걸이에 자세를 취하고 앉아 있었다. 그녀의 반질거리고 매끈한 황금색 살을 가진 육체는 거기 모인 모든 사람에게 특유의 언어로 말을 걸어오는 것 같았다. 그녀의 이러한 매력은 비단 양말 발끝에서 ─ 신발을 벗은 상태였다 ─ 매끈한 검은 머리에 이르기까지 묻어났다. 그녀의 머리는 가운데로 가르마를 타고 뒤에서 간단히 동그랗게 꼬아 올린 할머니가 하는 식으로 빗겨져 있었으나 그것이 무척 세련되어 보였다.

> It wasn't the story itself that they listened to, laughed at; for Stella was displaying herself, as it were, with her husband for foil. She poised herself on the chair arm, in her tight bright satin, and her sleek, smooth, golden ─ fleshed body seemed to speak to every person there in a language of its own. She was alive from her naked silk ─ covered toes ─ she had flung off her shoes ─ to her smooth dark hair, which seemed so sophisticated, though it was arranged as her grandmother's might have been, parted in the middle and coiled behind in a simple bun(*MQ*220).

스텔라가 마사를 비롯한 사람들을 압도하는 매력을 지녔다는 것은 그녀의 파괴적인 힘을 보여주는 것이기도 하다. 노이만은 공포의 어머니의 속성 중의 하나가 아름다움을 내세워 상대방을 파괴하는 힘이라고 주장한다(*OHC*60). 그는 신화에서 아프로디테(Aphrodite)가 이 역할을 한다고 보는 것이다. 아름다운 외모를 지녔지만 그 이면에 파괴적인 힘을 지닌 아프로디테의 매력은 스텔라의 매력과 유사하다. 스텔라의 화려한 외모는 눈 먼 벌들을 유혹하는 독을 품은 꽃과 같고, 사람들을 달변으로 유혹하는 모습은

자손 번식을 위해 교미한 후 수컷을 잡아먹는 거미(*OHC*87)를 연상
시킨다. 마사는 이처럼 스텔라의 외모에 현혹되어 그녀를 부러워한
다. 그러나 스텔라의 파괴적인 힘은 점차 마사에게 부정적인 결과
를 가져온다.

스텔라가 지닌 공포의 어머니 모습은 파티 하는 것을 좋아하는
데서도 볼 수 있다. 그녀가 즐기는 파티는 사람들을 모이게 하고
즐겁게 놀 수 있는 기회를 제공한다. 술과 음식을 제공하는 그녀
는 사람들을 행복하게 만드는 것처럼 보인다. 그러나 파티는 사람
을 즐겁게 만들지만 반대로 사람들을 파멸하게도 한다. 음식과 술
이라는 것은 인간의 의식을 마비시키는 역할을 하기 때문이다. 신
화에서도 영웅에게 술은 독과 같은 것으로 소개된다.[34] 또한 그리
스 동남부의 고대 아르고스(Argos)에서는 아프로디테를 위해 벌인
축제를 히스테리(hysteria)라 불렀다고 한다. 이 용어는 그리스어로
'자궁'을 의미하며 동시에 '감정의 혼란 상태' 또는 '최면제'와 같
은 의미로 쓰였다(*OHC*86). 이 점에서 광란의 파티와 연관된 아프
로디테의 모습이 마사에게 술과 음식을 제공하는 스텔라에게서 보
인다. 마사도 새벽까지 이어지는 파티 때문에 점점 현실에서 멀어
지고 생활 리듬을 잃어버리며 일을 소홀히 한다. 스텔라가 파티에
서 즐거운 시간을 가지라고 하지만 이것이 오히려 마사의 삶을 방
해한다. 마사는 파티에서 짜릿한 흥분을 느끼지만 그 모임에 권태
를 느낀다. 마사는 먹고 마시고 노는 의미 없는 파티에서 정신적
허탈 상태에 빠진다. 이것을 자아가 공포의 어머니에게 보이는 적
대 감정에 비추어 볼 때, 마사가 자신도 모르게 자신을 억누르거
나 방해하는 자에게 적대감을 느끼는 이유는 공포의 어머니에 대

한 적대감과 같음을 알 수 있다.

스텔라가 공포의 어머니 원형이 구현된 인물임을 보여주는 또 다른 예로 유태인 출신 악사 돌리(Dolly)와 마사의 관계에 개입하는 것을 들 수 있다. 마사가 돌리와 사귄다는 이야기가 퍼지자 스텔라는 그녀를 불러서 그를 만나지 말라고 경고한다.

"너, 돌리하고 여기 오면 안 돼." 스텔라는 특유의 여성적인 목소리로 신중하게 말했다. 그것은 평소 때의 소리보다 몇 층 더 낮은 소리였다. 마사는 일부러 눈썹을 치켜 올리며 도노반을 보았다. 그러나 그는 외면해 버렸다. 그가 당황해하는 것이 분명했다.
"왜 안 돼?"라고 그녀가 퉁명스럽게 물었다.
스텔라의 얼굴빛은 보통 때보다 붉었고, 눈은 피하는 듯했다. 동시에 그녀는 동정적이고 독선적인 표정을 지어 보였다. 마사는 도노반을 당황하게 만든 것이 스텔라가 지어 보인 바로 그 표정이라는 것을 알아차렸다.
"우리 말을 듣는 게 좋아. 우린 너보다 나이를 더 먹었으니까."라고 스텔라가 부드럽게 말했다.
이것은 마사에게 사용하기에는 치명적인 논법이었다. 그녀는 똑바로 스텔라를 바라보며 수치스러운 부정직한 행동에 의해 충격을 받았다는 것을 분명히 전달하려 했다. 스텔라는 책임 있고 여성다운 위엄을 유지하면서 눈은 쾌씸하지만 고소해하는 듯이 빛났다.

"You shouldn't be here with Dolly", said Stella, in that discreet womanly voice of hers, which was several tones lower than her usual one. Martha elaborately raised her eyebrows and glanced at Andrew. He, however, looked away; he was obviously embarrassed.
"Why not?" she asked bluntly.
Stella's color was higher than usual, and her eyes were evasive. At the same time she managed to look both sympathetic and self—righteous. It was this look that Martha could see embarrassed Andrew.
"You should take our word for it", said Stella softly. "We're older than you."
This was a fatal argument to use to Martha; and she looked direct at Stella, meaning to convey by that look that she was shocked by what

seemed to be disgraceful dishonesty. Stella maintained the responsible, womanly dignity, while her eyes shone with scandalized delight(*MQ*245 − 6).

마사에게 돌리를 처음 소개한 사람은 스텔라였다. 그러나 마사가 그와 사귄다는 소문을 듣고 스텔라는 적극적으로 반대한다. 그 이유는 직접적으로 표현하진 않았지만 돌리가 유태인이라는 것 때문이었다. 여기에서 백인 여자가 다른 인종과 결혼하면 품위가 떨어진다고 생각하는 스텔라는 다른 인종에게 적대감과 불신을 지닌 퀘스트 부인을 연상시킨다. 이 점에서 스텔라는 퀘스트 부인의 역할을 대신하면서 마사의 일을 간섭한다고 볼 수 있다. 따라서 스텔라도 퀘스트 부인처럼 마사를 자기가 원하는 방향으로 끌고 가려 한다. 마사가 자기보다 어리다는 이유로 무조건 자신의 말을 들어야 한다고 주장하는 스텔라의 모습은 마사의 나이를 제대로 인식하지 않고 여전히 어린 딸로만 여기는 퀘스트 부인의 모습이기도 하다. 이는 퀘스트 부인이 옆에서 감시할 수 없을 때 스텔라가 어머니 역할을 하며 동시에 공포의 어머니로서 마사의 행동을 저지하는 것으로도 볼 수 있다.

스텔라는 또한 마사가 자신의 충고를 받아들이지 않자 자존심에 상처를 주어 울게 만든다. 그때 마사는 스텔라가 울고 있는 자신을 잔인하게 내려다보고 있는 것을 발견한다(*MQ*260). 자신이 원하는 대로 일을 해결한 것을 만족해하는 스텔라의 모습은 파괴적인 공포의 어머니로 보인다. 이때 입고 있는 스텔라의 검은 옷은 공포의 어머니 속성을 검은 동굴, 지하세계, 어둠 등으로 분석심리학자들이 묘사한 것을 상기한다면(*OHC*69) 스텔라의 부정적 속성을 암시한다고 볼 수 있다.

스텔라가 공포의 어머니 원형이 구현된 인물임을 보여주는 다른 예는 돌리 사건으로 지친 마사에게 잠을 자라고 권하는 것이다 (*MQ*263). 노이만에 따르면, 잠은 자아가 무의식 세계에 있다는 것을 의미하거나 무의식으로 퇴행한 것임을 보여주는 상징이다 (*OHC*15). 무의식으로 퇴행한다는 것은 자아의 정체성이 약화되고 자아가 미래를 명확하게 볼 수 없다는 것을 의미한다. 동화에서도 계모가 준 사과를 먹고 잠자는 백설공주나 숲 속의 잠자는 공주는 의식 세계에서 무의식 세계로 되돌아간 것임을 상징한다고 볼 수 있다. 이 공주들은 잠자는 동안 아무 일도 할 수 없다. 마사가 처음으로 파티에 참석하고 집으로 돌아왔을 때 퀘스트 부인 역시 마사에게 잠을 자라고 권한다(*MQ*108). 마사는 사악한 계모의 최면에 걸린 백설공주나 잠자는 공주처럼 며칠 동안 잠만 잔다. 여기에서 잠을 권하는 퀘스트 부인이나 스텔라는 마사가 배운 새로운 것을 잊어버리게 하기 위해 망각의 세계로 인도하는 부정적인 속성을 지닌 인물들이라 할 수 있다.

2) 마사의 자아의식과 저항

*MQ*에서 마사는 어머니를 비롯한 주위 사람들의 방해를 받으면서도 그녀 나름대로 자신의 앞길을 개척하려고 한다. 그러나 마사는 대학을 나오지도 않았고, 특별한 재주나 기술을 지닌 것도 아니어서 마땅한 일을 찾지 못한다. 다행히 도시에 있는 사무소에

취직하고 나서 마사는 더 나은 삶을 위해 준비하고 노력한다. 그러나 마사는 곧 유흥에 빠져서 직장 일보다는 사람들과 어울려 즐기는 삶에 빠져든다. 다음에서 마사의 그러한 모습을 엿볼 수 있는 예들을 통해 마사는 비록 공포의 어머니에게 저항하지만 여전히 공포의 어머니의 감시 하에 있는 아들-연인의 모습과 같다는 것을 볼 수 있다.

MQ에서 마사의 자아를 상징하는 사슴[35]이 등장한다. 마사는 시내에 나갔다가 차편이 없어 혼자 걸어서 집으로 가던 중 초원에서 사슴을 만난다. 마사는 어머니와의 끊임없는 다툼과 유태인 친구와 감정의 소모전을 벌이고 난 뒤라 울적한 마음이었다가 초원의 주변 경치가 너무 아름다워 잠시 행복을 맛본다. 그때 사슴이 그녀의 시야에 들어온다.

> 그녀는 조심스럽게 고개를 돌려 나무 사이에서 나와 몇 발자국 떨어진 곳에 조용히 서서 꼬리를 흔들고 있는 작은 수사슴 한 마리를 보았다. 그녀는 감히 눈을 깜빡일 수조차 없었다. 사슴은 그녀를 쳐다보다가, 양 귀를 세우고 고개를 돌려 덤불숲을 들여다보았다. 그러자 또 한 마리의 사슴이 나무들 사이에서 사뿐히 나오더니, 두 마리 모두 서서 그녀를 지켜보았다.

> She turned her head cautiously and saw a small buck, which had come from the trees and stood quietly, flicking its tail, a few paces away. She hardly dared to blink. The buck gazed at her, and then turned its head to look into the bush laying its ears forward. A second buck tripped out from the trees, and they both stood watching her(MQ73−4).

마사는 사슴을 바라보면서 자신과 짐승과 풀과 나무와 옥수수밭과 창공과 대지의 돌들이 서로 하나가 되어 가는 것을 느낀다.

그녀는 이것이 흔히 말하는 깨달음의 순간이라고 인식한다.36) 그
리고 그녀는 사슴을 보면서 자신이 여러 번 저격했던 사슴임을 알
아보고, 이제 자신과 이 감동적인 순간의 경험을 같이 한 그 사슴
을 쏘지 않으리라 결심한다.

　다소 안정된 마음으로 집에 돌아온 마사는 집에 들어가자마자
어머니와 다투기 시작하고 다시 절망을 느낀다. 다음날 일찍 마사
는 습관처럼 총을 들고 산책을 갔다가 어제의 사슴과 마주치게 되
었을 때 아무 생각 없이 총을 겨눈다. 그리고 하인을 시켜 그 시
체를 부엌으로 가져가게 한다. 마사는 어제의 경험을 까맣게 잊어
버리고 있었던 것이다. 마사 자신도 사슴이 자신의 총에 맞아 넘
어가는 것을 보고 놀라기는 했지만 "그게 뭐가 중요한 거
지?"(MQ79) 하면서 아무 일도 없었던 것처럼 잊어버린다. 이런 마
사의 태도에서 그녀가 자신의 미래를 스스로 망칠 수도 있음을 혹
은 그녀의 삶이 공포의 어머니의 간섭을 받아 부정적 방향으로 흘
러갈 수 있음을 엿볼 수 있고, 또한 이 사건은 그녀의 자아의식의
발달이 중단될 수도 있음을 암시하고 있다.

　메리의 자아의식을 엿볼 수 있는 또 다른 사건으로 마사가 열여
섯 살이 되었을 때 대학 입학시험을 포기한 것을 들 수 있다. 마
사는 우수한 학생이었음에도 불구하고 대학 입학시험을 치르기 일
주일 전에 시험을 포기하고 만다. 그 이유는 꽃가루가 날리는 계
절이어서 마사의 눈이 안질에 걸리고 그래서 책을 보는 데 약간
문제가 생겼기 때문이었다. 마사는 어머니가 자신의 눈에 문제가
있다고 확인하는 의사 진단서를 받아내자 공부를 포기하고 집으로
돌아와 버린다. 마사는 집에서 쉬는 동안 자신의 행동을 가끔 되

돌아본다.

> 그래서 열여섯 살의 마사는 빈둥대고 심심해하며 그리고 (비록 순간적인 것이어서 그 생각들이 곧 사라져버리기는 했지만) 가끔 '도대체 왜 자신이 시험을 치르지 않았을까, 아주 간단히 시험에 붙었을 텐데.'라고 혼자서 생각해 보곤 했다. 왜냐하면 그녀는 노력을 한 것도 아닌데 반에서 일등을 했었기 때문이었다. 그러나 마사는 이런 생각들을 분명히 직시할 수가 없어서 곧 머릿속에서 몰아내고 말았다.

> So here was Martha, at sixteen, idle and bored, and sometimes secretly wondering (though only for a moment, the thought always vanished at once) why she had not sat that examination, which she could have passed with such ease. For she had gone up the school head of her class, without even having to work. But these thoughts could not be clearly faced, so she shut them out(MQ36 − 7).

마사는 '바깥세상으로 가는 유일한 표'(MQ37)라 할 수 있는 시험을 포기함으로써 자신의 인생을 다시 시작할 수 있는 기회를 놓친 것이다. 마사는 열한 살 때에도 시험을 일주일 앞두고 병에 걸려 포기한 적이 있었다. 마사는 그 이유로 시험이 목전에 다가오면 시험에 대한 두려움을 감당하기가 힘들어서라고 고백한다. 여기에서 마사는 자아가 새로운 세상으로 나아갈 때 갖는 두려움과 유사한 감정을 느낀 것을 알 수 있다. 마사는 그 두려움을 극복하지 못하고 기존 상태에 안주하기로 한 것이다. 마사의 이러한 모습은 공포의 어머니의 품에서 벗어나지 못하는 아들-연인의 모습과 유사하다. 이처럼 자신의 문제를 직시하기를 회피하고 자신의 발전의 기회를 저버린 마사에게서 그녀의 미숙한 자아의식을 엿볼 수 있다.

마사의 자아 발달은 그녀의 미숙함에도 불구하고 어머니에게 반항하고 독립하려고 하는 과정에 나타나는데, 특히 마사와 어머니는 마사의 옷 문제[37]에서 첨예하게 대립한다. 어머니는 마사를 성장했다고 인정하지 않기 때문에 마사가 입는 옷에 간섭하고, 마사는 그런 어머니에게 반항한다. 그래서 열여섯 살이 되어 처음으로 파티에 나가는 자신에게 어린 소녀가 입는 분홍 드레스를 가져다주었을 때 어머니에게 반항하는 표시로 그 옷을 가위로 잘라 버린다.

"난 이제 더 이상 이런 드레스는 안 입을 거예요." 마사는 침착하게 말하려고 했으나 평상시와 같은 반항조가 튀어나왔다.
"하지만 얘야, 너 이 옷을 망쳤잖아. 우리가 얼마나 어려운 상황인지 알면서 말이다." 퀘스트 부인은 딸의 가슴과 엉덩이의 성숙한 모습에 놀라며 말했다.
"난 열여섯 살이에요." 마사는 이를 악문 사이로 소리를 죽이며 말했다.
"얘야, 착한 아이들은 이런 옷을 입는 거야……."
"난 착한 애가 아니에요." 마사는 말을 가로막으며 갑자기 웃기 시작했다.

"I'm not wearing this kind of dress any more", said Martha, trying to sound calm, but succeeding only in her usual sullen defiance.
"But, my dear, you've ruined it, and you know how badly off we are", said Mrs Quest, in alarm at the mature appearance of her daughter's breasts and hips.
"I'm sixteen", said Martha, between set teeth, in a stifled voice.
"My dear, nice girls don't wear clothes like this until……"
"I'm not a nice girl", broke in Martha, and suddenly burst into laughter(*MQ*29 - 30).

어머니는 마사에게 어머니가 원하는 옷을 입기를 강요하면서 마사의 발달을 방해한다. 그런 어머니에게 마사는 옷감을 사다가 드레스를 직접 만들어 입음으로써 반항한다. 여기에서 마사가 만든 어깨가 드러나는 하얀색 드레스는 어머니에게 강하게 반항하는 마사의 태도를 보여주는 한 상징이 되고 있다(*MQ*96).

마사는 어머니가 하는 일에 모두 반감을 품고 대드는 것이 자신이 악마(*MQ*14)에 씌웠기 때문이 아닌가 하고 생각한다. 그러나 이는 어머니의 품을 떠나려는 자아가 지닌 본성이라 할 수 있다. 노이만에 의하면, 자아가 대모의 품을 떠나려고 하는 것은 자아의 본성이며 이 시기에 대모는 공포의 어머니로 변한다(*OHC*16). 사실 마사는 자신이 어머니와 다른 존재라고 보며 자기 자신에 대해 자부심을 갖고 있다. 그녀는 어머니의 세계와 다른 자기 나름대로의 이상적 세계를 지니고 있다. 그 이상향은 어머니처럼 살지 않겠다고 하는 것을 보이는 의지의 표현이다.

> 마사는 경작된 땅 너머로 초원을 건너 덤프라이즈 언덕(the Dumfries Hills)을 바라보며, 이 사용되지 않고 있는 전원을 자기의 상상의 규모에 맞춰 보았다. 그녀는 거친 관목 숲과 주저앉은 듯한 나무 위로 하얗게 빛나며 솟아 있는 장엄한 도시를 떠올렸다. 그 도시는 늘어진 꽃으로 둘러싸인 테라스를 따라 가로수가 늘어서 있는 정사각형의 웅대한 도시였다. 거기엔 물이 철철 넘치는 분수가 있고 플루트 소리가 들리며 위엄 있고 아름다운 시민들이 흑인, 백인, 황인 모두 어울려 움직이고 있었다. 그리고 노인들은 쉬면서 북쪽 태생의 파란 눈과 흰 피부의 아이들이 남쪽 태생의 갈색 피부와 검은 눈의 아이들과 손을 잡고 놀고 있는 모습을 흐뭇해하며 바라보고 있었다. 그렇다. 그들은 인종이 다른 조상에게서 태어난 아이들이 멋진 고대 도시의 꽃밭과 테라스 사이에서나 하얀 기둥과 높은 나무들 사이로 뛰노는 것에 미소 지으며 흡족해하였다.
>
> ……
>
> 그녀는 위치가 분명하지 않은 황금 도시에 대한 상상을 하기 시작했다. 그곳에서는 대체로 관대하고 따뜻한 사람들이 풍부한 감정을 주고받았다. 그곳은 흑인, 백인, 황색인들이 평등하게 살고, 미움과 폭력이 없으며, 하얀 말뚝이 울타리를 이루고, 길들이 널찍하고, 가로수가 서 있는 사대문(four-gated)이 있는 당당한 도시였다.

She looked away over the ploughed land, across the veld to the Dumfries Hills, and refashioned that unused country to the scale of her imagination. There arouse, glimmering whitely over the harsh scrub and the stunted trees, a noble city, set foursquare and colonnaded along its falling flower—bordered terraces. There were splashing fountains, and the sound of flutes; and its citizens moved, grave and beautiful, black and white and brown together; and these groups of elders paused, and smiled with pleasure at the sight of the children — the blue—eyed, fair—skinned children of the North playing hand in hand with the bronze—skinned, dark—eyed children of the South. Yes, they smiled and approved these many—fathered children, running and playing among the flowers and the terraces, through the white pillars and tall trees of this fabulous and ancient city(*MQ*21).

⋯⋯

She started to dream of the golden city whose locality was vague, —where people altogether generous and warm exchanged generous emotions, ⋯⋯ the white—piled, broad—thoroughfared, tree—lined, four—gated dignified city where white and black and brown lived as equals, and there was no hatred or violence(*MQ*163).

마사가 꿈꾸는 세계가 어머니가 대변하는 세계와 대비되는 것은 어머니에 대한 그녀의 반발심이 표출되어 있기 때문이다. 마사가 상상하는 세계는 '사대문'이 있는 도시이다. 마사는 어머니 세계가 겉으로만 선을 옹호하는 것을 배척하고 자신이 원하는 세계는 선과 악을 모두 포용한 사대문의 도시라고 상상한다. 그러나 마사의 사대문 도시에 대한 상상은 현실성이 결여되어 있음을 볼 수 있다. 처음 마사는 사대문 도시를 상상하고 나서(*MQ*21) 일 년 후에 다시 그 도시를 상상하는데(*MQ*163) 여전히 같은 모습이다. 마가렛 로우가 적절히 지적하듯이,[38] 마사는 시간이 흘렀음에도 불구하고 이상과 현실을 접목시키거나 격차를 줄이기 위해 노력하지 않는다.

이처럼 정체되어 있는 마사의 모습은 그녀가 공포의 어머니로부터 쉽게 벗어날 수 없을 것이라는 것을 암시해 준다.

마사는 어머니를 비롯한 주위 사람들의 방해를 받을 때마다 자신에게 가해진 시련을 극복하는 한 방법으로 책을 선택한다. 그녀는 새로운 힘을 필요로 할 때마다 책을 읽는다. 현재의 향락보다 미래를 위해 책을 읽는 마사는 진 볼린(Jean Shinoda Bolin)이 그리스 여신들을 의인화하여 여성의 심리를 설명한 것에 의하면 처녀 여신 원형을 닮았다.

그리스 신화에 나오는 세 처녀 여신은 사냥과 달의 여신인 아르테미스, 지혜와 공예의 여신인 아테나, 그리고 신전과 가정의 여신인 헤스티아다. 이 세 여신들이 대표하는 성격은 여성 심리 중에서 자율적이고, 활동적이면서, 관계 지향적이지 않은 부분들이다. 이 부분들 중에, 외향적이고 업적 지향적인 원형은 아르테미스와 아테나이고, 내부 지향적인 원형이 헤스티아다. 이 세 여신은 여성 내면에 있는 자신의 능력을 개발하고 싶어 하고, 이익을 추구하며, 문제를 해결하고, 다른 이들과 경쟁하고, 글과 예술의 형식을 이용하여 자신을 표현하며, 정돈된 삶을 살고, 자신의 삶을 관조하는 내면의 동인들을 나타낸다. '자신만의 방'(a room of her own)을 갖고 싶어 하는 여성들, 자연 안에서 편안함을 느끼는 여성들, 지식을 얻는 데 기쁨을 느끼는 여성들 또는 고독을 즐기는 여성들은 모두 이 세 여신 유형들과 밀접한 관계를 갖고 있다.

The three virgin goddesses of Greek mythology are Artemis, Goddess of the Hunt and of the Moon; Athena, Goddess of Wisdom and Crafts; and Hestia, Goddess of Hearth and Temple. These three goddesses personify the independent, active, nonrelationship aspects of women's psychology. Artemis and Athena are outward—and achievement—oriented archetypes, whereas Hestia is inwardly focused. All three represent inner drives in women to develop talents, pursue interests, solve problems, compete with others, express themselves articulately in words or through art forms, put their surroundings in order, or lead contemplative lives. Every woman who has ever wanted "a room of her own", or feels at home in nature, or delights in figuring out how something works, or appreciates solitude, has a kinship with one of these virgin goddesses.[39]

볼린이 말하는 세 처녀 여신들 중에서 마사와 유사한 특성을 보이는 여신은 '지혜와 공예의 수호신' 아테나이다. 마사가 "글과 예술의 형식을 이용하여 자신을 표현하기" 위해 신문에 기고할 글이나 시 그리고 단편소설을 쓰는 것과 공원의 풍경을 스케치하는 것(*MQ*287)도 지혜의 여신 아테나와 밀접하게 연관된다. 그리고 마사는 많은 책을 읽는다. 그녀는 지성과 의지가 녹슬지 않게 하고 자신을 새롭게 각성시켜 주는 것이 책이라는 것을 알고 있었다. 농장에서 어머니와 대립할 때, 그리고 도시에 나와 스텔라나 도노반에게 진부함을 느꼈을 때, 마사는 조용히 책을 읽으며 '자신의 삶을 관조' 할 줄 안다. 과거를 청산하는 하나의 '탈피 과정'[40]이라 할 수 있는 병을 앓고 나서 제일 먼저 그녀가 한 일도 책을 읽는 일이었다.

> 그리고 나서 마사는 도시에 풀려난 젊은 여자가 하는 발견과는 다른 또 하나의 발견의 여정을 계속하였다. 그녀는 책으로 되돌아간 것이다. …… 그녀는 커다란 나무의 가지를 타고 보다 어두운 다른 가지로 날아가는 새와 같았다. 그러나 그 나무는 몸통이 없는 것처럼 안개 속으로부터 솟아 있었다. 그녀는 마치 이것이 그녀가 발견한 하나의 과정이기 때문에 안내자는 있을 수 없다는 듯이 책을 읽었다. 그녀는 둥우리를 짓기 위해 잔가지를 모으는 새처럼 읽어댔다. …… 이 독서의 시기에 그녀가 얻은 두 사람의 작가는 월트 휘트먼(Walt Whitman)과 데이빗 소로우(David Thoreau)였다. ― 그러나 그때 그녀는 어떤 사람들이 성경을 읽듯이 그들을 수 년 동안이나 읽어 왔었다. 그녀는 이 잠과 죽음과 마음의 시인들에게 매달렸다.

Then she returned to resume that other journey of discovery which alternated with the discoveries of a young woman loose in town: she returned to her books. …… She was like a bird flitting from branch to darkening branch of an immense tree; but the tree rose as if it had no trunk, from a mist. She read as if this were a process discovered by herself; as if there had never been a guide to it. She read like a bird collecting twigs for a nest. …… The two authors she brought with her from that period of reading were Whitman and Thoreau — but then, she had been reading them for years, as some people read the Bible. She clung to these poets of sleep, and death and the heart(*MQ*271, 273).

마사는 이 독서에서 힘을 얻어 한동안 다른 사람들을 만나지 않고 혼자서 조용히 미래를 설계한다. 그 일을 하는 동안 그녀는 용감하게 주위 사람들로부터 벗어난 것에 스스로 긍지를 갖는다. 하지만 위에서 그녀가 '잠과 죽음'의 시인들에게 매달려 독서했다는 것에서 알 수 있듯이, 그녀는 여전히 주위 사람들의 방해에서 자유롭지 않다는 것을 유추할 수 있다.

마사가 공포의 어머니에게 저항하는 또 다른 모습으로 스텔라, 도노반이 속해 있는 스포츠클럽에서 벗어나는 것을 들 수 있다. 스포츠클럽은 마사가 농장에 있을 때 퀘스트 부인이 그랬던 것처럼 마사의 발달을 방해하는 역할을 한다. 위선과 기만으로 가득 찬 이 클럽은 마사에게 집단의 획일성을 강요하기 때문이다. 개인은 자신의 의지가 아닌 집단이 강요하는 평가기준에 의해 행동하게 되면 현실을 직시할 수 있는 능력을 상실하게 되고, 그 결과 미래에 대한 희망을 가질 수도 없다. 특히 이 클럽은 아프리카 사회에서의 백인과 흑인의 갈등을 드러내면서 계급의 우월성을 강조하는 비인간적인 집단이었다. 이와 같은 집단에 합류하기를 거부하는 마사는 스텔라와 도노반의 영향에서 벗어나고자 하는 것이고, 그들이 대변하는 공포의 어머니에게 대항하는 모습을 보여준 것이다.

그러나 이러한 마사의 노력에도 불구하고 마사가 공포의 어머니의 강한 방해를 피할 수 없을 것이라는 것이 꿈[41]에 제시된다. 그 한 예로서 마사가 반 렌즈버그 부인 집에서 열리는 파티에 참석하기 전에 자신의 하얀 옷에 오물과 흙이 묻는 꿈(*MQ*94)을 꾼 것을 들 수 있다. 실제로 마사는 파티에서 남자와 키스하면서 멋진 하얀 드레스에 진흙을 묻힌다. 이것을 예상한 꿈은 마사가 그 파티에서 세상의 추함과 위선을 경험하리라는 예고이기도 하고 그녀의 미래가 흙 묻은 드레스처럼 망쳐질 수도 있음을 상징하는 꿈이라고 볼 수 있다. 그리고 대학 입시를 치르지 못했을 때에도 마사는 "기관차 바퀴 밑에 손발이 묶여 있거나, 모래 속에 허리까지 묻혀 있거나, 발밑에서 뒤로 물러나는 계단을 오르는"(*MQ*37) 악몽에 시달린다. 이 꿈 또한 마사의 미래가 험난하리라는 것, 그녀의 시련이 계속 이어질 것임을 암시하는 것으로 볼 수 있다.

3) 공포의 어머니의 방해

*MQ*에서 결혼은 마사의 자아 발달에 큰 영향을 미친다. 마사가 결혼하는 이유는 『풀잎은 노래한다』에서 주위 사람들의 요구에 따라 메리(Mary Turner)가 결혼하는 이유와 유사하다. 그러나 루스 휘태커는 마사가 메리와 다른 점이 있다고 주장한다. 그 다른 점은 마사는 '분명히 잘못된 결혼'을 하지만 강한 의지의 소유자이고

가차 없이 자신을 비판할 줄 아는 정직성을 지닌 인물이라는 것이
다.[42] 그녀의 결혼에 대한 강한 신념에도 불구하고 주위 사람들은
그녀의 결혼 문제를 강력하게 간섭한다. 이들은 마사의 결혼을 본
인의 의지와 상관없이 성사시킨다. 이러한 의미에서 마사의 결혼은
공포의 어머니 원형이 구현된 인물들이 합심하여 마사의 자아 발
달을 방해한 사건이라 할 수 있다.

마사는 더글라스 노웰(Douglas Knowell)을 만났을 때 자신의 정
신 수준에 맞는 남자를 찾았다고 생각한다. 그녀는 이 남자가 자신
을 구해 줄 '영혼의 동반자'[43]라고 본다. 그와 감정 교류를 나누면
서 그녀는 "본연의 자신"(herself)(*MQ*295)을 되찾은 듯싶었고, 세상
이 갑자기 아름다워 보이고, 미래는 약속으로 가득 찬 듯 보였다.
그러나 그녀는 결혼 통보를 하고 난 다음 더글라스를 포함하여 어
느 누구하고도 결혼하고 싶지 않은 자신을 발견한다(*MQ*304). 그녀
가 결혼에 갈등을 느끼는 것은 루스 휘태커가 적절히 지적했듯이
여성적인 수동성[44]에 기인한다고 볼 수 있다. 그녀는 결혼이 자신
이 분명히 원하는 것인지를 확신하지도 못한 채 타인들의 의지에
이끌려 가기 때문이다. 또 그녀가 결혼을 앞두고 갈등하는 것은 결
혼이 새로운 돌파구를 마련해 줄 것으로 생각하면서 동시에 그 결
혼이 자신을 가둘지도 모른다고 걱정하는 데서도 기인한다. 처음에
는 자신의 유일한 파트너인 것 같던 더글라스도 점차 한 평범한 남
자일 뿐이라는 것을 깨닫는다. 그래서 '마사의 결혼은 전통과 반역
의 반복'이라고 나영균이 지적하듯,[45] 그녀는 결혼을 앞두고 갑자
기 이 결혼을 해서는 안 된다고 속삭이는 내면의 소리를 듣는다.

이따금 냉정해지는 순간에 그녀는 언젠가, 아니 지금이라도 당장 결혼을 향한 이 치명적인 경사에서 멈춰야 한다고 생각할 때가 있었다. 마음 뒤 어디에선가 자기는 결코 결혼하지 않을 것이고, 나중에라도 결심을 바꿀 시간이 있으리라는 믿음이 있었다.

There were occasional cold moments when she thought that she must somehow, even now, check herself on the fatal slope towards marriage, somewhere at the back of her mind was the belief that she would never get married, there would be time to change her mind later(*MQ*307).

마사는 "젊은 여자는 남자가 존경할 수 있도록 처신해야 하지 요."(*MQ*15)라고 말한 반 렌즈버그 부인처럼 살지 않겠다고 결심했 었고, 애를 많이 낳아서 굵은 다리를 가진 아줌마는 되지 않겠다 고 생각했었다. 여러 아이들의 어머니가 되어 호들갑스럽고 이래라 저래라 요구가 많은 아줌마가 되는 것을 그녀는 불쾌하고 우스꽝 스럽게 생각했었다. 그러나 주위 사람들은 마사와 더글라스를 결혼 시키는 것이 자신들의 임무인 양 적극적으로 나선다. 사람들은 마 사 자신이 결혼을 해야 하는지 확신을 갖기도 전에 그녀가 당연히 결혼해야 한다고 말한다. 그중 스텔라는 자신이 결혼을 주도할 수 있는 적격자(*MQ*307)라고 공언하고 타인들도 이를 인정한다. 마사 가 결혼 후 살게 될 새 집을 구했을 때, 스텔라는 커튼 다는 일, 가구를 배열하는 것도 자신이 하겠다고 나선다. 그리고 마사의 신 혼여행에 동행하겠다고 한다. 이처럼 마사의 생각이나 취향을 전혀 고려하지 않고 독단적으로 결정하는 스텔라는 마사의 개성을 부인 하는 역할을 하는 인물임을 다시 한 번 보여준다.

마사에게 결혼이 하나의 속박이 될 것임을 상징하는 또 다른 예 가 있다. 그것은 어머니가 그녀에게 준 다이아몬드 반지이다. 마사

는 그 반지를 손가락에 끼었을 때, 불쾌하고 차가운 금속이 사슬
처럼 그녀의 살로 파고드는 느낌을 받는다.

퀘스트 부인은 손에서 다이아몬드 반지를 빼면서, 다소 죄책감이 담긴 목
소리로 말했다.
"이젠, 좀 현명해져야 돼. 사람들이 마사는 사랑스러운 반지 하나 안 끼
고 있다고 뭐라고 쑥덕거릴지 생각 좀 해 봐. 엄마를 위해서라도 끼고 있
으렴."
마사는 무관심하다가 평상시처럼 분노가 치미는 것을 느꼈다. 마사는 반
지를 집어 약혼 손가락에 끼웠다. 그 반지는 훌륭한 다섯 개의 보석이 박
힌 것이었다. 그러나 아름답지는 않았다. 다시 말하면, 그 반지는 한 줄
에 다섯 개의 값비싼 다이아몬드로 만들어진 것이었다. 마사는 불쾌했다.
게다가 차가운 금속이 사슬처럼 그녀의 살을 파고드는 기분이었다.

Mrs. Quest took a diamond ring from her finger, and said nervously,
sounding guilty,
"Now, do be sensible, think what people say, wear it for my sake, so
people won't think …… I mean, Marnie had such a lovely ring, and ……"
The usual anger rose in Martha, succeeded by a kind of apathy. She took
the ring, and slipped it on her engagement finger. It was a fine ring, a
conventional five—stoned affair, but it had no beauty; it was a ring that
said, Here are five expensive diamonds displayed in a row. Martha thought
it unpleasant; besides, the cold metal sank into her flesh like a
chain(*MQ*317).

이 반지는 프로메테우스(Prometheus)를 결박했던 쇠사슬처럼 마
사를 구속하는 하나의 상징이며, 그녀의 결혼이 순탄하지 않을 것
임을 예고하는 암시로 볼 수 있다.

지금까지 공포의 어머니가 구현된 인물들, 즉 어머니를 비롯하
여 도노반, 앤더슨 부인, 스텔라를 살펴보았고, 마사의 자아의식을
중심으로 공포의 어머니에 대한 마사의 저항이 좌절되고 결국 마

사는 원하지 않는 결혼을 하는 것을 다루었다. 레싱은 "현대사회에서 산다는 것은 기성 문명이 만들어 낸 사고방식에 자기 자신을 맞추어 사는 과정"46)이라고 보았는데, 여기에서 레싱은 현대인이 자신의 의지와 개성을 타인들이 원하는 규범에 맞추지 않고 자신이 원하는 방향으로 이끌어 가면서 산다는 것이 얼마나 힘든 일인가를 암시해 주고 있다. 마사의 경우에서 바로 그러한 현대인의 면모를 살펴볼 수 있다. 마사는 퀘스트 부인이나 도노반의 '여자는 지성보다 아름다운 외모를 갖춰야 한다.'고 보는 사고방식에 따랐다. 또, 주위 사람들이 그녀의 의견을 존중하지 않고 혼기가 찬 그녀가 결혼해야 한다고 했을 때 그녀는 원하지 않는 결혼을 했다. 이처럼 마사는 자신이 원하는 방향으로 가는 과정에서 많은 어려움과 사람들의 방해를 받았다. 그러나 그녀는 주위 사람들이 원하는 안일한 순응주의에 빠지지 않고 개성적인 삶을 추구하기를 계속 원하고 있다.

레싱은 '삶은 하나의 여정'47)이라고 보았다. 마사는 그 여정에서 성배를 찾아 길을 나선 오디세우스(Odysseus)와 같이 자신의 자아를 찾아 나선 오디세우스이다. 그녀가 중심화로 가는 여정에는 퀘스트 부인, 도노반, 앤더슨 부인, 스텔라처럼 마사를 방해하는 다른 사람들이 있을 수 있다. 이들을 극복하는 것이 마사가 해결해야 할 과제이다. 그녀가 이 모든 어려움을 극복했을 때, 노이만이 말하는 중심화에 더 가까이 다가갈 수 있다.

마사는 결혼을 받아들이면서 "이제 난 자유로울 수 있어, 그와 결혼할 필요도 없지."(MQ328)라고 생각한다. 동시에 그녀는 결혼을 하지만 "이 남자와의 결혼은 계속하지 않을 것"(MQ328)이라고 하는 내면의 목소리를 듣는다. 이 내면의 목소리는 그녀가 비록 주위 사람들에 의해 결혼하지만, 결혼 생활에 안주하여 아무 생각 없이 살지는 않겠다는 의지를 표명한다. 그 의지의 표현은 자신을 억압하고 방해하는 것을 극복하겠다는 의미이다. 결혼은 그녀를 완전히 장악하지 못할 것이고, 그녀의 노력의 종말을 의미하는 것은 아니다. 그러므로 마사의 중심화로 가는 '탐색과 탐험은 여기『마사 퀘스트』에서 끝나는 것이 아니라 여기에서 시작되는' 것이며, 그 여정은 계속 이어질 것임을 암시하고 있다.[48]

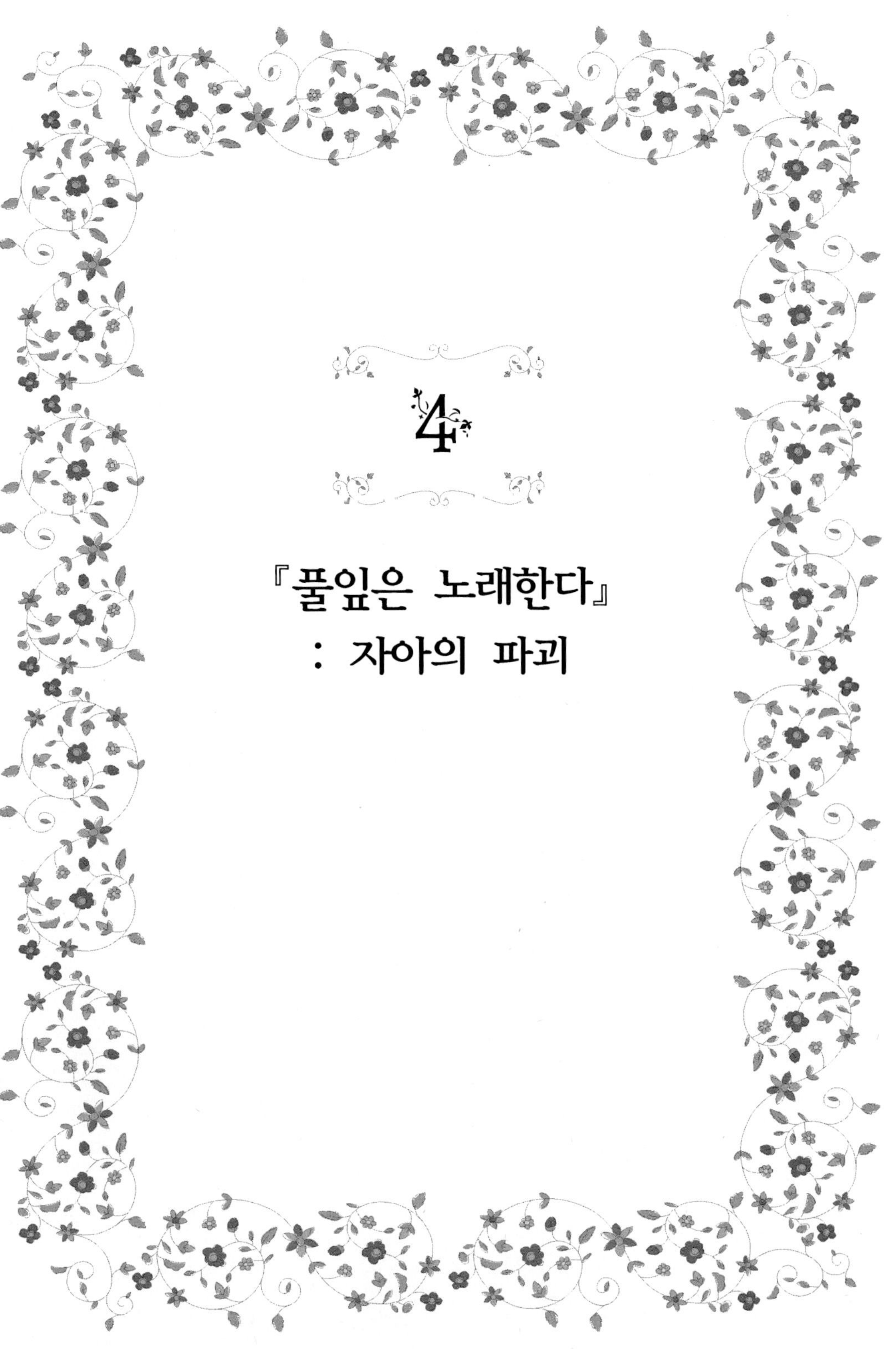

4

『풀잎은 노래한다』
: 자아의 파괴

┃ 04 ┃

『마사 퀘스트』에서 어머니와 주위 사람들의 방해를 받고 결혼이라는 감금의 틀에 갇히고 마는 것에서 마사의 자아 발달이 중단되는 것을 살펴보았다. 마사의 자아 발달은 『풀잎은 노래한다』에서 메리(Mary Turner)의 자아 발달의 여정으로 이어진다. 작품이 나온 순서는 *MQ*는 1952년, *GS*는 1950년으로 *GS*가 앞선 작품이지만, *MQ*를 *GS*보다 먼저 다룬 이유는 마사의 이야기는 결혼하기까지의 과정을, 메리의 이야기는 결혼한 후의 생활을 중점적으로 다루기 때문이다. 두 주인공은 유사한 환경에서 성장하고, 둘 다 원하지 않는 결혼을 치른다는 것에서 마사에서 메리로 이어지는 자아 발달이 연장선상에서 진행된다고 할 수 있다.[49]

그러나 메리의 자아 발달은 그녀의 죽음으로 끝나면서 실패한 것처럼 보인다. 이러한 메리의 실패는 이 작품의 전개 구조에서 강하게 암시된다. *GS*는 사건의 결말을 1장에 제시하는 것으로 시작하여, 이미 1장에서 제시되었던 결말을 향하여 펼쳐지는 순환적 감금 구조[50]를 지니고 있으며, 이러한 순환적 감금 구조 자체가 메리의 삶을 나타내 준다고 할 수 있다. 로베르타 루벤스타인은 이러한 순환적 감금 구조를, 벗어날 수 없는 메리의 현실을 둘러싸고 있는 서클이라고 보았다.[51] 이와 같이 벗어날 수 없는 서클

속에서 메리가 맞는 죽음은 그녀의 자아 발달이 실패임을 극명히 보여주는 듯하다.

그러나 메리의 죽음은 그녀의 자아 발달의 실패를 넘어선 보다 복잡한 의미를 함축하고 있다. 이는 지금까지 *GS*에 관한 대부분의 연구는 메리의 죽음이 개인과 사회의 갈등 구조에서 온 것이라고 보는 견해가 지배적이지만 메리의 죽음[52]을 여러 각도로 접근하는 것도 가능하기 때문이다. 레싱은 니사 토렌츠와의 인터뷰에서 "나의 첫 번째 소설인 *GS*에 모든 주제가 이미 다 나타나 있다."[53]고 언급하였다. 또한, 월터 알렌(Walter Allen)은 이 작품을 다양한 주제를 훌륭히 소화해 낸 가장 성공적인 처녀작의 하나라고 지적한 바 있다.[54] 이처럼 이 작품은 인종 갈등, 개인과 사회의 문제, 결혼과 사랑의 관계, 여성 문제, 빈부 차이로 인한 갈등 등 다양한 주제를 담고 있으며, 이러한 다양한 주제만큼이나 메리의 죽음의 이유도 여러 가지로 해석되어 오고 있다.[55] 특히, 로베르타 루벤스타인은 융의 관점에 비추어 메리의 정신분열과 죽음을 분석하고 그녀의 죽음이 사회와 개인의 갈등뿐만 아니라 그녀 내면의 무의식과 의식의 갈등에서도 기인하였다고 주장하였다. 유제분 또한 그녀의 죽음을 "그녀 자신의 내적 결함이 비극을 부른 것"[56]이라고 지적하였다.

위의 평자들이 적절히 지적했듯이, 메리의 죽음은 그녀의 무의식과 의식의 갈등에서 왔으며, 그녀가 더 이상 갈등을 극복할 수 없을 때 스스로 죽음을 자초한 것으로 보고, 그런 의미에서 그녀의 죽음을 노이만의 투쟁자와 공포의 어머니 관계에 비추어 살펴봄으로써 이 작품에 대한 이해의 폭을 넓힐 수 있을 것이다. 따라서 본 장에서는 노이만의 이론에 의지하여 공포의 어머니에게 대항하는 메리의 투쟁자로서의 모습과, 모세(Moses)가 공포의 어머니 속성이 구현된 인물이라는 것, 그리고 공포의 어머니에게 대항하는 메리의 모습이 모세에게 죽임을 당함으로써 강하게 표현된다는 것을 살펴보고자 한다.

1) 투쟁자로서의 메리

GS에서 메리는 공포의 어머니에게 죽음으로서 대항할 수밖에 없는 상황에 처하게 된다. 그녀는 공포의 어머니와 대적할 수 있을 만큼 강한 자아가 아니기 때문이다. 메리의 이러한 모습을 논하기 위해서 먼저 메리의 자아의식을 고찰한 다음 메리의 투쟁자로서의 모습을 살펴보기로 한다.

메리는 서른이 넘었지만, 나이에 맞지 않는 의식 수준을 지닌 인물이다. 그녀는 겉으로 보기에 항상 즐겁고 행복하다. 복잡하거나 어려운 것으로 보이는 일을 피해 버리거나, 아니면 그런 일을 심각하게 받아들이지 않기 때문이다. 자신이 편한 대로 생각하는 그녀의 단순한 의식 수준을 다음에서 확인할 수 있다.

> 메리는 한동안 삶의 재미를 앗아가는 초조감과 원인 모를 불만을 분명히 느끼곤 했다. 예를 들어, 영화 구경을 하고 나서 심히 만족스러운 상태로 잠자리에 들려고 하면 '또 하루가 가버렸다.'는 생각이 뇌리를 스치고 지나가는 경우가 있었다. 그리고 나면 시간이 단축되어 학교를 떠나 직장 생활을 하기 위해 도시에 온 이래로 지금까지의 시간이 불과 숨 한 번 쉴 정도의 순간밖에 되지 않는 것처럼 느껴지고 메리는 마치 저 밑에서

자신을 보이지 않게 도와주었던 버팀목이 사라져 버린 것처럼 다소 공포
에 사로잡히기도 했다. 그러나 분별력이 있고, 자기 자신에 대해서 너무
깊이 생각하는 것이 정신 건강에 해롭다는 사실을 확신하고 있었기 때문
에, 메리는 곧 잠자리에 들어 전등을 끈다. 잠이 들기 전까지 뒤척거리다
가 '이게 전부일까? 나이를 먹게 되었을 때, 내가 회고해 볼 만한 일들은
이것밖에 없을까?'라고 생각해 보기도 한다. 그러나 아침이 되면 메리의
기분이 다시 쾌활하게 되었으리라는 것은 두말할 여지가 없다. 메리는 자
신이 무엇을 원하는지를 몰랐기 때문이다.

She certainly did feel, at times, a restlessness, a vague dissatisfaction that
took the pleasure out of her activities for a while. She would be going to
bed, for instances, contentedly, after the pictures, when the thought would
strike her, 'Another day gone!' And then time would contract and it
seemed to her only a breathing space since she left school and came into
town to earn her own living; and she would feel a little panicky, as if an
invisible support had been drawn away from underneath her. But then,
being a sensible person, and firmly convinced that thinking about oneself
was morbid, she would get into bed and turn out the lights. She might
wonder, before drifting off to sleep, 'Is that all? When I get to be old
will this be all I have to look back on?' But by morning she would be
happy again. For she did not know what she wanted(*GS*39).

메리는 문제에 직면하면 그 문제를 진지하게 분석하고 생각하는
것이 아니라 그 문제에 대해 사고하는 것을 회피한다. 너무 많은
생각을 하는 것이 정신 건강에 해롭다고 생각하는 이러한 사고방
식은 그녀가 세상을 너무 수월하게 살아가려는 태도를 지니고 있
음을 드러낸다. 이 태도는 그녀의 자아 발달에 걸림돌이 될 수 있
다. 마가렛 로우는 메리를 미숙한 자아의식을 지닌 인물이라고 하
면서, 그녀의 미숙함의 이유 중 하나가 사고 능력이 결여되었기
때문이라고 보았다.[57] 위의 인용문에서 그녀가 전날의 고민을 다
음 날에는 모두 잊어버리고, 현재 위치에서 쉽게 행복을 느끼는

단순함을 지닌 인물이라고 제시한 것에 비추어 보면 메리를 미숙하다고 보는 로우의 주장은 타당하다. 또한 메리는 자신이 원하는 것을 정확하게 파악하지 못하는 모습을 보이는데, 그것은 자신의 문제를 직시하지 못한 것에서 기인한다. 특히, 자신에 대한 주변 사람들의 험담을 들었을 때, 그 이유를 정확히 파악하지 못하기 때문에 그녀는 자신감을 상실하고 서른이 넘도록 자신이 원하는 대로 잘 살아왔다고 여겼던 가치와 기대 수준이 뿌리째 흔들리고 마는 것을 경험한다. 이러한 사실들에서 그녀의 자아의식은 미숙한 단계에 머물러 있다고 할 수 있겠다.

메리가 미숙한 인물임을 다음 구체적인 예에서 살펴보고자 한다. 첫 번째로 그녀는 자신의 나이를 망각하고 싶어 한다.

메리가 서른 살이 되었을 때 아무 일도 일어나지 않았다. 서른 살이 되던 생일날, 메리는 세월이 그토록 빨리 흘러가 버렸다는 사실에 대해 전혀 불쾌하지는 않았지만, 놀라움을 어렴풋이 느꼈다. 왜냐하면, 메리는 어떤 차이도 느끼지 못했기 때문이다. 서른 살! 그 나이는 정말 많은 나이처럼 들렸다. 그러나 그 나이는 메리에게 문제가 되지 않았다. 동시에 메리는 서른 번째 맞는 생일을 축하하지 않았다. 그냥 잊어버리기로 했다. 자신은 열여섯 살 때와 달라진 것이 하나도 없는데, 벌써 서른 살이 된 것에 대해 매우 화가 났다.

At thirty nothing had changed. On her thirtieth birthday she felt a vague surprise that did not even amount to discomfort — for she did not feel any different — that the years had gone past so quickly. Thirty! It sounded a great age. But it had nothing to do with her. At the same time she did not celebrate this birthday; she allowed it to be forgotten. She felt almost outraged that such a thing could happen to her, who was no different from the Mary of sixteen(*GS*36).

서른 살이 된 자신이 열여섯 살[58) 때와 비교하여 달라진 것이 없다고 생각하는 것은 그녀가 열여섯 살에 머물고 싶어 하는 바람을 지니고 있으며, 그녀의 의식 수준이 나이를 먹은 만큼 발달하지 못한 채 미숙한 단계에 머물러 있다는 의미를 함축하고 있다.

그런 면을 "여전히 소녀처럼 머리를 어깨까지 기르고, 부드럽고 엷은 색의 여학생용 드레스를 입고 다니는"(GS38) 메리의 외모에서도 볼 수 있다. 이처럼 소녀 시절의 외모와 옷을 입고 다니는 것은 그녀가 성장하고 싶어 하지 않음을 은연중에 드러낸다. 그녀가 그토록 과거에서 벗어나지 못하는 것은 로우가 지적하듯이 그녀에게 가장 행복했던 시절과 장소가 기숙학교에서 보냈던 학창 시절이었기 때문이다.[59) 학창 시절을 제외하고 그녀에게 고향 집의 기억은 가난한 오두막집과 술 취한 아버지와 고생하는 어머니의 모습뿐이다(GS39). 가난과 불행으로 점철된 기억은 그녀를 행복했던 순간에 집착하게 만든다. 메리는 힘든 시절의 기억은 묻어두고 즐거웠던 시절만을 간직하고 싶어 한 듯하다. 왜냐하면 학교를 떠나 직장인으로 생활하게 되었을 때도 그녀는 여성 클럽에서 살기를 원했는데, 그 장소가 기숙학교의 기억을 떠올리게 해 주었기 때문이다. 그녀는 이미 성장한 어른이면서 정신적으로 과거의 시간에 묶여 있는데, 여기에서 그녀의 의식이 발전되지 못함을 엿볼 수 있다.

메리의 미숙함을 엿볼 수 있는 또 다른 예는 문제에 직면하면 잠을 자는 것이다. 메리는 결혼하고 나서 잠깐 동안은 잘 지내지만 곧 무력감에 직면한다. 이 증상은 낭만적 삶이 될 것이라고 여겼던 농장 생활이 가난과 더위와 남편의 무능으로 인해 고통스러운 삶으로 바뀌게 되면서 나타난다. 그녀는 어머니가 살았던 불행한 삶을 다시 반복하는 것만 같아 공포를 느낀다. 그 공포는 그녀가 하루하루를 의식하지 않은 채 살아가게 만들고, 그 결과 그녀는 잠을 통해 현실 도피를 시도한다(GS96). 잠은 피곤을 풀어주는 긍정적인 역할을 하기도 하지만, 자아 발달에서 잠은 퇴보를 의미하기도 한다(OHC15). 메리에게 잠은 부정적으로 작용한다. 메리는 단지 시간을 빨리 보내기 위해서 잠을 자고, 그러다 보니 시간이 흐를수록 잠자는 시간이 많아진다. 그녀가 잠을 자는 이유는 모든 일이 시간이 흐르면 해결될 것이라고 믿고, 시간을 빨리 보내는 방법이 잠이라고 생각하기 때문이다. 이처럼 메리가 현실을 직시하지 않고 모든 일이 자신이 생각한 대로 이루어질 것이라고 하는 태도에서 그녀의 미숙함이 증명되고 있다.

미숙한 정체성을 지닌 메리를 노이만의 자아 발달 과정에서 투쟁자–자아와 공포의 어머니와의 관계에 비추어 살펴볼 수 있다. 노이만에 의하면, 투쟁자(struggler)는 공포의 어머니 품에서 지내는 아들–연인과 달리 공포의 어머니 품에서 나오려고 하기 때문에 자아의식이 더 발달한 자아이고, 이러한 이유로 투쟁자–자아는 공포의 어머니에게 살해당하게 된다. 자아가 투쟁자 단계에 들어서면, 공포의 어머니는 자아가 자율성과 독립을 갖추어 중심화로 가려는 것을 방해하고, 자신에게 대항하는 자아에게 벌을 내린다는 것이다. 그는 투쟁하는 자아가 지닌 속성들을 다음과 같이 제시한다.

다음 단계로의 전이는 '투쟁자들'로 구성된다. 이 투쟁자들에게서 보이는 대모에 대한 공포는 중심화, 자기 형성, 자아 안정성으로 나아가는 과정

에서 보이는 첫 번째 징후이다. 이 공포심은 그 자체로 자아의 도망이나
저항 등의 여러 형태로 표현된다. 자아가 여전히 대모의 지배하에 있다는
의미의 도망은 주로 자기―거세나 자살로 표현된다.

The transition to the next stage is formed by the "strugglers." In them,
fear of the Great Mother is the first sign of centroversion, self―formation,
and ego stability. This fear expresses itself in various forms of flight and
resistance. The primary expression of flight, which is still completely under
the dominance of the Great Mother, is self―castration and suicide(*OHC*88).

이 투쟁 단계에 위치한 자아는 공포의 어머니에게서 벗어나려
하면서, 근원적으로 공포의 어머니에게서 분리하는 것에 공포심을
갖는다. 왜냐하면 공포의 어머니는 자아가 막 의식을 갖기 시작했
을 때 처음 인식하는 대상이고, 자아에게 영양과 보호처를 제공했
던 모체이기 때문이다. 투쟁자로서의 자아는 이 공포심에 대해 두
가지 반응, 즉 '도망'과 '저항'의 태도를 보인다. 공포심은 주어진
안정된 테두리에서 벗어나 새로운 곳으로 나아갈 때, 그곳에서 부
딪혀야 하는 위험과 도전에 대한 두려움에서 비롯된다고 할 수 있
을 것이다. 만약 그것이 두려워서 그대로 기존의 틀에 주저앉고
만다면, 그 자아는 중심화에 이를 수 없다. 노이만은 자아가 이러
한 두려움을 극복하는 것이 자아의 발달과 직결된다고 본다. 특히,
확고한 정체성을 지닌 자아는 이 두려움을 발전의 발판으로 삼아
중심화로 가는 추진력으로 승화할 수 있다는 것이다.

*GS*에서 메리는 노이만이 주장하는 자아 발달 과정에서 공포의
어머니에 대항한 죄로 죽임을 당하는 투쟁자의 모습을 보여주는데,
그녀의 투쟁자로서의 모습은 '도망'과 '저항'으로 나타난다. 여기에
서 '도망'은 자아가 공포의 어머니를 두려워해서 도망하거나 회피

하는 것을, '저항'은 공포의 어머니와 대적해서 싸우는 것을 의미한다. 자아 발달 과정에서 투쟁자의 '도망'보다는 '저항'의 행위가 더 발전된 모습임을 알 수 있다.

(1) 도망

메리의 '도망'의 모습은 그녀가 안락한 독신 생활(GS35)을 하는 자신을 이상하게 보는 주위 사람들의 시선을 피해 결혼하는 것에서 볼 수 있다. 메리는 사람들의 보이지 않는 강요로 농부 리차드 (Richard Turner)와 사랑 없는 결혼을 치른다.[60] 사람들의 기우와는 달리 메리는 결혼하고 나서 가난한 살림을 개선시키고 집을 아름답게 꾸민다. 꽃무늬 천으로 방석 커버와 커튼을 장식하고(GS61), 집안 벽에는 백토 칠도 하고(GS62), 심지어 속옷에 수를 놓는다. 메리의 이러한 모습은 비록 주위 사람들에 떠밀려 결혼하기는 했지만 잘 살아 보려는 그녀의 의지를 보여준다.

그러나 메리의 결혼으로의 도망은 남편의 농장 경영이 실패를 거듭하면서 성공하지 못한다. 가난은 가정의 안락함을 지키려는 메리를 절망하게 하고 분노하게 만든다. 든든한 남편을 기대한 메리의 바람은 "운전대를 잡은 남편의 손이 떨고 있는 것을 보고 그것이 그의 약함을 보여주는 징표"(GS85)라고 생각하는 것에서 여지없이 무너진다. 결혼 생활이 파경에 이르게 됨을 예고하는 사건은 메리가 뜨거운 열기를 피하기 위해 함석지붕을 바꾸어 달라고 요청했을 때, 남편이 돈이 없다는 이유로 그녀의 부탁을 거절한 것과 그녀가 더위를 이기는 미봉책으로 물을 사용하자 그가 목욕으로 물을 낭비한다고 질책한 것이다. 그녀는 여름의 뜨거운 열기를 고스란히 견뎌야 하고, 그렇다고 물을 마음껏 사용할 수도 없는 현실 앞에서 화가 치민다.

> 메리의 이러한 말투는 전혀 그녀답지 않은 것으로서, 그녀가 이전에는 결코 이렇게 말한 적이 없었다. 그 말투는 그녀의 어머니가 돈 문제를 놓고 아버지와 다툴 때 어린 시절에 들었던 바로 그 말투였다. 그것은 한 개인으로서의 메리의 목소리가 아니라, (결국 그녀는 목욕을 못 하는 문제나, 하인들이 계속 남아 있든, 일을 그만두든 그 문제는 신경 쓰지 않았다), 남편에게 그런 식의 대접을 받고 싶지 않다는 것을 보여주고자 하는 고통받는 한 여성의 절규였다. 이러한 경우에 그녀의 어머니가 울음을 터뜨렸듯, 메리는 위엄을 갖춘, 희생양의 분노로 곧 울음을 터뜨릴 것 같았다.

> She was speaking in a new voice for her, a voice she had never used before in her life. It was taken direct from her mother, when she had had those scenes over money with her father. It was not the voice of Mary, the individual(who after all really did not care so much about the bath or whether the native stayed or went), but the voice of the suffering female, who wanted to show her husband she just would not be treated like that. In a moment she would begin to cry, as her mother had cried on these occasions, in a kind of dignified, martyred rage(*GS*79).

메리는 어렵게 살림을 꾸려 가면서 어린 시절에 보았던 어머니의 불행했던 삶을 떠올린다.[61] 어머니의 끊임없는 불평은 아버지의 무능력 때문이었다. 어머니처럼 메리는 리차드의 경제적 무능 때문에 결혼하기 전에 누렸던 독립과 자유가 모두 물거품이 되고, 매일 하인들과 싸우며 사는 것에 절망한다. 게다가 뜨거운 지붕과 우물이 없는 농장은 지옥이나 다름없었다. 여기에서 우물 없는 농장은 우물이 구원[62]을 상징하는 것에 비추어 보면, 메리가 그 농장에서 구원받지 못하고 결국 죽음에 이르게 될 것임을 예고하는 상징이 된다.

메리의 '도망'은 그녀가 농장에서 도시로 나온 사건에서 뚜렷이 나타난다.

> 천천히 여러 주가 흘러감에 따라, 메리는 예전의 안락하고 멋진 생활로 되돌아가려면, 자신에게 어울리는 삶을 시작하려면 기차를 타고 도시로 돌아가기만 하면 된다고 스스로를 점차 설득시켜 갔다. …… 메리는 그녀의 집과 슬래터의 농장 사이의 5마일 되는 길을 불과 한 시간 만에 걸어갔다. 손에 든 가방이 무겁게 흔들거리며, 발에 와서 부딪히고, 신발은 부드러운 모래 가루로 가득 차고, 가끔 선명한 바퀴 자국에 걸려 넘어질 뻔했어도 메리는 거의 뛰다시피 하면서 걸음을 재촉했다.

> Slowly, slowly, over weeks, she persuaded herself into the belief that she would only need to get into the train and go back into the town for that lovely peaceful life, the life she was made for, to begin again. …… She walked the five miles between their homestead and the Slatters' farm in just over an hour. She was running half the way, her suitcase swinging heavily in her hand and bumping against her legs, her shoes filling with the soft gritty dust, sometimes stumbling over the sharp ruts(*GS*97, 98).

메리는 리차드와 결혼한 후 더 이상 나아질 것이 없다는 것을 깨닫고, 결혼에 종지부를 찍고 도시로 나간다. 자신의 삶을 다시 찾겠다는 일념에 찬 메리는 *MQ*에서 더글라스(Douglas)와 결혼하면서 그와의 결혼을 계속하지 않을 것(*MQ*328)이라고 되뇌던 마사를 상기시킨다. 마사가 말했던 것처럼, 메리는 결혼 생활을 견디지 못하고 도망을 시도한 것이다.

비록 다시 농장으로 들어가기는 하지만, 농장을 벗어나 도시로 향했던 메리의 도망의 시도는 발전의 여지를 남긴다. 그것은 농장에서 나와 도시에 들어서면서 그녀가 느끼는 감정에서 강렬하게 제시된다.

> 꽃향기를 실은 바람이 알맞게 불고, 뜨겁지 않은 햇살이 비추는 그날은 정말이지 기분 좋게 사랑스러운 날이었다. 낯익은 건물들 사이에서 흰 벽과 붉은 지붕과 조화를 이루며 맑고 상쾌해 보이는 하늘까지도 전혀 다른 하늘처럼 느껴졌다. 계절을 변함없는 계절의 주기 속에 움켜쥐고 변하지 못하게 하면서, 농장을 감싸고 있던 무정한 파란 하늘과는 말 그대로 천지 차이였다. 도시의 하늘은 부드러운 짙은 푸른빛이었다. 그리고 흥분된 상태에서 그녀는 자신이 길에서 파란 하늘로 뛰어올라, 마침내 편하고 시름을 잊은 채 떠다닐 수 있을 것 같았다. …… 도시는 [농장과] 천지 차이였다! 도시야말로 바로 메리의 세계였다.

> It was such a lovely, lovely day, with its gusts of perfumed wind, and its gay glittering sunshine. Even the sky looked different, seen from between the well—known buildings, that seemed so fresh and clean with their white walls and red roofs. It was not the implacable blue dome that arched over the farm, enclosing it in a cycle of unalterable seasons; it was a soft flower—blue, and she felt, in her exaltation, that she could run off the pavement into the blue substance and float there, at ease and peaceful at last. …… It was a different world! It was her world(GS99 – 100).

그러나 메리는 다시 농장으로 들어감으로써 반영웅임을 보여준다. 공포의 어머니를 살해하는 영웅과 달리, 반영웅은 공포의 어머니에 대항하여 발전하려고 시도하지만, 그 시도는 실패하고 오히려 죽임을 당하는 인물이다. 메리는 어쩔 수 없이 다시 농장으로 들어가게 되는데, 이 사건은 그녀가 공포의 어머니에게 죽임을 당할 수도 있음을 암시한다.

메리의 불안한 미래는 도망을 시도하고 나서 직장을 구하기 위해 사무실에 들렀을 때 그녀가 그 장소에 어울리지 않는 신발을 신고 있는 것에서도 예측 가능하다. 이윤기는 그리스, 로마 신화 분석에서 신발은 자아의 정체성을 나타낸다고 보는데,[63] 그 견해는 메리의 경우에도 적용된다고 볼 수 있다. 메리는 면접을 보는 자리에서 흙 묻은 신발을 신고 있었는데, 고용주는 그녀의 신발을 보고 자리가 비어 있음에도 불구하고 이미 일할 사람을 구했다고 말하면서 그녀를 고용하기를 거절한다. 그녀가 직장을 구하지 못하게 되는데 결정적인 역할을 하는 흙 묻은 신발은 그녀의 불안한 미래와 그녀의 자아가 어려움에 처하게 될 것임을 보여주는 하나의 상징으로 볼 수 있다. 이 사건들을 통하여 메리는 자신의 의지대로 살 수 있을 정도의 역량이 아직은 부족한 자아임을 볼 수 있다.

(2) 저항

*GS*에서 메리의 투쟁자로서의 '저항'의 모습은 그녀가 대면한 세계와 자신이 원하는 세계가 서로 조화를 이루지 못하자 정신분열 증세로 나타난다. 자아는 공포의 어머니에게 저항하는 한 형태로 정신분열을 보일 수 있는데, 정신분열은 자아가 처한 상황을 정면으로 대할 수 없을 때 우회하여 직시하는 방법이라고 할 수 있기 때문이다. 노이만은 정신분열을 자아가 공포의 어머니에게 보이는 저항의 표현이라고 보았으며, 그럼으로써 자아는 공포의 어머니에게 영원히 사로잡히는 것에서 벗어난다고 하였다. 루스 휘태커는 레싱이 *GS*와 다른 작품들에서 정신분열을 "보다 더 큰 깨달음을 얻기 위해서 거치는 필수적인 단계"[64]로 그렸다고 주장하였다. 이러한 주장들에 비추어 메리의 정신분열은 그녀의 자아 발달에서

미비하나마 긍정적 의미를 내포한다고 할 수 있다.

메리의 정신분열은 그녀의 결혼에서 시작된다. 정상적인 여자라면 결혼을 생각해야 하는 나이에 다다른 메리가 결혼을 미루는 것에 대해 주위 사람들은 험담한다.

"메리는 항상 열다섯 살짜리처럼 그게 뭐야. 정말 어이가 없어. 입고 다니는 옷이 그게 뭐야."
"메리 나이가 몇 살인데?"
"아마 서른도 훨씬 넘었을 거야. 직장 생활을 한 지도 상당히 오래되었어. 모르긴 해도 나보다 12년 정도는 먼저 직장 생활을 했을 걸."
"왜 결혼을 안 하는 거야? 지금까지 기회도 많았을 텐데."
누군가가 킥킥댔다.
"내 생각은 그렇지 않아. 우리 남편이 한때 메리에게 관심이 있었대. 그러나 지금은 메리가 절대 결혼하지 않을 거라고 생각한대. 메리는 결혼할 것 같진 않아, 정말 그런 것 같아. 어딘가 뭐가 하나 빠져 있는 것 같아."
"글쎄, 난 잘 모르겠어."
"아무튼, 메리도 이젠 한물갔어. 언젠가 하루는 거리에서 그녀를 보았는데, 잘못했으면 못 알아볼 뻔했다니까. 정말이야. 요즘은 몸도 둔해졌어, 피부도 많이 꺼칠해지고, 게다가 몸도 갈수록 야위고 있어."
"그래도 사람은 진국이야."
"하지만 결혼처럼 대단한 일은 못 할 여자야."

"She's not fifteen any longer: it is ridiculous! Someone should tell her about her clothes."
"How old is she?"
"Must be well over thirty. She has been going strong for years. She was working long before I began working, and that was a good twelve years ago."
"Why doesn't she marry? She must have had plenty of chances."
There was a dry chuckle.
"I don't think so. My husband was keen on her herself once, but he thinks she will never marry. She just isn't like that, isn't like that at all. Something missing somewhere."

이처럼 메리는 사람들이 자신을 '결혼 같은 대단한 일은 못 할
것 같은' 인물이라고 보는 것이 잘못되었음을 증명하기라도 하듯
서둘러 결혼한다.

결혼하고 나서, 메리는 결혼하는 것만이 사람들의 무언의 압박
에서 벗어날 수 있는 최선책이 아님을 깨닫는다. 결혼하고 난 후
에도 사람들은 축제나 댄스파티 같은 단체 활동을 하지 않는 메리
를 싫어한다. 그들은 메리가 고립 생활을 하는 이유로 "창피하게
여길 만한 일"(GS10)이 있을 것이라고 생각하고, 심지어 그녀가
"달나라"(GS168)에 사는 사람이라고 여기기까지 한다. 메리는 그런
생각을 하는 사람들과 완전히 왕래를 끊어 버리고, 역설적으로 그
것 때문에 소외감을 느낀다. 그 소외감은 남아프리카 사회에서 빈
곤한 삶을 사는 백인은 흑인들에게 백인들을 무시할 수 있는 여지
를 줄 수 있다고 보는 백인 사회의 시각으로 심화된다. 백인 사회
는 "너희는 너희 동료 백인이 일정한 수준 이하로 떨어지도록 내
버려 두지 말아야 한다. 만일 그렇게 되면 흑인들이 그들이나 너
희들이 별 차이가 없다고 생각하게 될 것이다."(GS178)라는 논리에
의거하여 동료 백인이 너무 가난하게 사는 것은 자신들의 권위를
떨어뜨린다고 생각하기 때문이다. 백인들은 백인이 메리처럼 누추
한 집에서 산다는 것이 알려지면 흑인들이 기고만장할 것이라고

여긴다. 그들은 자신들이 메리 때문에 피해를 받을 수 있다고 보기 때문에 그녀를 동정하기보다 경멸한다.

이처럼 메리는 백인들의 압박이 심하게 죄어오고 모든 이웃과 왕래가 단절되었을 때 삶의 의욕을 상실한다. 그러면서 그녀의 정신분열 증세가 심화되고 모든 에너지를 자신과 직접 관련된 하인에게만 쏟는다. 백인 여자가 흑인 하인과 특별한 관계를 맺는 것은 거의 금기시되고 있기 때문에, 주위 사람들은 메리가 정상 상태가 아니라고 생각한다. 메리의 농장에 들어와서 일을 배우고 있던 토니(Tony) 또한 메리의 정신 상태를 분명하게 구분할 수가 없다고 생각한다.

> 메리가 갑자기 말했다.
> "모두들 나보고 나사가 하나 빠진 여자라고 그랬어요. 나사가, 나사가 빠졌다고……"
> 메리의 말은 마치 축음기의 바늘이 한곳에 고정된 채 판이 계속 돌아가고 있는 듯 되풀이되었다.
> "나사라니 무슨 나사를 말하는 건가요?"
> 토니가 난처한 표정으로 물었다.
> "나사가 하나 빠졌다고 그랬다니까요."
> 그 말 속에는 여러 의미들이 복잡하고 은밀하게 섞여 있으면서도, 그 어조에는 의기양양함이 배어 있었다. 하느님 맙소사, 메리 이 여자는 미쳐도 보통 미친 게 아니라고 토니는 생각했다. 그러다가 토니는 다시 생각을 해 보았다. 과연 그럴까? 그녀가 진짜 미친 걸까? 그녀는 미쳤을 리가 없었다. 그녀는 미친 것처럼 행동하지 않았다. 그녀는 단지 다른 사람들의 규범 따위는 중요하지 않은 그녀 자신의 세계에서 살고 있는 것처럼 행동했다. 그녀는 다른 사람들의 존재 그 자체는 잊어버린 셈이었다. 하지만 그렇다면 미쳤다는 것의 정의가 도대체 어떤 것일까? 미쳤다는 것이 일종의 피난처가 되는 것일까? 세계로부터 이탈이 곧 미쳤다는 것과 일맥상통한다는 말일까?

She said suddenly,

"They said I was not like that, not like that, not like that."

It was like a gramophone that had got stuck at one point.

"Not like what?" he asked blankly.

"Not like that."

The phrase was furtive, sly, yet triumphant. God, the woman is mad as a hatter! He said to himself. And then he thought, but is she, is she? She can't be mad. She doesn't behave as if she were. She behaves simply as if she lives in a world of her own, where other people's standards don't count. She has forgotten what her own people are like. But then, what is madness, but a refuge, a retreating from the world?(*GS*187)

토니의 말처럼, 메리는 정상이면서 미친 것처럼 보일 수도 있다. 왜냐하면 그녀는 백인들이 싫어하는 흑인 물건을 직접 사용하고 흑인 하인과 친밀한 관계를 맺기 때문이다. 아마 그녀는 백인들의 정해진 규범을 깨뜨림으로써 자신을 억압했던 그들에게 복수를 하려고 한 듯하다. 메리와 흑인 하인의 친분 관계는 백인 사회에서는 받아들일 수 없는 일이기 때문이다. 이런 의미에서 그녀의 정신분열은 주위의 압박에 대항하는 '저항'의 몸짓이며, 공포의 어머니에게 무조건 굴복하는 것이 아니라, 정신분열을 통해 공포의 어머니에게 대항하는 투쟁자의 모습을 보인 것이라고 볼 수 있다. 그러나 투쟁자는 공포의 어머니에게 죽임을 당하는 운명이기에 메리의 죽음은 이미 운명 지어져 있다고 볼 수 있다.

2) 공포의 어머니로서의 모세

투쟁자 – 자아의 도망과 저항의 태도는 자아가 공포의 어머니에게 대항하는 수단이다. *GS*에서 메리의 도망과 저항이 현실에서 성공을 거두지 못하자 메리는 역설적으로 공포의 어머니에게 죽임을 당함으로써 자신의 의지를 실현한다. 이러한 투쟁자 메리를 죽음으로 이끄는 공포의 어머니가 구현된 인물로 모세를 들 수 있다. 모세가 공포의 어머니라는 것은 공포의 어머니 속성을 숲, 어둠, 밤, 죽음 등과 연결 짓는 노이만의 주장(*OHC*69)에 의거하여 살펴볼 수 있다.

먼저, 흑인 모세의 피부색은 어둠, 밤의 속성을 여지없이 나타낸다. 메리가 모세를 항상 밤과 연결 지어 생각하고, 모세가 자신을 살해하기 위해 밤에 찾아온다고 예감(*GS*195)하는 데서도 모세에게서 공포의 어머니 속성을 엿볼 수 있다. 모세가 공포의 어머니 속성을 나타낸다는 것은 레싱 자신이 이브 버텔슨(Eve Bertelsen)과의 인터뷰에서 밝힌 모세에 대한 언급에서도 보인다.

> 오래전에 나는 모세를 그렇게 묘사한 것에 대해 유감스럽게 여긴 적이 있었지요. 왜냐하면 그는 한 개인이라기보다 하나의 상징으로 그려졌거든요. 그러나 그때 당시에는 하인 이외에는 정치적으로든지 혹은 어떤 복잡한 방식으로든지 아프리카인을 만난 적이 없었기 때문에, 그를 그렇게밖에 그릴 수가 없었지요. 그러나 지금은 마음이 다시 바뀌었답니다. 지금은 그렇게 그를 묘사한 것이 옳았다고 봐요. 아마 그를 한 개인으로 묘사했었더라면, 책 내용의 균형이 맞지 않았을 거라고 보기 때문입니다. 그를 어느 정도 알려지지 않은 존재로 묘사한 것이 옳았다고 봐요.

> There was a long time when I thought that it was a pity I ever wrote Moses like that, because he was less of a person than a symbol. But it was the only way I could write him at that time since I'd never met Africans excepting the servants or politically, in a certain complicated way. But now I've changed my mind again. I think it was the right way to write Moses, because if I'd made him too individual it would've unbalanced the book. I think I was right to make him a bit unknown.[65]

레싱이 위에서 모세를 한 개인이 아닌 상징으로, 그리고 '어느 정도 알려지지 않은 존재'로 묘사한 것은[66] 그를 무의식에 있는 공포의 어머니라고 유추해 볼 수 있는 여지를 남긴다. GS에서 모세를 이해하는 데 중요한 상징으로 사용되는 숲 또한 모세가 공포의 어머니라는 주장을 뒷받침한다. 대부분의 신화와 동화에서 숲을 부정적 속성을 지닌 것으로 표현하고 있고, 루스 휘태커가 지적하듯이[67] 분석심리학에서는 숲과 나무를 무의식과 연결하고 있는데, 이러한 숲의 부정적 속성은 모세가 메리를 살해하기 전에 메리가 "집 밖 어디에선가, 나무들 사이에서 '그'[모세]가 기다리고 있어."(GS194)라고 하면서 모세와 숲을 관련시키는 데서 명백히 나타난다.

위에서 여러 증거들에 비추어 모세가 공포의 어머니가 구현된 인물임을 살펴보는 과정에서 GS에서 공포의 어머니가 구현된 모세는 MQ에서 공포의 어머니가 구현된 인물들과 조금 다르다는 것을 알 수 있다. MQ에서 공포의 어머니가 구현된 인물이 주로 여성인 것과 달리, GS에서 공포의 어머니 모습은 남성으로 보이기 때문이다. 또 다른 차이는 앞 장에서 다루었던 MQ에서 공포의 어머니 원형이 구현된 인물들이 마사의 자아 발달을 방해하는 것과 모세가 메리를 살해하는 것을 비교해 보면, 모세에게서 구현된 공포의 어머니 속성이 훨씬 더 강력하고 적대적인 힘을 발휘한다는 것이다. 이는 GS의 메리가 MQ의 마사보다 더 발전된 자아의 모습이라고 볼 수 있는데, 왜냐하면 공포의 어머니는 자아가 성장하면 할수록 더 강하게 저지하기 때문이다(OHC62). 그리고 모세가 메리에게 남성 살인자로 등장하는 것은 메리의 자아 발달과 밀접한 관계

가 있다. 이미 서론에서 다루었듯이, 공포의 어머니가 자신의 부정
적 속성을 남성 살인자에게 넘기는 것은 자아가 성장하면서 공포
의 어머니가 무의식으로 밀려나기 때문이다(*OHC*95). 다시 말해 남
성 살인자는 남성으로 둔갑한 공포의 어머니이다. 그러므로 모세가
메리를 살해하는 남성 살인자로 나타나는 것은 메리의 자아가 *MQ*
의 마사의 자아보다 더 발전된 모습이라는 것을 알 수 있다.[68]

이처럼 *GS*에서 공포의 어머니는 남성 살인자의 모습으로 모세에
게서 나타나고, 메리가 공포의 어머니에게 죽임을 당하는 과정은
그녀와 모세의 반복된 만남에서 보인다. 메리는 중심화로 나아가기
위해서는 모세로 대변되는 공포의 어머니를 대면하고 자신의 것으
로 받아들여야 한다. 그러나 그녀는 이를 포용하지 못하고, 오히려
거부하는데, 그럼으로써 그녀는 그 힘에 짓눌리게 된다. 메리가 모
세를 처음 만나는 것은 과로로 쓰러진 남편을 대신하여 흑인 일꾼
들을 직접 감독하게 되었을 때이다. 그녀는 그들을 다루는 과정에
서 한 명에게 채찍을 휘두른다. 흑인이 주인에게 말대꾸하고 영어
를 사용하는 것을 건방지다고 생각하기 때문이다.

메리는 자신도 모르게 채찍을 집어 들어 그의 면전을 향해 사정없이 휘
둘렀다. 그녀는 거의 제 정신이 아니었다. 그녀는 자신이 한 일을 깨닫고
서 몸을 떨면서 그냥 그대로 서 있었다. 그리고 그가 천천히 얼굴 쪽으로
손을 가져가자, 그녀는 자신이 쥐고 있던 채찍을 멍하니 내려다보았다.
채찍이 마치 그녀의 뜻과는 상관없이 저절로 휘둘러지기라도 한 것 같았
다. 메리가 지켜보고 있는 동안, 채찍으로 인해 찢어진 그의 검은 얼굴에
서는 선명한 피가 한 방울 떨어져서 턱을 타고 가슴으로 흘러내렸다. 그
는 대다수의 일꾼들보다 키가 훨씬 더 크고 체격 또한 엄청나게 컸다. 낡
은 허리감개 하나만을 두르고 있는 그는 탄탄하게 생긴 체격을 지니고
있었다. 메리가 놀라서 서 있는 동안, 그는 위에서 그녀를 굽어보고 있는

것 같았다. 그의 넓은 가슴에 또 한 방울의 피가 떨어져 허리로 흘러내렸다.

Involuntarily she lifted her whip and brought it down across his face in a vicious swinging blow. She did not know what she was doing. She stood quite still, trembling; and when she saw him put his hand, dazedly, to his face, she looked down at the whip she held in stupefaction, as if the whip had swung out of its own accord, without her willing it. A think weal pushed up along the dark skin of the cheek as she looked, and from it a drop of bright blood gathered and trickled down and off his chin, and splashed to his chest. He was a great hulk of a man, taller than any of the others, magnificently built, with nothing on but an old sack tied round his waist. As she stood there, frightened, he seemed to tower over her. On his big chest another red drop fell and trickled down to his waist(*GS*119).

위에서 볼 수 있는 것처럼, 메리와 모세와의 만남은 폭력을 통한 것이었다. 메리는 채찍[69]을 사용한 후, 그의 반항적인 눈초리에 공포를 느낀다. 동시에 그녀는 그에게 분노를 경험한다. 그것은 남편을 대신하여 흑인들을 다루어야 한다고 했을 때부터 싹트고 있었다. 그녀는 흑인들을 짐승이라고 여기기 때문에 흑인을 떠올리면 항상 먼저 혐오감이 앞선다. 이처럼 그들에 대한 분노와 혐오가 뒤섞인 감정은 그들이 게으름을 피우며 일하지 않으려고 하는 것을 보고 극에 이른다. 그러던 중 그녀의 이러한 감정은 폭력의 형태로 모세에게 분출된 것이다.

메리와 모세의 첫 만남은 자아 발달 과정에서 자아가 치르는 입문의식 행위라고 볼 수 있다. 노이만이 주장했듯이, 입문의식은 자아가 보다 높은 수준의 의식을 얻기 위해 거쳐야 하는 과정이다 (*OHC*141). 메리의 강화된 의식은 모세를 채찍으로 때리고 난 후에 나타난다. 그녀는 처음 채찍을 사용하고 나서 공포를 느끼지만 곧 자신감을 회복하고 자신이 한 행동에 승리감을 맛본다.

분노가 솟구쳐 오르면서도, 메리는 다른 한편으로 자신이 심기 대결에서
이겼다는 만족감과 함께 승리를 느꼈다. 그녀는 문제의 그 일꾼이 옥수수
자루를 힘겹게 들어 올려 어깨에 메고 옮기는 것을 보면서, 그렇게 해서
그를 자신에게 복종하게 만들었다는 것을 확인하면서 짜릿한 기쁨을 맛
보았다. 그러나 그럼에도 다리는 아직도 후들거렸다. 그녀가 채찍을 사용
한 후의 바로 그 순간 그가 자신을 거의 공격할 뻔했었다고 확신할 수도
있었기 때문이었다. 그러나 그녀는 자신의 상반된 감정을 전혀 드러내지
않고, 진지한 표정으로 꼼짝도 하지 않고 그대로 서 있었다. 그리고 그날
오후에 그녀는, 비록 오랫동안 적대감과 혐오감을 대면해야 하는 것이 두
렵기는 했지만, 무슨 일이 있어도 마지막 순간까지 물러서지 않을 것이라
고 굳게 결심했다.

But mingled with her anger was that sensation of victory, a satisfaction
that she had won in this battle of wills. She watched him stagger up the
sacks, his great shoulders bowed under his load, taking a bitter pleasure in
seeing him subdued thus. And nevertheless her knees were still weak: she
could have sworn that he nearly attacked her in that awful moment after
she struck him. But she stood there unmoving, locking her conflicting
feeling tight in her chest, keeping her face composed and severe; and that
afternoon she returned again, determined not to shrink at the last
moment, though she dreaded the long hours of facing the silent hostility
and dislike(*GS*120 − 1).

위에서 메리가 승리감을 느끼는 것은 자신이 혐오하는 흑인을
장악했다고 보기 때문이다. 이러한 메리의 모습은 공포의 어머니에
게 대항하는 투쟁자의 모습이다. 그러나 그녀는 여전히 그를 두려
워한다. 노이만에 의하면, 이러한 감정은 자아가 중심화로 향하는
아득하게 먼 여정에 대해 두려움을 갖게 되는 것에서 연유한다
(*OHC*86). 다시 말하면, 위에서 메리가 모세를 극복하며 거쳐야 하

는 과정이 많이 남아 있음을 암시하는 여운이 깃들어 있으며, 그 여운의 암시는 그 과정에서 그녀가 잘 버틸 수 있을까 하는 의구심을 품지 않을 수 없게 만든다. 그녀가 그 두려움을 극복하는 것이 진정한 승리를 성취하는 것이 될 것이기 때문이다.

메리는 모세를 두 번째로 주인과 하인 관계로 만난다. 첫 번째 만남에서 메리가 느꼈던 승리감과 달리, 그에 대한 메리의 감정은 두려움에서 분노로 그리고 무력감으로 변해 간다. 그녀는 그의 얼굴 상처를 보고, 그가 과거에 자신이 채찍으로 때렸던 일꾼이라는 것을 기억한다. 그녀는 마음속으로 두려움을 느끼지만 그 감정을 억누르고, 그와 기계적인 주종 관계를 형성한다. 모세도 그녀에게 과거의 사건을 전혀 내색하지 않고 하인으로서 해야 할 일만 한다.

메리는 어느 날 모세가 목욕하는 것을 우연히 목격하는데 (GS143), 그때 과거에 느꼈던 분노가 다시 솟구친다. 백인은 흑인의 몸을 보는 것이 별문제가 되지 않는 사회에서 메리는 우연히 모세가 목욕하는 것을 보게 된 것뿐인데, 마치 모세는 메리가 그의 몸을 보려고 의식적으로 서 있는 것처럼 여기는 것 같아 보이기 때문에 메리 자신은 모세의 오만한 태도에 화가 난다. 그녀는 자신의 분노를 모세에게 합당치 않은 일을 시키는 것으로 분출한다. 그녀의 분노는 채찍을 맞은 모세의 눈에서 우연히 보았던 적의가 언제 표출될지도 모른다는 두려움과 스스로 느끼는 죄책감을 무마하려는 갈등 사이에서 폭발된다. 그러나 과거에 그에게 채찍을 사용하고 나서 느꼈던 승리감은 사라져 버리고, 그녀는 무력감에 사로잡힌다.

메리는 점점 모세와 함께 한 집에 있는 것을 견딜 수가 없다.

그와 함께 있다는 사실은 그녀에게 악몽과 같다(*GS*167). 이러한 그
녀의 모습은 자아와 공포의 어머니의 관계에서 자아가 공포의 어
머니에게 굴복하지 않으려고 노력하는 모습과 유사하다. 이런 숨
막히는 상황에서도 메리는 모세를 해고하는 것을 망설이기만 한다.
그러던 어느 날 모세가 먼저 일을 그만두겠다고 이야기했을 때 그
녀는 자신도 모르게 울음을 터뜨린다.

> 이번에는 그녀 잘못이 아니었다. 그토록 싫어하고, 그녀에게 위압감을 주
> 는 모세를 붙잡아 두기 위해 그녀가 할 수 있는 한 모든 노력을 하지 않
> 았던가? 그녀는 자신이 그것도 바로 흑인 앞에서 다시 오열하고 있다는
> 것을 발견하고 공포에 질리고 말았다. 무력하고 연약한 메리는 모세에게
> 등을 돌리고 탁자 옆에 선 채 흐느껴 울었다.
>
> And it was not her fault this time; had she not done everything she could
> to keep this boy, whom she hated, who frightened her? To her horror she
> discovered she was shaking with sods again, there, in front of the native!
> Helpless and weak, she stood beside the table, her back toward him,
> sobbing(*GS*150 − 1).

이처럼 메리가 눈물을 흘리며 약한 모습을 보이자, 모세는 떠나
지 않겠다고 말한다. 메리도 그녀의 약한 모습에 기뻐하는 듯한
기색을 그의 눈에서 목격한다. 그리고 그가 그녀의 어깨를 잡고
침대로 데려가는 동안, 그녀는 자신이 무기력하게 공포의 희생물이
되는 것같이 느낀다.

메리가 모세에게 느끼는 두려움과 무력감(*GS*154)은 자아가 공포
의 어머니에게 사로잡혀 있을 때 느낄 수 있는 것이다. 그 단계에
서 자아는 대양 위에 떠 있는 작은 섬이라고 느끼며 불안, 공포심,
무력감을 경험한다(*OHC*40). *GS*의 메리는 모세를 보면 두려움을 느

끼는데, 이것은 그녀가 공포의 어머니에게 압도당하는 과정에 있음을 알 수 있다. 메리가 모세에게 압도당하는 것은 메리가 점점 나약해지는 반면 모세는 메리와의 관계에서 강한 존재가 되어 가는 것에서 나타난다. 이제 주인과 하인의 관계가 전도된다. 가령 메리가 그를 호통 치려고 하면 그는 고분고분하지 않았고 때로 도전적인 눈초리로 노려보기까지 한다. 결국 그녀는 모세를 피하게 되고, 주방의 열쇠를 그가 원할 때 사용할 수 있도록 선반에 방치해 두기에 이른다. 메리는 모세와의 무언의 싸움에서 밀려나고 있으며, 그 결과 그녀의 무력감을 느끼는 정도가 심화되는 것을 볼 수 있다.

> 메리는 마지막에 가까이 다가가면서 암흑 터널 속에 있는 듯한 기분이었다. 그녀를 기다리고 있는 마지막이 무엇인지 분명히 그려볼 수는 없었지만, 그것은 냉혹하게 버티고 있었고, 그녀가 빠져나가기가 불가능하다는 것은 명백했다. 그리고 모세가 제멋대로, 확신에 차서, 오만불손하게 말하고 행동하는 태도로 보아 그 또한 메리처럼 마지막을 기다리고 있다는 것을 알 수 있었다. 그들 두 사람은 마치 조용한 결투를 벌이고 있는 적대자들 같아 보였다. 모세만이 강력하고 확신을 지니고 있었다. 메리는 악몽으로 매일 밤을 시달리고, 강박관념에 압도당하고, 계속되는 두려움으로 인해 약해질 대로 약해져 있었다.

> She felt as if she were in a dark tunnel, nearing something final, something she could not visualize, but which waited for her inexorably, inescapably. And in the attitude of Moses, in the way he moved or spoke, with that easy, confident, bullying insolence, she could see he was waiting too. They were like two antagonists, silently sparring. Only he was powerful and sure of himself, and she was undermined with fear, by her terrible dream—filled night, her obsession(*GS*167).

이전 하인들과 달리, 메리는 모세에게 주인으로서의 권위를 세울 수가 없다. 그녀가 그를 제압하려고 하자, 그는 당당하게 "부인이 제게 있어 달라고 해서 저는 부인을 돕기 위해 남아 있는 것입니다. 만일 부인께서 계속 그러시면, 전 떠나겠습니다."(GS153)라고 말한다. 이제 모세는 메리를 주인으로 섬기기보다는 자신이 돌보아야 하는 딸이나 부인으로 대한다. 그는 메리에게 식사를 가져오면서 꽃(GS154)을 선사하기도 한다.[70] 메리는 그런 행동을 보이는 그를 저지할 수가 없다. 그렇다고 그녀는 그를 단호하게 자신에게서 떼어 버릴 수도 없다고 생각한다.

> 그녀는 과거에 다른 하인들에게 했던 것처럼, 그를 그 어떤 불결한 것으로 그녀의 마음에서 완전히 몰아내기는 불가능했다. 그녀는 어쩔 수 없이 계속 그의 존재를 마음속에 남겨둘 수밖에 없었고, 계속 그의 존재를 인식하며 지냈다. 그녀는 거기에는 무언가 위험이 도사리고 있음을 날마다 느끼고는 있었지만, 그 위험이 무엇인지를 단정 지어 말할 수는 없었다.

> It was impossible for her to thrust him out of her mind like something unclean, as she had done with all the others in the past. She was being forced into contact, and she never ceased to be aware of him. She realized, daily, that there was something in it that was dangerous, but what it was she was unable to define(GS156).

모세는 리차드가 말라리아에 걸려 자리에 누웠을 때에도 메리를 대신하여 리차드를 간호하면서 그녀에게는 쉬어야 한다고 말한다. 이러한 모세의 모습은 그가 하인의 위치를 넘어섰음을 보인다. 그의 특별한 역할은 메리의 옷을 갈아입히는 장면에서 엿볼 수 있다.

토니가 있던 방과 침실 사이에 설치된 커튼은 걷혀져 있어서 토니는 안을 들여다볼 수 있었다. 그는 너무 놀라서 꼼짝할 수가 없었다. 메리는 엎어 놓은 양초 상자 위에 앉아서 벽에 걸린 네모난 거울을 보고 있었다. 그녀는 화려한 분홍색 페티코트 차림이었는데, 뼈만 앙상하게 남은 노란 두 어깨가 밖으로 드러나서 눈에 확 띄었다. 그녀의 옆에는 모세가 서 있었는데, 토니가 지켜보고 있는 동안 그녀는 자리에서 일어나 양팔을 벌렸다. 그리고 토착민[모세]이 뒤에서 그녀에게 드레스를 입혀 주고 있었다. 이윽고 메리는 다시 자리에 앉아 마치 자신의 아름다움에 도취된 여인처럼 두 손으로 목에서 머리카락을 가볍게 쳐 올렸다. 모세가 그녀의 드레스의 단추를 채우는 동안 메리는 거울을 보고 있었다. 모세의 태도는 아내를 극진히 사랑하는 남편의 태도 같았다.

The curtain between this room and the bedroom was drawn back, and he could see in. He was stuck motionless by surprise. Mary was sitting on an upended candlebox before the square of mirror nailed on the wall. She was in a garnish pink petticoat, and her bony yellow shoulders stuck sharply out of it. Beside her stood Moses, and, as Tony watched, she stood up and held out her arms while the native slipped her dress over them from behind. When she sat down again she shook out her hair from her neck with both hands, with the gesture of a beautiful woman adorning her beauty. Moses was buttoning up the dress; she was looking in the mirror. The attitude of the native was of an indulgent uxoriousness(*GS*185).

이처럼 모세가 메리를 돌보는 모습은 연약한 자아를 돌보는 대모의 모습과 유사하다. 노이만에 의하면, 자아가 대모에게 완전히 의존하면 대모는 자아에게 행복과 안락과 편안함만을 제공한다. 그 상태에서 자아는 고통, 번민, 괴로움 등을 느끼지 못한다. 모든 것은 대모에게 속한 것처럼 보이고, 따라서 자아는 모든 것을 대모에게 의지하게 된다. 메리는 자신을 모세에게 완전히 맡김으로써 자신이 처한 현실을 외면한다. 그 상태에서 메리는 농장의 답답함, 더위, 가난한 살림, 덤불숲, 남편, 다른 사람들을 모두 망각한다.

이러한 모습의 메리는 대모의 품에 있는 자아의 모습으로 돌아가 있다.

3) 메리의 대항

대모의 품에 안겨 있는 자아가 그 품을 벗어나려 하면 대모는 공포의 어머니로 변한다. 그것은 메리가 농장을 떠난다고 하자 공포의 어머니 속성을 드러내는 모세에서 나타난다. 이미 앞에서 언급했던 것처럼, 공포의 어머니는 자아가 자신에게 대적하면 적대적으로 변하고, 자아에게 벌을 내린다. 메리를 극진히 돌보다가 자신을 떠나겠다고 하자 위협적인 태도로 변하는 모세는 공포의 어머니의 속성을 지닌 남성 살인자의 모습을 드러낸다.

> 모세는 오랫동안, 천천히, 험악스러운 표정으로 노려보다가 밖으로 나갔다. 그리고 잠시 후, 그는 다시 돌아왔다. 그는 토니는 무시하고서 메리에게 직접 말했다.
> "부인께서는 이 농장을 떠나실 건가요?"
> "그래"
> 메리는 힘없이 대답했다.
> "다시 돌아오지 않으실 건가요?"
> "그만, 그만, 그만해."
> 메리가 울부짖었다.
> "이 주인님도 부인과 함께 가실 건가요?"
> "그만."
> 메리가 비명을 질렀다.
> "어서 가."
> "이봐, 그만 나가."
> 이번에는 토니가 소리쳤다.

After a long, slow, evil look the native went. Then he came back. Speaking past Tony, ignoring him, he said to Mary,

"Madame is leaving this farm, yes?"

"Yes" said Mary faintly.

"Madame never coming back?"

"No, no, no" she cried out.

"And is this boss going too?"

"No" she screamed.

"Go away."

"Will you go?" shouted Tony(*GS*188).

위에서 그의 험악한 표정은 메리가 떠나는 것을 저지하겠다는 의미가 내포되어 있다. 그것은 모세를 해고하고 난 후 메리가 그와 우연히 마주쳤을 때, 그가 위협적으로 바라보는 것에서 나타난다(*GS*200). 이처럼 위협적인 그의 시선을 보고 메리는 그녀의 채찍을 맞았을 때 보였던 그의 반항적인 눈초리를 떠올린다. 이러한 그의 모습에 메리는 압도당하고, 그가 자신을 떠나지 못하게 저지할 것이라는 것을 깨닫는다.

이처럼 *GS*에서 공포의 어머니에게 압도당하는 상황에 처했을 때 메리는 공포의 어머니에게 무조건 굴복하는 것이 아니라 그녀만의 방식으로 공포의 어머니에게 대항한다. 우선 메리는 농장을 떠나기 전날 아침에 숲을 극복하는 것에서 공포의 어머니에게 대항한다. 숲은 이미 앞에서 다루었듯이 모세가 지닌 공포의 어머니 속성을 대변하고 있다. 숲과 모세의 긴밀한 관계는 메리가 농장을 떠나기로 한 사실을 알고 나서 모세가 숲으로 들어간 사실에서 다시 한번 엿볼 수 있다. 메리는 모세가 숲에서 나무에 등을 기대고 서서 자신을 지켜보고 있다는 것을 안다. 지금까지 그녀는 숲에 대한 두려움 때문에, 여러 해를 살면서 단 한 번도 숲에 들어가려고 시도하지 않았었다.

그러나 메리는 숲에 대한 두려움이 편안함(*GS*192)으로 변하는 것에서 각성의 순간을 경험하고 나서 그 숲에 들어간다. 메리는 숲이 주는 두려움을 어느 정도 극복한다는 것을 다음에서 알 수 있다.

메리는 거기에[숲 속에] 서 있으면서 주변이 온통 덤불숲으로 둘러싸인 집에서 그토록 오랫동안 살아왔으면서 숲으로 들어가 본 적이 없고, 흔히 다니는 길에서 벗어나 본 적이 없다는 사실을 문득 깨닫게 되었다. …… 메리는 눈을 들어 하늘을 보고 자신이 태양 아래 완전히 노출되어 있음을 깨달았고, 태양이 너무 가깝게 있는 것처럼 느껴져서 손을 뻗으면 하늘에서 뚝 떼어낼 수 있을 것만 같았다. 메리는 손을 위로 뻗어 보았다.

She realized, suddenly standing there, that all those years she had lived in that house, with the acres of bush all around her, and she had never penetrated into the trees, had never gone off the paths. …… Lifting her eyes she saw she was standing in the full sun, that seemed so low she could reach up a hand and pluck it out of the sky. She reached up her hand(*GS*197).

메리는 숲을 무조건 회피해 왔는데 숲은 그녀가 극복해야 하는 공포의 어머니 속성을 대변하는 것이었던 것이다. 그러므로 메리가 숲에 직접 들어가는 것은 그녀가 숲이 주는 두려움을, 즉 공포의 어머니에 대한 두려움에 맞서 대항한 것을 나타내는 것으로 볼 수 있다. 그녀가 숲의 두려움을 극복하자 그 숲은 그녀가 농장에 온 이후 처음으로 그녀에게 친근하게 다가온다. 그녀는 숲에서 기쁨을 맛보고, 놀라운 힘과 생명력을 경험한다. 루스 휘태커가 "메리 자신의 야성적인, 다듬어지지 않은 부분"71)이라고 주장한 숲을 탐험하면서, 메리는 자신이 알지 못했던 부분을 경험하고 그 힘이 얼마나 파괴적인가를 인식한다. 메리의 이러한 인식은 그녀가 미비하기는 하지만 자아 발달을 이루었음을 시사해 준다. 그리고 노이만에 따르면 태양은 자아가 의식을 갖추면서 그리고 의식 발달을 진행하면서 대면하는 하나의 상징으로 자아와 태양은 밀접한 관계를 맺고 있다(*OHC*41). 위에서 메리가 태양을 잡아 보려고 하는 것은 그녀가 어둠과 연관된 공포의 어머니에게서 벗어나려 한 것을 암시한다고 볼 수 있다.

메리의 공포의 어머니에 대한 대항은 젊은 백인 청년 토니의 도움을 받아 모세에게서 벗어나고자 한 시도에서도 나타난다. 메리는 토니가 자신을 농장에서 나가게 해 줄 것이라고 생각한다. 그녀는 모세에 대한 두려움을 극복하기 위해 토니의 따뜻한 위로의 말과 건장한 팔 등을 떠올리려고 노력한다. 그녀는 토니가 돌아올 것이라는 생각에 그의 오두막에 들어가 침대에 앉는다. 그 오두막에서 메리는 신발 한 켤레를 발견한다. 그 신발은 멋있고 깜찍한 영국 제품이었는데, 그 신발을 보고 메리는 이유를 알 수 없었지만 웃음이 나왔다(*GS*199). 그 신발은 아프리카에서 농장 일을 하면서 사용하기에는 부적합한 것처럼 보였기 때문일 것이다. 한편 그 웃음은 장소에 어울리지 않는 토니의 신발을 보고 토니를 자신의 구원자라고 보는 자신의 생각이 잘못된 것을 인정하는 자괴감이 담긴 것일 수도 있다. 이러한 암시에서 엿볼 수 있듯이 토니는 오두막에서 자신을 기다리는 메리를 이해하지 못한다. 메리는 그런 토니를 보면서 절망한다.

메리는 고통과 절망을 느끼면서 무너지듯이 침대에 주저앉았다. 구원이
란 없었고, 그녀가 헤쳐 나가는 수밖에 다른 방법이 없었다. 그리고 토니
의 어리둥절하고, 불행한 표정을 보고 있는 동안 메리는 그 표정이 전혀
낯설지가 않았다. 그녀는 궁금해하며 자신의 과거를 더듬어 보았다. 그렇
다, 아주 아주 오래전에 자신이 어려움에 처해서 무엇을 해야 할지 몰랐
을 때 농장을 경영하는 어떤 청년에게 이끌렸었다. 그때 그 청년과 결혼
하면 자신이 구원받을 수 있을 것처럼 느꼈었다. 그러나 마침내 구원은
없으며 죽을 때까지 농장에서 살게 될 것이라는 사실을 깨닫게 되었을
때 메리는 지금의 공허감을 느꼈었다. 심지어 그녀의 죽음에도 새로운 것
은 없었다.

She sank down on the bed, feeling sick and hopeless. There was no
salvation; she would have to go through with it. And it seemed to her, as
she looked at his puzzled, unhappy face, that she had lived through all
this before. She wondered, searching through her past. Yes, long, long
ago, she had turned towards another young man, a young man from a
farm, when she was in trouble and had not known what to do. It had
seemed to her that she would be saved from herself by marrying him.
And then, she had felt this emptiness when, at last, she had known there
was no to be no release and that she would live on the farm till she died.
There was nothing new even in her death(*GS*200).

　　메리는 토니에게서 도움을 받을 수 없다는 것을 알고 나서 자신
이 직접 공포의 어머니와 대면하기로 마음먹는다. 메리에게 남편이
있었지만 남편은 이미 그녀의 고려 대상에서 제외해 버렸기 때문
에 메리는 더 이상 남편에게 도움을 바라지 않는다(*GS*191). 오히
려 남편은 메리가 농장을 떠나고 싶어하는 소망을 무시하고, 자신
은 농장을 떠나면 말라 죽고 말 것이라고 말하면서 농장을 떠나는
것을 강경하게 반대한다.

　　메리가 토니와 남편의 도움을 받을 수 없다는 것에서 알 수 있
듯이, 메리가 농장을 떠나는 일은 결코 쉽지 않다. 자아는 공포의

어머니의 품을 박차고 나오고 난 후에 성장하듯이, 메리는 모세가 있는 농장에서 나와야 더 발전할 수 있다. 오히려 모세는 메리가 농장을 떠난다는 사실을 알고 나서 메리에게 더욱더 적대적으로 대한다. 여기에서 메리는 어떤 수단을 사용해서라도 자신이 농장을 떠나는 것을 저지하려고 하는 모세를 보면서 공포의 어머니에게서 탈출할 수 없음을 깨닫는다. 그래서 메리는 자신의 죽음을 받아들이기로 한다. 방 안에 있던 메리는 모세를 만나기 위해 베란다로 나간다. 숲에서 밤이 되기를 기다리고 있던 모세는 베란다에 있는 메리에게 다가와 공격한다.

메리는 말을 하려고 입을 벌렸다. 입을 벌리는 순간, 그녀는 그가 구부러진 긴 물체를 그녀의 머리 위로 치켜들고 있는 것을 보았다. 그리고 그녀는 너무 늦었다는 것을 깨닫게 되었다. 그녀의 모든 과거가 눈앞을 스치고 지나갔으며, 애원을 하기 위해서 벌렸던 그녀의 입에서는 비명이 터져 나오기 시작했다. 그러나 검은 손이 입을 틀어막는 바람에 비명은 입 밖으로 채 나오기도 전에 사그라지고 말았다. 그럼에도 메리는 숨이 막힐 정도로 계속 비명을 질러댔다. 그리고 마치 짐승의 발톱처럼 두 손을 쳐들고서 그를 떨쳐 내려고 했다. 그러나 바로 그때 덤불숲이 복수극을 펼쳤다. 그것이 메리의 마지막 생각이었다. 나무들이 마치 야수처럼 그녀 쪽으로 달려들었고, 천둥이 으르렁거리며 다가왔다.

She opened her mouth to speak; and, as she did so, saw his hand, which held a long curving shape, lifted above her head; and she knew it would be too late. All her past slid away, and her mouth, opened in appeal, let out the beginning of a scream, which was stopped by a black wedge of hand inserted between her jaws. But the scream continued, in her stomach, choking her; and she lifted her hands, clawlike, to ward him off. And then the bush avenged itself; that was her last thought. The trees advanced in a rush, like beasts, and the thunder was the noise of their coming(*GS*205).

이처럼 메리는 자신의 하인이었고, 자신을 돌보았던 모세에게 죽임을 당한다. 그가 사용한 무기는 숲에서 주워서 칼 모양으로 다듬은 것이었는데, 그 무기는 메리가 휘둘렀던 채찍에 상응하는 것으로 볼 수 있다. 즉 메리가 채찍으로 때려 피를 흘리게 했던 것과 같이, 모세는 자신이 만든 무기로 메리의 머리를 내리쳐서 피를 흘리게 한다. 이러한 메리와 모세의 관계에서 엿볼 수 있듯이 모세는 대항하는 자아를 파괴하는 공포의 어머니가 구현된 남성 살인자이다. 그리고 노이만이 주장했듯이 공포의 어머니가 남성 살인자의 모습으로 나타나는 것은 자아가 어느 정도 성장했음을 의미한다. 따라서 메리는 공포의 어머니와의 관계에서 무조건 굴복하는 자아의 모습이 더 이상 아님을 보여준다. 그녀는 공포의 어머니의 억압을 더 이상 피할 수 없다고 생각했을 때 스스로 자신을 파괴한다. 다시 말하자면, 메리는 모세가 자신을 죽이게 함으로써 스스로 거세하여 공포의 어머니에게 대항한 것이다.

이처럼 마사에서 메리로 이어지는 중심화로의 여정에서는 메리가 자신에게 다가온 죽음을 피할 수 없는 것임을 알고 스스로 죽음을 선택하는 것을 볼 수 있다. 그녀의 이러한 능동적인 죽음의 선택은 그녀의 중심화로의 여정이 그녀의 죽음 때문에 실패한 것이 아니라 오히려 그 죽음을 통해 공포의 어머니에게 대항하는 것으로 이어진다는 것을 암시하고 있다. 그러한 암시는 죽기 전에 메리가 자신이 처한 문제를 더 이상 회피하지 않겠다고 생각하는 것에서 뚜렷이 드러난다.

메리는 혼자서 그녀의 길을 걸어가야 할 것이라는 생각이 들었다. 그것은 그녀가 배웠어야만 할 교훈이었다. 오래 전에 그 교훈을 깨달았었다면, 그녀는 지금 이곳에 서 있지도 않고, 그녀의 책임을 대신해 주리라고 기대해서는 안 될 인간에게 기대었다가 다시 배신을 당하지도 않았을 것이다.

She would walk out her road alone, she thought. That was the lesson she had to learn. If she had learned it, long ago, she would not be standing here now, having been betrayed for the second time by her weak reliance on a human being who should not be expected to take the responsibility for her(*GS*200−1).

위에서 메리는 자신의 문제는 자신이 해결해야 한다는 것을, 자신의 책임을 대신해 줄 수 있는 사람은 아무도 없다는 것을 깨닫는다. 그래서 더 이상 의지할 것이나 도망갈 곳이 없게 되자 그녀는 자신의 죽음을 적극적으로 받아들이기로 한 것이다(*GS*201).

메리의 그러한 태도는 그녀의 시체 위로 내리는 비가 나타내는 구원의 계시로 이어진다. 비는 '새로 태어남', '재생', '승화'를 나타낸다는 맥락에서 보면,[72) 시체 위에 내리는 비는 메리의 새로운 탄생의 예고를 상징하는 것으로 볼 수 있다. 즉 메리는 중심화를 향해 가는 여정에 서 있는 한 여성으로서 죽임을 맞이하지만 죽음을 통하여 자아의식의 확장을 가져오는 또 다른 입문의식을 치른 것이라고 할 수 있겠다. 이러한 의식을 거치고 나면, 그녀는 비교적 높은 수준의 자율성과 성숙을 지닌 자아로 다시 태어나게 될 것이다. 다시 말해, 그녀의 발전된 모습은 공포의 어머니에게 대적할 수 있는 보다 확고한 정체성을 갖춘 영웅적 자아의 모습이 될 것이다.

5

『황금색 공책』
: 자아의 통합

앞 장의 『풀잎은 노래한다』에서는 공포의 어머니가 구현된 인물에게 메리가 죽임을 당하는 것을 통해 공포의 어머니에게 대항하는 메리의 모습을 살펴보았다. 그녀는 위선과 기만으로 뭉친 백인 사회와 공포의 어머니가 구현된 모세로 대변되는 무의식 세계와 조화를 이루지 못하고 스스로 자신을 파괴함으로써 공포의 어머니에게 대항하는 투쟁자의 모습을 보여주었다. 이러한 메리의 모습에 이어서, 『황금색 공책』(*The Golden Notebook*)의 주인공 애나(Anna Wulf)는 그녀 자신의 무의식과 의식 세계의 통합을 이루어 자아 발달의 목표인 중심화를 달성하는 영웅의 모습을 보여주고 있다.

*GN*의 애나가 앞 장 *GS*의 메리가 겪는 정신분열을 경험하는 것에서 두 작품의 연관성을 찾아볼 수 있고, 분열을 극복하는 애나는 메리보다 더 발전된 자아의 모습을 보여준다. 또한 앞에서 다루었던 *MQ*와 *GS*의 마사와 메리에서 애나의 원형을 찾아볼 수 있지만,[73] 애나는 이전 주인공들보다 자아의식이 좀 더 발달된 인물이라고 할 수 있다. 로베르타 루벤스타인이 지적했듯이, 사무실 직원이었던 그들에 비해 애나가 작가라는 직업을 가졌다는 사실이 그들보다 그녀의 자아의식이 더 성장했음을 보여주기 때문이다.[74] 이는 자아가 공포의 어머니를 극복하여 얻은 창조적 힘을 예술의

형태로 구체화하는 것을 영웅적 행위로 보는 노이만의 주장
(*OHC*210)과 맥을 같이하여 애나가 공포의 어머니를 극복하여 창
조적인 작가로 성장한다고 볼 수 있는 가능성을 열어 주고 있다.

작가 애나의 무의식 세계와 의식 세계의 통합은 그녀의 글쓰기
와 맞물려 있다고 할 수 있다. 글쓰기 과정에서 애나는 토미
(Tommy), 솔(Saul)과의 만남을 통해 의식 분열을 극복하고 자신의
무의식을 수용하여 창조적인 작가로 거듭나기 때문이다. 즉 애나의
글쓰기 작업은 그녀가 직면한 작가의 한계를 탈피하는 과정이 된
다. 그리고 레싱이 플로렌스 하우(Florence Howe)와의 인터뷰에서
"*GN*의 구성 방법이 곧 내용"[75]이라고 밝혔듯이, *GN*의 구조와 내
용은 애나가 작가로서의 상처를 치유하는 과정을 보여주는 기능을
수행한다. 본 장에서는 *GN*의 애나가 직면한 분열을 다루고, 그녀
가 토미와 솔을 만나서 자신의 의식과 무의식의 통합을 이루어 중
심화에 이르는 과정을 살펴보고자 한다.

1) 애나의 분열

*GN*의 복잡한 구조[76]는 애나의 의식 분열을 상징한다고 볼 수
있다. 특히, 애나가 여러 권의 공책들을 사용하는 것은 그녀가 의
식의 파편화를 경험하고 있음을 드러낸다. 애나의 의식 상태는 자
신이 쓴 다양한 기사나 이야기를 읽어 보고 다음과 같이 느끼는
것에서 엿볼 수 있다.

내가 그 공책들을 산 것은 계획적인 것이 아니었다. 이곳에 올 때까지 내가 다음과 같이 중얼거린 적은 사실 단 한 번도 없었던 것 같다. '나는 네 권의 공책을 쓰고 있다. 작가 애나 울프와 관련된 검정 공책, 정치와 연관된 빨강 공책, 내 자신의 경험에서 이야기들을 만들어 적고 있는 노랑 공책, 그리고 일종의 일기로 시도하고 있는 파랑 공책.' …… 그리고 난 그 공책들을 읽어 보았다. 처음 기록하기 시작한 이후 그것들을 통독해 본 적은 없었다. 그것들을 읽고 나는 마음이 심란해졌다. …… 그러나 무엇보다도, 나 자신을 알아볼 수가 없었다. 내가 쓴 것을 내가 기억하고 있는 것과 연결해 보니 그 모든 것이 거짓인 것처럼 여겨졌다. 그리고 내가 쓴 것의 비진실성은 내가 전에는 생각하지 않았던 것, 즉 나의 불모성 때문이었다는 사실을 깨달았다.

I didn't buy them on a plan. I don't think I ever, until I came here, actually said to myself: I keep four notebooks, a black notebook, which is to do with Anna Wulf the writer; a red notebook, concerned with politics; a yellow notebook, in which I make stories out of my experiences; and a blue notebook which tries to be a diary. …… then I read them. I hadn't read them through since I first began to keep them. I was disturbed by reading them. …… But above all, because I didn't recognize myself. Matching what I had written with what I remembered it all seemed false. And this — the untruthfulness of what I had written was because of something I had not thought of before — my sterility(GN475 − 6).

위에서 네 공책들에 대해 언급하듯이, 그 공책들은 애나의 다양한 의식, 즉 예술적, 정치적, 감정적, 여성적 의식을 담고 있다. 여러 공책들은 마가렛 로우가 적절히 주장했듯이,[77) 애나의 다양한 모습을 조각조각 분리해서 보여줌으로써 그녀의 와해된 의식을 상징한다. 애나는 공책들을 읽고서 "자신을 알아볼 수가 없었다."고 털어놓고, 그녀 자신이 쓴 내용이 진실하지 않다고 생각하는데, 이 고백과 생각은 그녀의 의식 세계가 혼돈으로 차 있음을 반영하고 있다. 그리고 작가가 처한 문제는 주로 작품에 대한 창조성과 관련되기 때문에 작가의 불모성이 작가가 겪는 고통의 발단이 되고 그 고통이 심화되어 의식 분열로 이어질 수 있는 가능성을 배제할 수 없다. 위에서 애나가 자신의 글의 비진실성이 바로 자신의 '불모성'(GN476) 때문이라고 절감하는 데서 또한 그녀의 의식 분열을 감지할 수 있다.

애나의 의식 분열은 친구 몰리(Molly)와의 대화에서 또렷이 표명된다. 몰리는 애나에게 여러 공책들을 사용하는 이유가 무엇이냐고 묻는다.

> "그 일기들에 있는 것은 뭐지?"
> "그건 일기가 아니야."
> "그게 뭐든 상관없어."
> "혼돈, 그래 그건 혼돈이야."
>
> "What's in those diaries then?"
> "They aren't diaries."
> "Whatever they are."
> "Chaos, that's the point."(GN41)

위에서 애나는 몰리에게 공책들이 혼돈 그 자체라고 대답하는데, 그 공책을 쓰고 있는 그녀는 자신이 혼돈에 직면해 있음을 은연중에 드러낸다. "내가 보기에 모든 것이 산산이 쪼개지고 있다."(GN3)고 토로하는 애나의 심정에서도 그녀의 의식 분열의 증상을 포착할 수 있다.

애나의 의식 분열은 그녀가 언어와 의미의 비연결성을 경험하는 것에서 가중되고 있다. 언어는 언어가 지닌 의미를 확증하지 못하고, 언어와 의미가 서로 결합하지 못한 채 겉도는 현상이 반복되

기 때문이다. 애나는 언어에 정신을 집중하여 의미를 찾으려고 시
도하지만, 언어에 대한 강박관념에 사로잡히는 결과만 낳고 만다.

> 그녀는 신문이나 시사 잡지에서 인쇄된 기사들을 세심하게 오려내어 그
> 것들을 압정을 사용하여 벽에 고정시켰다. 그 큰 방의 하얀 벽면이 신문
> 에서 오려 낸 크고 작은 종잇조각으로 모두 가려졌다. …… 그럼에도 신
> 문들은 쌓여 갔고, 매일 아침 매우 많은 두툼한 인쇄 뭉치들이 그녀의 집
> 밖에 도착했고, 그리고 매일 아침 그녀는 새로 공급된 자료들을 질서 지
> 으려 애쓰며 앉아 있었고―그리고는 압정을 더 사기 위해 밖으로 뛰어나
> 갔다. 문득 그녀는 자신이 미쳐 가고 있다는 생각이 들었다. 이것이 그녀
> 가 예견했던 '붕괴', 다시 말해 '산산조각으로 쪼개지는 것'이었다.

> She carefully cut out the patches of print from newspapers and journals
> and stuck them on the walls with drawing―pins. The white walls of the
> big room were covered all over with large and small cuttings from papers.
> …… But the newspapers piled up, landing on her door―mat every
> morning in a great thick pack of print, and every morning she sat,
> fighting to order this new supply of material―and going out to buy more
> drawing―pins. It occurred to her that she was going mad. This was 'the
> breakdown' she had foreseen; the 'the cracking―up'(GN650―1)

위에서처럼 자료들에 질서를 부여해서 의미를 얻으려 했을 때,
즉 언어의 의미를 형상화하려고 했을 때, 애나는 자신이 '산산조각
으로 쪼개지는' 것을 경험한다. 주어진 언어에서 그 언어에 어울리
는 의미를 찾지 못하기 때문이다. 애나는 신문 기사 대신 다시 공
책들을 읽어 보려고 시도한다. 그러나 공책의 내용과 자신 사이에
어떤 연관성도 찾지 못했다고 하듯이, 그녀는 언어와 의미의 연결
고리를 찾지 못한다. 이처럼 자신이 공책에 기록한 언어들조차도
이해하지 못하는 애나의 모습에서 그녀의 의식이 심하게 분열되어
있음을 알 수 있다.

2) 공포의 어머니로서의 애나

분열을 겪고 있던 애나는 토미와의 관계에서 자신의 무의식 세계를 만나고, 이 만남에서 자신의 무의식에 있는 공포의 어머니 속성을 접하게 된다. 노이만이 주장했듯이, 자아는 중심화로 나아가기 위해 공포의 어머니를 극복해야 한다. *GN*의 애나는 자신의 주변에 편재한 '악'적인 요소를 자신의 내면에서 발견하고 분열을 극복하여 온전한 정신으로 돌아간다.

애나는 토미에게 공포의 어머니가 구현된 인물이라고 할 수 있다. 토미는 스스로 자신에게 상처를 입힘으로써 자아가 공포의 어머니에게 거세당한 모습을 상징적으로 보여주기 때문이다. 이러한 토미에게 애나는 위압적인 존재로 다가오고, 두 사람 사이에 불화, 의심, 비판이 오고 간다. 다음의 꿈속에 나오는 애나의 모습에서 그녀가 토미에게 공포의 어머니 속성이 구현된 인물이라는 것을 볼 수 있다.

> 그녀는 두 아이와 있었다. 한 명은 건강하게 빛나는 포동포동한 자넷(Janet)이었다. 다른 한 명은 토미, 어린 토미였는데, 그녀는 그를 굶기고 있었다. 그녀의 젖가슴은 텅 비어 있었다. 자넷이 그 안의 젖을 다 먹었기 때문이다. 그래서 토미는 마르고, 왜소했고, 그녀가 보는 앞에서 허기져 오그라들고 있었다. 그녀가 걱정과 분열과 죄의식에 휩싸여 깨어나기 전에 그는 앙상한 몰골을 하고 창백하게 노려보는 듯한 몸뚱이로 작게 똬리를 틀며 완전히 사라져 버렸다.

> She had two children. One was Janet, plump and glossy with health. The other was Tommy, a small baby, and she was starving him. Her breasts were empty, because Janet had had all the milk in them; and so Tommy

was thin and puny, swindling before her eyes from starvation. He vanished altogether, in a tiny coil of pale bony staring flesh, before she woke, which she did in a fever of anxiety, self−division and guilt(*GN*651−2).

위의 꿈에서 애나가 토미를 굶기고 있다고 하는 것은 애나의 무의식에 토미를 억압하는 공포의 어머니 속성이 잠재되어 있음을 암시하는 것이다. 또한 꿈에서 토미가 앙상한 몰골로 사라진다는 것은 토미가 공포의 어머니에게 억압당할 수도 있음을 예시해 주는 한 전조가 된다. 그 전조는 애나가 토미에게 부정적인 속성을 드러낼 수 있다는 의미를 내포하고 있다. 그녀의 그러한 속성은 다음에서도 유추해 볼 수 있다.

> 토미가 말했다.
> "애나, 아줌마 침대는 꼭 관 같아요."
> 애나는 그녀 자신을 보았다. 검정 바지에 검정 셔츠를 입고 검정색 천이 드리워진 좁은 침대 위에 다리를 꼰 채 웅크리고 앉아 있는 작고, 창백하고, 단정한 자신을 보았다.
> "그렇다면 관 같은 모양인가 보다."
> 그녀는 그렇게 말했지만, 침대에서 내려와 그의 맞은편 의자에 앉았다.
>
> Tommy remarked:
> "Anna, your bed's just like a coffin."
> Anna saw herself, small, pale, neat, wearing black trousers and a black shirt, squatting cross−legged on the narrow black−draped bed.
> "Then it's like a coffin."
> She said; but she got off the bed and sat opposite him in a chair(*GN*260).

'관'이 죽음을 상징한다고 노이만이 주장했듯이(*OHC*58), 위에서 관에 비유한 애나의 침대는 토미가 공포의 어머니가 구현된 애나에게 거세당할 것임을 예고하는 한 상징이 되기도 한다. 또, 검정

색이 분석심리학에서 부정적 속성을 나타내듯이, 검정색 옷을 입은 애나는 토미에게 파괴적 속성을 드러낼 수 있는 여지를 지닌다. 그 속성은 그녀가 검정색 책상(GN55)을 사용한다는 사실에도 함축되어 있다.

애나와 토미의 관계는 GS에서 살펴보았던 노이만의 자아 발달 과정에서의 투쟁자와 공포의 어머니 관계로 볼 수 있다. 투쟁자는 공포의 어머니에게 대항하는 본성을 지니고 있기에 투쟁자 토미는 때때로 애나에게 반항한다. 작가 애나의 문제를 지적하는 것에서 반항하는 토미의 모습을 볼 수 있다.

> "왜 공책이 네 권이죠?"
> "나도 모르겠구나."
> "아실 게 분명해요."
> "'네 권의 공책에 기록할 거야'라고 내 자신에게 말한 적은 없어. 우연히 그렇게 되었을 뿐이란다."
> "왜 한 권이 아니죠?"
> 애나는 잠시 생각한 후에 말했다.
> "어쩌면 너무 뒤죽박죽이 될까 봐 그랬겠지. 혼란스러울까 봐."
> "혼란스러우면 안 되는 이유라도 있나요?"

> "Why do you have four notebooks?"
> "I don't know."
> "You must know."
> "I didn't ever say to myself: I'm going to keep four notebooks, it just happened."
> "Why not one notebook?"
> She thought a while and said:
> "Perhaps because it would be such a—scramble. Such a mess."
> "Why shouldn't it be a mess?"(GN265－6)

위에서, 토미는 애나에게 그녀가 처한 문제의 핵심을 지적한다. 이러한 토미에게 애나는 정확한 답을 주지 못한다. 토미는 혼돈이 두려워 여러 공책을 사용한다는 애나의 대답에 그것은 자신에게 정직하지 않기 때문에 그런 것이라고(GN274) 신랄하게 비판한다. 이 같은 비판을 마친 토미는 만족스러운 웃음을 짓는다. 그는 애나의 문제를 지적하면서 애나에게 다시 한 번 비판을 가한다.

> "아줌마는 여기 앉아서 쓰고 또 쓰지만, 아무도 그것을 볼 수가 없어요. 그건 오만이에요. 전에도 그렇게 말했었죠. 게다가 아줌마는 진정으로 자기 자신이 될 만큼 정직하지도 않아요. 모든 걸 그렇게 분리하고, 쪼개 놓으니 말이에요."

> "You sit here writing and writing, but no one can see it — that's arrogant, I told you so before. And you aren't even honest enough to let yourself be what you are — everything's divided off and split up."(GN274)

위에서 토미는 애나가 작품을 쓰고도 독자가 읽지 못하게 하는 것은 오만이라고 비난하고 그녀가 그러는 것은 틀에 갇혀 있기 때문이라고 혹평한다. 이러한 토미는 애나를 압도하는 것처럼 보이지만 그는 아직 애나를 극복할 수 있을 만큼 확고한 정체성을 지닌 인물이 아니다. 그가 인생과 사람에 대해 인생이 그다지 아름답지 않고 사람은 선하지도 않고 믿을 존재가 아니라는 비관적 태도를 보이는 것에서 그의 이러한 미숙한 면을 알 수 있다. 노이만에 의하면, 미숙한 정체성을 지닌 자아는 세계에 대해 불안감, 두려움을 갖기 때문이다(OHC96). 그러므로 토미의 비관적인 태도는 그의 미숙한 정체성에서 기인한다고 볼 수 있다.

토미의 미숙함은 인생에서 무엇인가를 선택해야 하는 기로에서 그가 흑색 지대에 있는 불안한 인간처럼 방황하는 것에서 여지없이 드러난다. 그는 모든 것을 회의, 냉소, 우울함으로 대한다. 그의 이러한 상태는 애나의 혼돈으로 가득한 공책들을 보고 더 가중된다. 이러한 토미의 모습은 공포의 어머니에게 억압받는 자아의 모습과 유사하다. 토미는 애나의 글쓰기를 비난하지만, 오히려 자신이 그 글쓰기에 영향을 받아 혼란에 빠지기 때문이다. 공포의 어머니는 연약한 자아에게 영양분을 공급하지만 자신에게 대적하는 자아에게 벌을 내린다는 노이만의 주장에 비추어 보면, 애나의 꿈에서도 암시되는 것처럼, 애나는 토미에게 정신적으로 영양분을 공급하지 않는 공포의 어머니 속성을 지니고 있음을 보인다.[78]

애나에게 토미는 '자신의 성격에 갇혀 있는 자기 자신의 포로'(*GN*33)처럼 보이는데, 그의 그러한 모습은 공포의 어머니에게 대항한 죄로 자아도취에 빠지는 벌을 받고, 우물에 비친 자신의 모습에 반해 자살하고 마는 투쟁자 나르시스를 상기시킨다(*OHC*89). 그런 토미를 애나가 그대로 내버려두지 않을 것이라는 것을 다음에서 볼 수 있다.

> 토미는 조용히 몸을 돌려 밖으로 나갔다. 그가 부엌의 수도에서 물을 받아 터벅터벅 계단을 올라가는 소리가 들렸다. 그동안 그녀는 매우 혼란스러운 감정 상태에 휩싸여 있었다. 마치 그녀 육체의 가장 미세한 세포 하나하나가 어떤 자극 물질에 닿아 있기라도 한 것 같았다. 그녀는 그 방에 있었던 토미의 존재와 어떻게 하면 그와 직면할 것인가에 대한 궁리로 인해 얼마간은 애나, 그녀 자신을 지탱할 수 있었다. 하지만 토미가 나간 지금, 그녀는 자기 자신조차 거의 인식할 수 없었다. 그녀는 웃고 싶었고, 울고 싶었고, 심지어는 비명을 지르고 싶었다. 어떤 대상이건 움켜잡고

마구 흔들며 그 대상에 상처를 입히고 싶은 기분이었다. ―그 대상은 물론 토미였다.

Tommy quietly turned himself and went out; Anna heard him running water from the tap in the kitchen, and then plodding up the stairs. Meanwhile she was in an extraordinary tumult of sensations; as if every particle and cell of her body had been touched with some irritant. Tommy's presence in the room and the necessity to think of how to face him had kept her more or less Anna, more or less herself. But now she hardly recognized herself. She wanted to laugh, to cry, even to scream; she wanted to hurt some object by taking hold of it and shaking and shaking until ― this object was of course Tommy(GN266).

위에서, 애니가 토미에게 '상처를 입히고 싶은 기분'을 느끼는 것에서 토미가 문제에 직면할 것임을 예측할 수 있듯이, 그는 점점 어려운 시기에 접어들게 된다. 아버지 사업을 배울 것인지 아니면 공부를 계속할 것인지를 결정하지 못하고 방황하던 그는 갑자기 작가가 되어 글을 쓰겠다고 한다. 그는 애나에게 글쓰기 도움을 받기를 원한다. 그러나 그녀는 그에게 혼란과 불확실한 것만을 제시할 뿐이다. 애나에게서 해답을 얻지 못한 그는 번뇌하게 되고, 권총 자살을 시도하다가 장님이 된다.[79] 애나는 장님이 된 토미를 보면서 "자신 때문에 거세당한 소년"(GN377)이라고 부른다. 여기에서 토미가 눈을 잃는 것은 투쟁자가 공포의 어머니에게 대항하다가 희생당하는 것을 강하게 암시한다고 볼 수 있다.

토미가 장님이 되고 난 후, 애나는 공포에 질려 상처받은 자신의 모습, 그리고 혼돈 속에 헤매는 자신의 모습(GN407)을 본다. 그녀는 토미가 도움을 요청했을 때 도와주지 못한 것이 그 이유라고 생각한다.

지난 몇 달 동안 애나는 토미가 자살을 시도했던 날 저녁, 그녀의 공책들을 내려다보며 페이지들을 하나하나 넘기며 서 있던 토미의 기억에 시달리고 있었다. 그녀는 최근에는 거의 기록을 못 하고 있었다. 하더라도 애를 써야 가능했다. 그녀는 마치 그 소년이 이글거리는 검은 눈으로 그녀를 비난하면서 바로 그녀 팔꿈치 옆에 서 있는 듯이 느껴졌다.

During the last months she had been haunted by the memory of Tommy standing over her notebooks, turning page after page, on the evening he had tried to kill himself. She had made few entries recently; and then with effort. She felt as if the boy, his hot dark eyes accusing, stood at her elbow(*GN*380).

위에서 토미의 비난의 눈초리는 애나를 비판하는 것만 같아 보인다. 그녀는 장님이 되어서도 아무렇지 않게 생활하는 토미를 보며 자신은 아무 일도 없었다는 듯이 그를 대할 수 없고, 그에게 예전의 친근감을 느끼지 못한다. 심지어 눈을 잃은 토미의 모습은 그녀에게 불쌍한 감정을 일으키는 것을 넘어서서 공포를 느끼게 한다.

그는 까다로운 여자들의 기분을 맞추는 남자마냥 그들의 비위를 맞췄다. 그 둘은 그를 지켜보았고 간담이 서늘해져서 서로를 바라보았다. 그리고 다시 얼굴을 돌려 그 소년이 지리하지만 전혀 고통스럽지 않은 듯이 이제 자신의 것이 된 그 어둠의 세계에 적응하는 걸 무력하게 지켜보았다. …… 게다가 그와 함께 방에 혼자 있을 때에는 애나 자신도 계속해서 이해할 수 없는 완전한 공포의 물결에 압도당해 버렸다.

He humoured them like a man humouring difficult women. The two watched him, looked, appalled, at each other, looked away again, watched helplessly while the boy made his tedious but apparently unpainful adjustment to the dark world which was now his. …… And besides, alone in a room with him, she kept succumbing to waves of pure panic, which she did not understand(*GN*375).

애나가 거세당한 자아의 모습인 토미를 보고 두려움을 느끼는 것은 토미를 통해서 자신의 무의식에 있는 파괴적인 공포의 어머니 속성을 만나는 것을 암시한다고 할 수 있다. 애나 혼자서 그와 함께 있을 때 그녀 자신도 이해할 수 없는 공포에 사로잡히고 만다고 생각하는데, 그것은 그녀가 자신의 무의식에 잠재된 파괴적 힘과 조우하는 것을 암시한다고 볼 수 있기 때문이다. 애나의 파괴적 힘은 토미를 실명하게 하여 영원히 어두운 세계로, 즉 공포의 어머니 세계에 가두어 버리는 것에서 드러난다. 애나는 토미가 어머니를 붙잡아 두려는 속셈에서 자살을 시도했다고 말하지만, 역설적으로 그녀가 토미를 구속한 것이라고 해석할 수 있기 때문이다.

애나는 주저하다가 말했다.
"토미는 엄마를 집에 두기 위해, 자기 바로 옆이 아니라 가까이에 두기 위해 그 모든 일을 시작한 거예요. 그의 죄수로 말이에요. 게다가 그 앤 그걸 포기할 것 같지 않아요."

Anna hesitated, then said,
"Tommy's set everything up so that he has his mother in the house, not next to him, but close. As his prisoner. And he's not likely to give that up."(*GN*385)

위에서 애나가 말한 죄수는 어머니가 아닌 토미라고 볼 수 있으며, 그는 어둠의 세계라는 감옥에 갇혀 버린 것이다. 아마 그는 애나의 글을 통렬히 비난하고 그녀에게 대적한 죄로 눈을 거세당하는 벌을 받은 것인지도 모른다. 그렇다면 토미가 눈을 실명하게 된 사건에 일조한 애나야말로 바로 토미의 눈을 거세하고 암흑의 세계로 밀어 넣은 공포의 어머니인 것이다.

그러나 애나는 자신에게 파괴적 속성이 내재한다는 것을 분명히
받아들이지는 못하는데 왜냐하면 토미가 자살을 시도한 이유를 정
확히 이해하지 못하기 때문이다. 오히려 애나는 자신이 토미의 상
태에 감염되었다고 생각한다.

> 갑자기 그녀[애나]는 킬킬거렸다. 애나는 그 킬킬대는 소리를 들었다. 그
> 래, 자살을 시도하기 전날 밤 나를 만나러 왔을 때 토미는 바로 그렇게
> 킬킬거렸었다. 얼마나 기묘한 일인가. 난 내 자신이 그렇게 웃는 걸 들어
> 본 적이 없었는데. 그렇게 킬킬거렸던 토미의 그 인격에 무슨 일이 벌어
> 졌는가? 그 인격은 완전히 사라졌다ㅡ어쩌면 총탄이 머리를 관통했을 때
> 토미는 그를 죽여 버렸는지도 모르지. 내가 그런 밝고 무의미한 킬킬거리
> 는 웃음을 내뱉다니 정말이지 얼마나 이상한 일인가!

> Suddenly she giggled. Anna heard the giggle; yes, that was how Tommy
> giggled that night he came to see me before he tried to kill himself. How
> odd, I've never heard myself laugh like that before. What has happened
> to that person inside Tommy who giggled like that? He's gone completely
> ㅡI suppose Tommy killed him when the bullet went through his head.
> How strange I should let out that bright meaningless giggle!(*GN*511)

위에서 킬킬 웃음을 웃는 애나는 자살을 시도하기 전의 토미의
분열된 모습을 연상시킨다. 이는 애나가 분열 상태에 있음을 보이
며, 또한 자신의 무의식에 있는 파괴적 속성을 감당할 수 없는 데
서 온 결과이고, 내면에 있는 부정적 속성을 대면하기를 원하지
않기 때문에 그녀 자신이 그 힘에 짓눌리고 만 것이다.

그러나 애나는 에드워드 에딩거(Edward Edinger)가 적절히 주장
했듯이[80] 자신의 무의식을 대면해야만 온전한 정신[중심화]을 갖출
수가 있다. 애나는 토미를 통해 자신의 무의식에 있는 부정적 여
성성을 만났지만, 그것을 자신의 것으로 쉽게 받아들일 수 없었다.

중심화를 성공적으로 달성하기 위해서, 애나는 자신의 무의식에 있는 그 속성을 외면하지 말고 느끼고, 경험해야 한다. 그렇게 해야만 애나는 자아 발달에서 더 높은 단계로 올라가서 자신의 아니무스를 만날 수 있고, 토미가 강하게 비난했던 글쓰기 문제를 극복할 수 있게 되기 때문이다.

3) 애나의 공포의 어머니 극복

*GN*에서 토미를 만나고 난 후 애나는 솔을 통하여 자신의 무의식에 있는 남성성과 조우하여 그것을 자신의 것으로 포용한다. 이러한 그녀의 모습은 노이만의 자아 발달 과정에서 영웅 단계에 이른 자아의 모습으로 나타난다. 노이만은 *OHC*에서 자아 발달 과정에서의 자아의 영웅 단계를 중점적으로 용 싸움과 관련지어 다룬다(*OHC*131). 여기에서 용은 무의식의 공포의 어머니 속성을 상징하고 동시에 의식 세계에서의 기존 문화, 법, 관습 등을 상징한다. 노이만의 주장에 따르면, 자아가 용 싸움을 치르는 것은 자신의 무의식에 있는 여성적 힘뿐만 아니라 의식 세계의 남성적 힘을 극복한다는 것을 의미한다. 이를 극복하면, 자아는 공포의 어머니에게서 독립하여 보다 고귀한 인격을 갖춘 영웅이 된다.

자아는 용 싸움을 거치고 나서 자신이 이전에 살았던 모체를 '너' 또는 '비자아'로 경험하고, 무의식의 공포를 극복하도록 도와주는, 즉 자아에게 긍정적인 도움을 주는 여성성인 아니마 혹은 남성성의 아니무스[81]를 만나게 된다. 자아가 아니마/아니무스를 만나는 것은 양성의 조화를 의미하며, 노이만은 이를 '천상의 결혼'(*OHC*198)이라 부른다. 노이만은 자아가 자신의 무의식에 있는 이러한 정신적 실체를 만나는 것을 다음과 같이 설명한다.

> 정신의 실체를 발견하는 것은 신화적으로 포로를 해방하고 보물을 캐내는 것과 같다. …… 영혼의 자기―발생 힘은 인간이 지닌 진실하고 최종적인 비밀이다. 이 힘을 지닌 인간은 창조자 신과 유사한 위치에 서게 되고, 모든 다른 생명체보다 우월한 존재가 된다. 영웅은 다양한 모습들, 즉 구원자와 행위자, 선각자와 현자, 창립자와 예술가, 발명가와 발견자, 과학자와 지도자 등의 모습으로 나타나 무의식에 감추어져 있는 보물의 이미지, 사상, 가치, 잠재력을 끌어내어 실현시킨다.
>
> The discovery of the reality of the psyche corresponds mythologically to the freeing of the captive and the unearthing of the treasure. The primordial creative powers of the psyche, which in the creation myths were projected upon the cosmos, are now experienced humanly, as part of man's personality, as his soul. …… The self―generating power of the soul is man's true and final secret, by virtue of which he is made in the likeness of God the creator and distinguished from all other living things. These images, ideas, values, and potentialities of the treasure hidden in the unconscious are brought to birth and realized by the hero in his various guises―savior and man of action, seer and sage, founder and artist, inventor and discoverer, scientist and leader(*OHC*210―1).

위에서 언급했듯이 자아는 아니무스를 만나 영웅적 존재가 된다. *GN*에서 작가 애나는 솔을 만나서 작가의 문제를 극복하고 작품을 시작하는 것에서 영웅적 모습을 나타낸다(*GN*639). 처음 애나가 솔을 만났을 때 그녀는 글을 쓸 수 없을지도 모른다는 두려움을 지니고 있었다. 그 두려움은 애나가 자신의 무의식에 있는 창조적 힘을 끌어내어 작품을 시작하는 것으로만 해소할 수 있다. 솔은 애나에게 한 문장을 선사하고, 그녀는 그 문장으로 글을 시작한다. 이처럼 애나가 글을 쓰도록 도와주는 솔은 그녀의 무의식에 있는 남성성인 아니무스라고 볼 수 있다. 자아가 아니무스를 만나는 것은 '보물을 캐내는 것'(*OHC*210)과 같은 것이라고 주장하는 노이만의 견해에 비추어 보면, 애나는 솔의 도움으로 보물에 해당하는 '황금색 공책'을 창조해 내기 때문이다.

그러나 자아와 아니무스의 만남은 쉽게 이루어지지 않는다. 왜냐하면 자아는 자신의 공포의 어머니 속성을 포용했을 때 아니무스를 만날 수 있기 때문이다. 이는 *GN*의 애나와 솔의 관계에서도 나타난다. 애나와 솔은 처음에 적대 관계를 형성하다가 긍정적 관계로 나아가는 것을 보여준다. 두 사람의 관계 변화는 쉽게 일어나지 않기 때문에 그 변화는 무의식 세계, 특히 꿈을 통해 이루어진다. 이런 맥락에서 애나와 솔의 부정적 만남과 긍정적 만남을 다루는 것은 애나의 무의식을 이해하는 과정과 맞물려 있다.

(1) 꿈 – 무의식을 끌어오는 통로

*GN*에서 꿈은 애나에게 중요한 하나의 상징이다. 애나가 자신의 문제를 직시하고 극복하는 것은 꿈을 통해서이기 때문이다. 융은 꿈을 무의식의 내용을 끌어오는 주요한 통로라고 보고, 무의식의 내용이 '꿈에서 가장 사실적이고 진실한 방식으로 제시된다.'고, 또한 꿈은 무의식 세계로부터 지혜를 가져오는 매체이고, 깨어 있는 동안의 부족함을 채워주는 동시에, 미래에 대한 희망과 지침을 제공한다고 주장하였다.[82] 루시 구디슨(Lucy Goodison)은 무의식은

억압된 불쾌감으로 채워진 지하 감옥과 같은 곳이면서 보물 창고라고도 하였으며,83) 진 피커링(Jean Pickering)은 꿈이 애나에게 생활의 일면을 예시할 수 있는 통찰력을 제공하는 역할을 한다고 보았다.84) 레싱이 조나 래스킨과 가진 인터뷰에서 다음과 같이 밝히는 애나의 꿈의 역할은 그러한 점을 강력히 뒷받침해 준다.

> 우리의 심층에 있는 무의식적인 예술가[꿈]는 매우 유용하다고 할 수 있어요. 꿈은 몇 가지 상징들을 사용해서 한 인간의 전체 삶을 정의할 수 있고, 또한 꿈은 우리들에게 미래에 대한 경고를 제시해 주죠. 애나의 꿈들은 아프리카에서의 경험, 전쟁에 대한 공포, 공산주의와 그녀의 관계, 작가로서의 그녀의 딜레마를 포함하고 있죠.
>
> The unconscious artist who resides in our depths is a very economical individual. With a few symbols a dream can define the whole of one's life, and warn us of the future, too. Anna's dreams contain the essence of her experience in Africa, her fears of war, her relationship to Communism, her dilemma as a writer.85)

애나가 그녀의 꿈에서 작가의 딜레마를 대면한다고 레싱이 지적했듯이, 애나는 꿈을 통해 자신의 문제를 대면하기 시작한다.

애나는 솔을 만나기 전에 불모성을 지닌 모습이었다. 이러한 그녀의 심리 상태를 반영하는 상징으로 볼 수 있는 사막에 대한 꿈을 꾼다(GN408). 꿈에서 애나는 사막에서 혼자였고 물을 찾을 수 없었다고 보이듯이, 사막86)은 애나의 메마른 창조성을 상징한다고 볼 수 있다. 애나는 이 문제를 해결하기 위해 우물을 찾아야 한다는 것을 알고 있다. 사실, 그녀는 솔을 만나기 전에 자신의 샘이 말라 버렸다고 고백한다.

그녀는 마음속에 천천히 물이 차오르는 마른 우물을 그려 보았다. 그래.
내 문제는 바로 그거야. 나는 메말라 있어. 텅 비어 있어. 어딘가에 있는
수원지와 닿아야만 해 그렇지 않으면 ……

She had a mental image of a dry well, slowly filling up with water. Yes,
that's what's wrong with me—I'm dry. I'm empty. I've got to touch
some source somewhere or ……(GN394).

사막처럼, 메마른 우물 또한 애나의 창조의 샘이 고갈되었음을
상징한다. 그녀는 끊임없이 샘을 갈망하는 중에 사막의 꿈을 꾼
것이고, 이 꿈을 통해서 그런 사막을 횡단하려면 자신의 문제를
해결해야 한다는 것을 깨닫게 된 것이다.

애나는 자신이 쓰고 있는 모든 것의 무의미함 때문에 분열을 겪
고 있을 때, 미국 망명객 솔을 만난다. 솔을 만나고 나서 애나는
자신이 작가의 한계(GN604)에 봉착했다는 것을 처음으로 인정한
다. 의식만으로는 자신의 문제를 직시할 수가 없었던 애나는 솔을
만나 무의식의 문을 두드리기 시작하는 것이다. 솔은 애나의 무의
식의 일부분이라는 것을 다음에서 볼 수 있다.

나는 내가 곧바로 그의 광기 속으로 들어갔다는 것을 깨달았다. 왜냐하면
그는 지혜롭고, 친절하고, 완전한 어머니상, 또한 성적 놀이 상대이면서
여동생인 상을 찾고 있었고, 내가 그의 일부가 되었고, 그것은 또한 나
자신을 위해 내가 역시 찾고 있던 것이기도 했기 때문에, 나도 그가 원하
는 모성상을 필요로 했기 때문에, 그리고 내 자신이 그 상이 되길 원했기
때문이다. 나는 더 이상 나 자신을 솔로부터 분리시킬 수 없다는 것을 깨
달았고, 그것은 이때까지 내가 두려워했던 그 어떤 것보다도 나를 더 두
렵게 했다.

I understood I'd gone right inside his craziness: he was looking for this
wise, kind, all—mother figure, who is also sexual playmate and sister; and

because I had become part of him, this is what I was looking for too, both for myself, because I needed her, and because I wanted to become her. I understood I could no longer separate myself from Saul, and that frightened me more than I have been frightened(*GN*587).

애나가 솔을 자신과 분리할 수 없다고 하는 것은 그를 그녀의 무의식의 일부라고 볼 수 있는 가능성을 열어 준다. 애나는 또한 그가 집을 나가면 자신의 자기-증오(*GN*613)가 뒤따라 나간다고 말하는데, 자기-증오는 자신의 억압된 모습이라고 디마리스 워(Demaris Wehr)가 주장하듯이,[87] 솔을 따라간 자기-증오는 애나의 모습을 반영하고 있다.

그리고 처음 솔을 만났을 때 애나는 불안감을 느끼고(*GN*555) 기분이 나빠진다. 이 감정은 *GS*에서 메리가 모세를 대면했을 때 느낀 감정과 유사하다. 루스 휘태커는 메리가 그러한 감정을 느끼는 것은 모세가 메리의 그림자이며 무의식에 억압되어 있던 그녀의 숨겨진 부분[88]이기 때문이라고 보는데, 애나의 솔에 대한 불안한 감정도 그것과 유사한 이유를 갖는다. 모세가 메리의 무의식의 일부분을 상징하는 것처럼, 솔은 애나의 무의식의 한 부분을 상징하는 것이다. 그러므로 애나가 솔을 만났을 때 불쾌감과 거부감을 느끼는 것은 그녀가 그를 통해 자신의 은폐된 부분을 만났기 때문이라고 할 수 있다.

(2) 부정적 만남

애나는 솔을 인식하고 나서 그에게 공포의 어머니로 다가간다. 그러나 앞에서 애나가 토미와의 만남에서 보여주었듯이 솔과의 대면은 쉽지 않다. 그래서 애나와 솔은 처음 만났을 때 서로에게 적대적으로 대한다. 솔을 만나고 난 후, 애나는 꿈에서 자신의 모습이 다양하게 변하는 것을 경험한다.

> 그가 따스해지자, 나는 다시 잠이 들었다. 그러자 즉시 나는 그 노인이 되었고, 그 노인은 내가 되어 있었다. 하지만 나는 또한 노파이기도 했다. 그러므로 나는 중성이었다. 나는 또한 악의에 차 있고, 파괴적이었다.
>
> When he was warmed, I put myself back to sleep, and instantly I was the old man, the old man had become me, but I was also the old woman, so that I was sexless. I was also spiteful and destructive(GN563).

위의 꿈에서, 애나는 중성으로 보이는데 그것은 자신의 무의식에 여성성과 남성성이 있음을 인식하기 시작한 것을 암시하는 것이라고 볼 수 있다. 애나는 자신이 파괴적인 부분을 지니고 있음을 또한 확인하고 있다. 애나는 꿈에서 누군가가 "애나, 넌 네가 믿고 있는 모든 것을 배반하고 있어. 넌 주체성, 너 자신, 너 자신의 욕구 속에 가라앉아 있어."(GN614)라고 말하는 것을 듣는다. 이 목소리야말로 애나를 무의식의 소리에 귀 기울이게 만드는 매개체로서 이것을 통해 그녀는 본격적으로 솔과 대면한다.

솔은 여성이 "게걸스럽게 삼켜대는 입 주위에 움켜쥐는 팔다리가 있는 털투성이 거미"(GN612)처럼 보인다고 말한다.[89] 솔이 남성에게 의존하려고만 하고, 남성에게 집착하는 여성을 거미와 같은 존재라고 보는 것에서 알 수 있듯이 솔은 자신에게 매달리는 애나를 부정적으로 바라본다. 처음 애나는 솔이 여러 여성들을 만나는 것을 알고 질투하게 되고, 그 질투는 그에 대한 소유욕과 집착으로 변해 간다. 솔은 그러한 그녀에게 이렇게 소리친다.

> "나는 남자야. 난 여자의 애완동물이 아니야. 갇혀 있는 애완동물이 아니야."
> "나, 나, 나, 나, 나" 그는 외쳐댔다. 그러나 모든 것이 연결 없이 내뱉어져서 흩뿌려지는 일종의 모호한 허세였다.
> ……
> "난 나야, 솔 그린, 나는 현재 있는 그대로의 나고, 있는 그대로의 나란 말이야. 나는 ……" 다시 그 고함치는 기계적인 나, 나, 나의 외침이 시작되었고, 그러다가 갑자기 멈췄다.
>
> He shouted,
> "I'm a mensch. I'm not a woman's pet, to be locked up."
> "I, I, I, I, I" he shouted, but everything disconnected, a vague, spattering boastfulness.
> ……
> "I am I, Saul Green, I am what I am what I am. I ……"
> The shouting automatic I, I, I speech began, but suddenly stopped, or rather halted, ready to go on: he stood, mouth open, in silence, said, "I, I mean, I ……"(*GN*580, 586)

솔은 애나에게 사랑이 필요하기는 하지만, 강한 집착은 자신을 억압한다고, 그래서 자신이 그녀의 아파트에 갇혀 썩어가고 있다고 (*GN*586) 말한다. 이러한 솔의 모습을 보면서, 애나는 항상 남성들이 여성들을 억압한다고 알고 있었는데 때로는 여성들이 남성들에게 파괴적이고 공격적인 존재가 될 수도 있다는 것을 인식한다. 여성이 항상 희생자라고 생각해 왔었는데, 이제 여성도 남성에게 파괴자나 괴물이 될 수 있음을 알게 된 것이다. 애나는 자신에게 질투를 불러일으켜서 괴롭히는 솔이 오히려 어머니[여성]에게 사로잡혀 있는 희생자임을 깨닫는다.

> "……당신은 어머니와의 관계에 문제가 있어요. 당신은 어머니 대신에 내게 고착되어 있는 거죠. 당신은 줄곧 나를 속여야 하고, 내가 당신보다 한 수 아래여야 한다는 것이 중요하죠. 거짓말을 하고, 그 거짓말이 먹혀 들어간다는 게 당신한테는 중요한 것이니까요. 그러고 나서 내가 마음 상해하면 나를 향한, 즉 어머니를 향한 당신의 그 살인적인 감정이 당신을 두렵게 하고, 그래서 이번엔 나를 위로하고 달래야 하는 거죠."

> "…… You've got mother trouble. You've fixed on me for your mother. You have to outwit me all the time, it's important that I should be outwitted. It's important to lie and be believed. Then, when I get hurt, your murderous feelings for me, for the mother, frightened you, so that you have to comfort and soothe me."(*GN*581)

위에서 애나가 솔에게 자신이 희생자가 아니라 오히려 그가 희생자라는 것을 알려주자 솔은 뺨을 얻어맞은 아이의 모습을 보인다. 이 모습은 애나가 솔의 어머니 입장에서 그를 공격하고 있다는 것을 나타내며, 그녀가 자신의 무의식에 있는 파괴적인 속성, 즉 공포의 어머니 속성을 드러낸 것이라고 볼 수 있다. 그것은 또한 그녀가 꿈을 꾸면서 자신의 내면에 악마적인 요소가 존재한다는 것을 인정(*GN*496)하는 데서도 암시된다.

애나는 꿈에서 자신을 남성이자 여성인 난쟁이로 본다.

> 나는 잠이 들었고, 그러자 그 꿈을 꾸었다. 이번에는 아무런 위장도 없었다. 나는 그 악의에 찬 남성이자 여성인 난쟁이 형상, 파괴-속-환희의 원리였다. 솔은 나의 상대역인 남성이자 여성, 나의 형제이자 누이였다.

I slept and I dreamed the dream. This time there was no disguise anywhere. I was the malicious male—female dwarf figure, the principle of joy—in—destruction; and Saul was my counterpart, male—female, my brother and my sister……(GN594).

이 꿈에서 난쟁이는 위협적인 존재로 나타난다. 난쟁이는 '매우 혐오스럽고, 사악하고, 파괴적인 충동의 기쁨'(GN477)으로 표현되기 때문이다. 그 난쟁이 형상은 꽃병, 요정, 노인, 노파로 변한다. 그러나 이 형상은 기형에도 불구하고 살아 있는 존재로 보이는데, 애나는 꿈에서 난쟁이가 강력한 내적 창조력을 지닌 존재로 등장한다고 생각한다.

그래서 애나는 꿈에서 본 난쟁이를 자신의 한 속성으로 받아들인다. 그러나 처음부터 자신을 난쟁이라고 규명하기가 쉽지 않아서 처음에는 난쟁이를 거부했었다. 그러나 난쟁이가 꿈에 반복하여 나타나게 되자 애나는 그것이 자신의 일부라는 것을 깨닫고 비로소 받아들인다. 그러자 난쟁이는 애나의 꿈에서 마녀에서 '젊은 마녀'(GN496)로 변한다. 애나가 난쟁이를 젊은 마녀라고 보는 것은 "그녀 자신의 힘의 성장, 다시 말해 악을 제어할 수 있는 내적 힘"을 기르게 된 것을 나타낸다고 로렐라이 세더스트롬이 주장하듯이,[90] 애나가 난쟁이를 자신의 무의식의 일부로 인정하게 되면서 자신의 내면에 파괴와 혼돈의 속성뿐만 아니라 질서와 창조의 속성이 있음을 받아들인다는 것을 암시한다.

애나는 다음의 꿈에서 자신의 무의식에 있는 부정적인 속성과 동화한 후 기쁨을 느낀다.

우리는 탁 트인 어떤 공간에서, 거대한 흰 건물 아래서 춤을 추고 있었는
데, 그 건물은 파괴를 내포하는 은밀하고, 위협적이고, 음흉한 것들로 가
득 차 있었다. 그럼에도 그 꿈에서 그와 나 혹은 그녀와 나는 다정했고
적대적이지 않았다. 우리는 그 원한에 찬 악의 속에 함께 있었다. 꿈은
동경에 찬 향수와 죽음에 대한 동경이 배어 있었다. 우리는 사랑으로 함
께 어울려 입을 맞추었다. ……그것은 파괴를 축하하는 반인간 형상의 두
생명체의 포옹이었다.

We were dancing in some open place, under enormous white buildings,
which were filled with hideous, menacing, black machinery which held
destruction. But in the dream, he and I, or she and I, were friendly, we
were not hostile, we were together in spiteful malice. There was a terrible
yearning nostalgia in the dream, the longing for death. We came together
and kissed in love. ⋯⋯ it was the caress of two half−human creature,
celebrating destruction(*GN*594−5).

꿈에서 깨어난 애나는 평화와 환희를 맛보며 처음으로 자신이
긍정적인 꿈을 꾼 것을 인지한다. 마침내 그녀는 자신의 파괴적
속성을 받아들이게 된 것이다. 위에서 반인간의 두 생명체가 서로
포옹하고 있다는 것은 애나가 솔과 합하여 불완전한 모습에서 온
전한 모습으로 변해 가게 될 것임을 암시한다.

(3) 긍정적 만남: 자아의 통합

로렐라이 세더스트롬은 아니무스가 자아에게 파괴자가 될 수도
있지만 창조자가 될 수도 있다고 언급한다.[91] 그래서 애나와 솔은
삶과 죽음의 투쟁을 하고, 그 투쟁으로 기존의 애나가 파괴되고
새로운 애나가 창조된다는 것이다. 세더스트롬의 언급처럼, 애나는
자신의 부정적인 속성을 수용하고 나자, 보다 높은 단계의 새로운

인식을 한다. 그러한 인식의 바탕에서 애나와 솔의 적대 관계는 점차 긍정적인 관계로 변해 간다.

두 사람의 관계가 변화하는 과정에서 솔은 다양한 모습을 보인다. 솔을 '카멜레온' 같은 존재라고 클레어 스프레이그(Claire Sprague)가 지적한 것처럼[92] 그는 애나의 꿈과 분열된 의식에서 소년, 오빠, 미친 남자, 짐승, 연인, 조언자 등의 모습으로 등장한다. 그는 심한 분열을 보이고 동시에 두 개의 언어를 사용한다. 그는 애나에게도 애인, 가정주부, '지혜롭고 친절한 어머니상', '성적인 상대', '누이'(GN587)가 되어 주기를 원하면서 다양한 역할을 요구한다. 이러한 모습에서 솔과 애나가 서로에게 여러 역할을 행하면서 긍정적 관계로 나아가고, 서로가 처해 있는 분열을 극복하도록 도와주는 것을 볼 수 있다.

다음에서, 애나의 방 벽에 있는 뉴스 기사 조각들을 치워버림으로써 솔이 애나로 하여금 분열을 극복하도록 도와주는 것을 볼 수 있다.

그는 벽으로 가서 뉴스 기사들을 떼어 내기 시작했다. 그가 말했다.
"일종의 작은 서비스입니다. 하지만 이미 기한이 지난 것 같군요."
애나는 뉴스 기사들을 떼어 내는 소리, 압정이 마루 위로 떨어지는 소리를 들었다. 그녀는 팔베개를 한 채 귀 기울이며 누워 있었다. 누군가에 의해 보호받고 돌봄을 받고 있다는 느낌이 들었다. 그녀는 몇 분 간격으로 그가 얼마나 진척을 보이고 있는지 보기 위해서 고개를 들어올렸다. 천천히 흰 벽면이 드러났다. 꽤 오랜 시간이 걸렸다. 한 시간 이상. 마침내 그가 말했다.
"자, 이제 원상 복구가 되었네요. 또 한 영혼이 제정신으로."

Then he went to a wall and began stripping off the bits of newsprint.
"A small service", he said, "but one I feel that is overdue already."

Anna heard the small tearing of newsprint, a small tapping, as drawing —
pins scattered to the floor. She lay, arms under her head, listening. She
felt protected and cared for. She lifted her head every few minutes to see
how he was progressing. White walls slowly became revealed. The job
took a long time, over an hour. At last he said,
"Well, that's fixed. Another soul for sanity."(*GN*658 — 9)

솔은 애나가 벽에 도배한 신문 조각들을 뜯어냄으로써 애나가
온전한 정신으로 돌아오게 만든다. 애나가 신문 기사들을 오려 붙
이는 것은 자신의 분열 상태를 극복할 수 있는 용기가 결여되었기
때문이라고 로베르타 루벤스타인이 주장하듯이,93) 애나는 자료를
벽에 붙이기만 하고 제거할 생각을 하지 못한다. 솔은 그런 그녀
에게 자료 더미에서 빠져나올 수 있는 용기를 준다. 그녀는 분열
에 처한 자신을 치유해 준 그에게 "나를 있던 곳에서 끌어내 주어
서 감사해요."(*GN*663)라고 고마움을 표시한다.

두 사람의 관계의 긍정적인 변모는 애나가 호랑이 상징을 통해
솔을 긍정적인 존재로 보게 되는 것에서 암시된다. 그것은 애나가
호랑이를 처음에는 무서워하다가 점점 친근한 대상으로 느끼는 것
에서 볼 수 있다.

나는 철창들 사이로 몸을 끌어올려 호랑이 옆에 섰다. 호랑이는 초록 눈
을 내게로 끔뻑이며 잠자코 누워 있었다. 내 위에는 아직도 건물의 지붕
이 있었고 발로 공기를 밀어내며 걸어 올라갔다. 또다시 나는 애를 썼고
지붕을 통과해 가까스로 올라가자, 그 지붕은 사라졌다. 호랑이는 이제
쓸모없어진 작은 우리에 사지를 뻗고 누워서는 눈을 끔뻑이며 한쪽 앞발
을 내밀어 내 발을 건드리고 있었다. 나는 호랑이를 두려워할 까닭이 없
다는 것을 알았다. 그것은 훈훈한 달빛에서 몸을 길게 늘이고 누워 있는
윤기가 흐르는 아름다운 짐승이었다. 내가 호랑이에게 말했다. "그건 네
우리야." 호랑이는 움직이는 대신 흰 이빨을 드러내면서 하품을 했다. 그

때 그 호랑이를 잡으러 오는 사람들 소리가 들렸다. 그들은 호랑이를 붙잡아 우리에 가두려 했다. 내가 말했다. "달아나, 어서." 그 호랑이는 일어섰고, 고개를 이리저리 움직이며 꼬리를 흔들면서 서 있었다. 호랑이에게선 이젠 공포의 냄새가 풍겨 나오고 있었다. 사람들의 목소리들과 내달리는 그들의 요란스러운 발걸음 소리를 듣자 호랑이는 맹목적인 공포에 사로잡혀 앞발을 휙 내리쳐서 내 팔을 할퀴었다. 내 팔 위로 피가 흘러내리는 게 보였다. 호랑이는 지붕에서 곧장 뛰어내려서 보도 위에 가볍게 내려앉더니 집들의 울타리를 따라 펼쳐 있는 어둠 속으로 달아나 버렸다.

I pulled myself up through the bars and stood by the tiger. It lay still, blinking greenish eyes at me. Above me was still the roof of the building and I had to push down the air with my feet and tread up through it. Again I fought and struggled, and slowly I rose up and the roof vanished. The tiger lay sprawled at ease on a small ineffective cage, blinking its eyes, one paw stretched out and touching my foot. I knew I had nothing to fear from the tiger. It was a beautiful glossy animal lying stretched out in a warm moonlight. I said to the tiger, "That's your cage" It did not move, but yawned, showing white rows of teeth. Then there was a noise of men coming for the tiger. It was going to be caught and caged. I said, "Run, quickly." The tiger got up, stood lashing its tail, moving its head this way and that. It stank of fear now. Hearing the clamor of the men's voices and their running feet, it slashed with its paw at my forearm in a blind terror. I saw the blood running down my arm. The tiger leaped right down from the roof, alighting on the pavement, and it ran off into the shadows along the railings of the houses(*GN*615).

애나는 철창 우리에 갇혀 있는 호랑이를 솔이라고 생각한다 (*GN*616). 여기에서 철창은 솔이 머물고 있는 애나의 아파트를 의미하는 동시에 구속을 상징한다고 할 수 있다. 그러므로 호랑이가 철창에서 벗어나 사람들을 피해 도망가는 것은 솔이 구속을 벗어나는 것을 제시한다고 볼 수 있으며, 애나의 억압된 무의식에 있는 아니무스가 해방되는 것을 암시하기도 한다. 그리고 애나가 꿈에서 호랑이를 도망가게 하는 것은 애나가 그녀의 아니무스를 의식으로 받아들이라는, 즉 망각에서 구조하라는 무의식의 권유를 받아들인 것이라고 할 수 있다.94)

호랑이는 도망가기 전에 애나의 팔에 상처를 내어 피를 흘리게 한다. 이것은 GS에서 메리가 채찍으로 모세를 때려 피를 흘리게 하면서 치른 입문의식처럼 애나가 솔을 받아들이면서 거치는 입문의식으로 볼 수 있다. 이러한 입문의식을 치르고 만난 솔은 애나에게 두려운 호랑이에서 달빛 아래에 '윤기가 흐르는 아름다운 짐승'으로 변한 모습으로 다가온다. 애나는 혐오스러운 난쟁이를 자신의 부의식의 일부분으로 받아들였듯이, 무서운 호랑이도 자신의 일부분으로 받아들인다. 다시 말하면, 애나는 호랑이가 도망가도록 도와주어서 자신의 무의식이 억압에서 풀려나게 하고, 자신의 감춰진 부분과 조우하는 것이다. 이런 점에서 자유를 찾아간 호랑이는 그녀의 자아의식이 확장되었음을 나타내는 한 상징으로 볼 수 있다.

애나가 호랑이 상징을 통해 솔을 극복하자, 솔은 애나에게 또 다른 도움을 제공한다. 애나는 "왜 공책이 네 권이죠?"라는 솔의 질문에 "내 자신을 분리해 두는 것이 필요했기 때문이죠. 하지만 이제부터는 한 권만 쓸 것입니다."(GN598)라고 대답하면서 자신의 문제를 직시하여 네 공책을 하나의 공책으로 정리하겠다고 결심한다. 이처럼 애나가 분열된, 파편화된 의식을 상징하던 네 권의 공책을 한 권으로 마무리할 것이라는 것은 그녀가 분열을 극복할 것임을 암시하고 있다. 그 암시는 애나가 우연히 가게에서 황금색 공책을 발견하고 그 공책이 자신을 위해 만들어진 것처럼 느끼면서 '애나와 솔과 호랑이에 관한 극'(GN616)을 써야겠다고 생각하는 것에서 구체화된다. 여기에서 황금색 공책은 바로 애나가 분열을 극복했음을 상징하는 것으로 볼 수 있다. 솔은 황금색 공책을 산 애나에게 "당신은 글을 다시 써야 해요."(GN638)라고 말하며 마지막 도움을 베푼다.

> "그렇다면 내가 첫 문장을 선사하죠. 애나, 당신이라고 할 수 있는 두 여자가 있어요. 자 적어요. '여자 단 둘이 런던의 한 아파트에 있었다.'"
> "'여자 단 둘이 런던의 한 아파트에 있었다.'로 시작하는 작품을 쓰라는 건가요?"
> "당신은 그 작품을 쓰게 될 것입니다. 그것을 쓰게 될 것이고, 끝내게 될 것입니다."
>
> "I'm going to give you the first sentence then. There are the two women you are, Anna. Write down: The two women were alone in the London flat."
> "You want me to begin in a novel with The two women were alone in the London flat?"
> "You are going to write that book, you're going to write it, you're going to finish it."(GN639)

위에서 볼 수 있듯이, 솔은 애나에게 글을 쓰도록 격려하고 문장 하나를 선사한다. 여기에서 애나가 자신의 아니무스와 화해하여 글쓰기의 문제를 해결하게 되는 것을 볼 수 있다.

애나는 자신에게도 문장 하나를 써 달라고 하는 솔에게 '알제리의 건조한 산중턱 위에서 한 병사가 소총에 반사되어 번득이는 달빛을 지켜보았다.'(GN642)라는 문장을 써 준다. 솔에게서 '여자 단 둘이 런던의 한 아파트에 있었다.'라는 문장을 받은 애나는 훨씬 성숙된 모습으로 도덕적 정열이 넘치는 작품을 쓸 수 있다는 확신을 갖는다. 그리고 나서 애나는 지금까지 써 왔던 네 공책을 모두

치우고 "한 권의 새 공책[황금색 공책]에, 내 자신의 전부를 쓰기 시작할 것이다."(GN607)라고 결심한다. 이러한 결심에서 얻게 된 애나의 황금색 공책은 그녀가 자아 통합을 이루었음을 상징하고 있다.

애나가 무의식과 의식의 통합을 통해 획득한 확신과 용기는 '바위를 밀어 올리는 사람'이 되겠다고 하는 것에서 확인된다.

> "난 바위를 밀어 올리는 사람이 될 거예요."
> "그게 뭔데요?"
> "굉장히 크고 험한 산이 하나 있어요. 그건 인간이 우매성이죠. 그 산 위로 바위를 밀어 올리는 사람들이 있어요. 그들이 몇 피트 위에 도달했을 때, 전쟁이나 혹은 뭔가 잘못된 그런 종류의 혁명이 일어나면 그 바위는 굴러 내리죠. 밑바닥으로는 아니에요. 그것은 언제나 처음 시작했던 곳보다는 어느 정도는 몇 인치 높은 곳에서 멈추죠. 그렇게 해서 그 사람들은 어깨를 그 바위에 갖다 대고 다시 밀기 시작하죠."
>
> "I'm going to be a boulder — pusher."
> "What's that?"
> "There's a great black mountain. It's human stupidity. There are a group of people who push a boulder up the mountain. When they've got a few feet up, there's a war, or the wrong sort of revolution, and the boulder rolls down — not to the bottom, it always manages to end a few inches higher than when it started. So the group of people put their shoulders in the boulder and start pushing again(GN627 — 8).

애나는 바위를 언덕에서 끊임없이 밀어 올려야 하는 시지프스(Sisyphus)가 되더라도 작가로서의 삶을 계속 살아갈 것이고 그 길이 험난하더라도 중단하지 않겠다는 의지를 표명한다. 애나의 의지는 "아무도 나를 가두거나, 우리에 넣고, 길들이고, 그리고 조용히 해, 잠자코 있어, 하라는 대로만 해라고 말할 수 없어. 난 아니야.

난 내 생각을 말할 거야."(*GN*628)라는 솔의 외침에도 반영되어 있다. 그녀는 바위를 밀어 올리다가 굴러 떨어져도 그 바위가 멈추는 곳은 처음보다는 높은 곳이 될 것이라고 믿는다. 이처럼 어려움에 직면하더라도 '바위를 밀어 올리는 사람'이 되겠다고 한 애나의 태도에는 그녀가 직면한 문제를 회피하지 않고 극복해 가겠다는 희망적인 비전이 제시되어 있다.

위에서 살펴본 것처럼, *GN*에서 애나는 자신의 무의식에 있는 공포의 어머니 속성을 대면한 후 아니무스를 수용하여 자아 통합을 이루고 작가의 창조성과 생명력을 얻는다. 이 작품에서 토미와 솔은 애나의 무의식에 부정적 속성과 창조적 능력이 있음을 일깨워 준다. 그럼으로써 애나는 자신에게 이중적 속성이 내재한다는 것을 받아들이고, 용기를 갖추어 작품을 쓰겠다고 결심한다. 용기를 갖춘 그녀는 먼저 자신이 '작가의 한계'(writer's block)(*GN*604)에 봉착했다는 것을 인정하고 받아들인다. 그리고 자신의 문제를 적극적으로 수용하게 되면서, 애나는 험난하고 힘들었던 글쓰기 문제를 극복하게 되는 것이다.

레싱 자신은 현대사회에서 온전한 정신으로 살아남기 위해 끊임없는 글쓰기를 통해 '일종의 심리적인 균형'[95]을 맞추고 있다고 언급했는데, 이러한 레싱의 견해는 창조적인 글쓰기를 통해 자신의 내면의 문제를 극복하여 온전한 개인으로 우뚝 선 애나의 모습에 투영되어 있다. 그리고 계속 굴러 떨어지는 '바위를 밀어 올리는 사람'(*GN*627)이 되겠다고 한 애나에게서 삶에 적극적으로 대처하며 살아가겠다는 용기를 지닌 여성의 영웅적인 모습을 볼 수 있다. 이러한 애나의 모습은 자신 안의 무의식을 이해하고, 그것을 최대한 활용하여 생명력이 넘치는 창조적 삶을 살아가는 현대 여성의 한 원형이라 할 수 있겠다. 애나의 생명력 넘치는 삶은 타인에게 사랑을 베푸는 것으로 이어질 것이다. 영웅다운 업적은 자신이 추구했던 보물을 손에 넣은 것에서 끝나는 것이 아니라 획득한 보물을 통해 과거의 자신의 모습을 새로운 모습으로 탈바꿈하는 것이기 때문이다. 이런 맥락에서, 솔의 도움으로 힘을 얻은 애나가 '황금색 공책'을 완성하는 것에서 안주하지 않고 보다 생명력 있는 작품을 창조하는 것으로 나아갈 것임을 예측해 볼 수 있다.

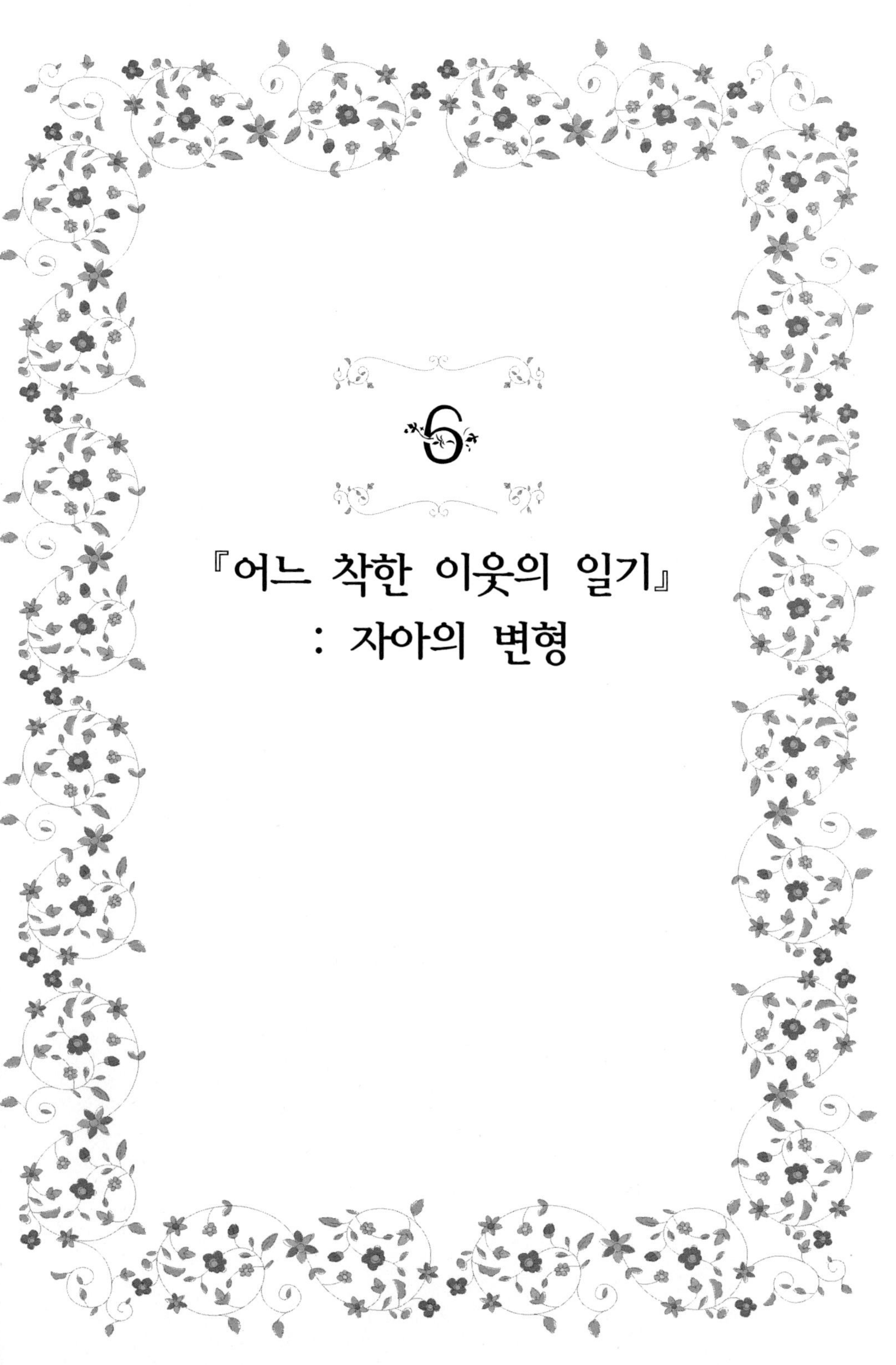

6

『어느 착한 이웃의 일기』
: 자아의 변형

앞 장의 『황금색 공책』에서는 애나가 공포의 어머니 속성을 받아들여 무의식과 의식의 통합을 이루는 과정을 고찰하였다. 애나는 분열을 극복하고 봉착했었던 작가의 문제를 극복하여 황금색 공책을 완성함으로써 자아 통합을 이룬 영웅의 모습을 보여주었다. 애나의 모습은 도리스 레싱의 1983년 작품인 『어느 착한 이웃의 일기』(*The Dairy of a Good Neighbor*)에서 자신의 상처를 극복하고 타인에게 사랑을 실천하는 제인(Jane Somers)의 모습에서 더욱 성장한 자아의 모습으로 발전된다. 자아 중심적이었던 자신을 변화하여 사랑을 베푸는 실천가로 거듭나는 제인은 온전한 영웅적 모습을 상징하고 있다.

*DGN*에서 제인의 중심화는 어머니와의 갈등을 극복하여 타인과 진정한 관계를 맺는 것에서 이루어진다고 볼 수 있다. 메마른 인간관계 속에서 살던 제인은 어머니와의 문제를 해결한 뒤에 인간적인 애정을 베푸는 자로 변화하기 때문이다. 제인의 이러한 변화와 발달은 자아가 공포의 어머니를 수용하여 화해하는 과정을 통해 중심화에 이른다고 보는 노이만의 이론에 비추어 더욱 잘 살펴볼 수 있다. 본 장에서는 노이만의 이론에 의지하여 *DGN*의 제인이 남편과 어머니의 죽음을 경험하고 모디(Maudie Fowler)를 만나

서 그녀에게 도움을 베푸는 것을 통해 중심화에 이르는 과정을 살펴보고자 한다.

*DGN*에서 제인이 공포의 어머니와 화해하여 중심화로 향하는 여정은 모디와의 만남을 중심으로 진행된다. 모디를 만나기 전과 후의 제인의 변화된 모습을 비교, 분석함으로써 이 여정을 보다 잘 살펴볼 수 있다. 제인과 모디의 관계는 그 자체로 제인의 자아 발달을 보여주는 하나의 틀이라고 볼 수 있기 때문이다.[96] 그러므로 제인과 모디의 관계를 살펴보는 과정은 제인이 과거의 모습을 버리고 새로운 모습으로 거듭나는 변형 과정으로 볼 수 있다.

1) 제인의 이기주의

모디를 만나기 전의 제인은 이기적이다. 제인은 주위 사람들 심지어 가족의 일에도 아랑곳하지 않는 자신의 사회적 성공만을 추구하는 여성이다. 제인의 이기적인 면모는 그녀의 외모 지상주의 (lookism)에서 볼 수 있다.

> 지금 생각해 보면, 아침마다 주위 사람들이 나를 어떻게 바라볼 것인지를 염두에 두고 사무실에 출근하는 것이 내 인생에서 가장 좋았던 것 같다. 모든 사람들은 내가 무엇을, 어떻게 차려입었는지를 주시했다. 나는 사무실 문을 열고 타이핑 작업실을 지나 여직원들이 질투에 찬 미소를 지어 보이는 그 순간을 고대했다. 그리고 나서 간부 사무실에 들어서면 내 취향을 갖추기를 바라는 여직원들이 나에게 찬탄의 눈길을 보내는 그 순간을 고대했다. 어쨌든 다른 것은 없더라도 나는 그 취향만은 지니고 있었다. 나는 일주일에 옷을 서너 벌을 사고, 그 옷을 한두 번 걸친 후에 버렸다. 언니는 그 옷을 가져가서 유용하게 사용했다.

It sometimes seems to me now it was the best thing in my life that—
going into the office in the morning, knowing how I looked. Everyone
took notice, what I was wearing, how. I looked forward to the moment
when I opened the door and went through the typing pool and the girls
smiled enviously. And then the executive offices, the girls admiring and
wishing they had my taste. Well, I've that, if nothing else. I used to buy
three, four dresses a week. I used to wear them once or twice, then into
jumble. My sister took them for her good causes(*DGN*14−5).

제인은 일주일에 옷을 서너 벌을 사고 그것을 몇 번 입지도 않은 채 버린다. 그녀가 새 옷을 입는 이유는 타인들이 자신의 옷을 감탄의 눈초리로 보는 것을 즐기기 위함이다. 제인의 어머니는 제인이 옷과 화장품에 투자하는 돈이면 한 가족을 먹여 살릴 수 있을 것이라고 핀잔한다(*DGN*14). 제인의 언니는 제인이 버린 옷을 재활용하기 위해 가져가기는 하지만 제인의 사치스러운 태도를 못마땅하게 여긴다. 어머니와 언니의 비난에도 불구하고 비싼 옷으로 치장하는 그녀의 성향에서 알 수 있듯이, 제인은 외모에만 신경을 쓰고 내면의 목소리에 귀 기울이지 않는 인물이다.

(1) 감정 교류 단절

외모를 중시하는 제인이 지닌 문제는 타인과의 감정 교류가 차단되어 있다는 것이다. 레싱은 "삶에서 가장 중요한 것은 재산이나 가난, 기쁨이나 역경이 아니라 누군가와 접촉하는 인간의 본성, 즉 서로 관계를 맺는 것"[97]이라고 언급하고 있는데, 제인은 그러한 가장 중요한 요소를 지니지 못한다. 제인은 더럽거나 끔찍한 것을 받아들이려고 하지 않기 때문에 불결한 모습을 지닌 타인과 친밀한 관계를 맺는 것을 꺼린다. 삶이란 아름다움뿐만 아니라 혐오스러운 면도 지니고 있는데, 제인은 한 면만 보고 다른 한 면은 외면하고 있다. 다시 말하면 제인은 자신이 직면하기를 원치 않는 일에는 마음의 문을 닫아 버린다. 그러한 대표적인 예를 남편과 어머니의 죽음에 대한 제인의 반응에서 볼 수 있다.

제인은 남편의 죽음을 기준으로 삼아 자신의 삶을 남편의 죽음 전과 후의 두 부분으로 나눈다. 그녀는 남편의 죽음을 맞기 전까지는 자신이 매우 선량한 존재라고 생각하고 살았다고 고백한다 (*DGN*17). 그런데 남편이 암으로 병원에 입원해 있는 동안 제인은 자신에 대해 평하지는 않지만 주위 사람들이 자신을 이기적이라고 생각한다고 느낀다. 왜냐하면 제인이 병든 남편에게 한 일은 병원에 찾아가서 남편 옆에 미소 짓고 앉아 그날그날의 안부를 묻는 것이 고작이었기 때문이다. 남편이 암에 걸린 것은 그녀가 보기에 공정하지 않았고, 또한 자신이 감당하기가 힘든 일이었던 것이다. 제인은 남편의 죽음에 대해 다음과 같이 반응한다.

> 남편 프레디가 심하게 아프기 시작했을 때, 내게 떠오른 첫 번째 생각은 불공평하다는 것이었다. 나는 마음속으로 '이건 불공평해.' 하고 생각했다. 나는 어느 정도 남편이 죽어가고 있다는 것을 알았지만 마치 그렇지 않은 것처럼 계속 일을 다녔다. 그것은 잔인한 행동이었다. 그는 아마 외로웠을 것이다. 나는 '돈을 계속 벌기 위해' 일을 끝까지 계속하는 내 자신이 대견하다고 여겼다. 어쨌든 남편이 벌지 않으니 내가 벌어야만 했다. 하지만 나는 내가 일을 계속할 수 있었던 것이 위안이 되었다. 왜냐하면 그 끔찍한 상황에서 남편의 곁을 지키지 않아도 되는 좋은 구실을 찾을 수 있었기 때문이었다. 우리는 진정한 결혼이라고 하는 그런 결혼 생활을 누리지 못했다. 지금 나는 그것을 알 수 있다. 우리는 참다운 결혼을 한 것이 아니었다. 우리의 결혼은 요즘 대부분의 사람들이 서로의 이익을 위해 치르는 그런 결혼이었던 것이다.

When Freddie began to be so ill my first idea was: this is unfair. Unfair to me, I thought secretly. I partly knew he was dying, but went on as if he wasn't. That was not kind. He must have been lonely. I was proud of myself because I went on working through it all, "kept the money coming in"—well I had to do that, with him not working. But I was thankful I was working, because I had an excuse not to be with him in that awfulness. We did not have the sort of marriage where we talked about real things. I see that now. We were not really married. It was the marriage most people have these days, both sides trying for advantage(*DGN*13).

제인은 남편이 겪는 병과 죽음의 끔찍함을 대면하지 못하기 때문에 남편이 죽음을 앞두고 겪었을 고통, 외로움, 두려움을 이해할 수 없고, 따라서 남편과 감정을 공유할 수 없었다. 그녀의 결혼 생활 자체가 진정한 것이 아니었던 것이다. 그녀는 남편을 자신이 살아가는 데 필요한 상대로만 간주했을 뿐이고 일을 최우선 사항으로 꼽고 개인적인 일을 희생했기 때문에 남편이 그렇게도 원했던 아이를 갖지 않았다. 남편은 그저 성적인 상대였을 뿐이었다. 마가렛 로우의 지적처럼, 일을 중요시하는 제인이 남편에게서 감정적으로 소외되었다는 것은 당연한 것이다.[98] 제인과 남편의 이러한 삭막한 관계는 *GS*의 메리와 리차드의 관계를 연상시킨다. 서로의 필요에 의해 결혼한 메리와 리차드의 관계처럼, 제인과 남편 프레디(Freddie)의 관계는 서로의 이익을 위해 결혼한 것이며 감정 교류가 단절되고 사랑이 결핍된 관계이다.

제인은 어머니의 죽음을 맞이하면서 다시 한 번 자신의 감정이 차갑게 얼어 있음을 알게 된다.

어머니가 죽어가고 있을 때, 남편이 아팠을 때 단순히 죽음 자체를 알기
조차 원하지 않았던 경우와는 달리, 나는 최선을 다했다. 그러나 감당할
수가 없었다. 문제는 그것이었다. 나는 항상 힘들고 미칠 것 같았다. 어
머니는 너무 빨리 무너져 갔다. 말 그대로 무너져 갔다. 나는 육체의 끔
찍한 상태가 싫었다. 나는 그것을 참을 수가 없다.

While Mother was dying I was doing my best, not like Freddie where I
simply didn't want to know. But I couldn't do it. That is the point. I
used to feel sick and panicky all the time. She went to pieces so fast.
Went to pieces — that was it. I hate physical awfulness. I can't stand
it(DGN 15 − 6).

남편의 죽음에 대한 두려움을 극복하지 못했듯이, 제인은 어머
니의 죽음 앞에서도 두려움에 압도당하고 만다. 그녀는 어머니의
육체가 병으로 망가지는 것을 지켜볼 수가 없어서 어머니와 대면
하기를 회피하게 되고, 그렇기 때문에 어머니의 아픔을 진정 이해
하지 못한다. 남편의 경우에서도 그랬듯이 제인은 죽음의 끔찍함을
직시할 수가 없는데 제인의 이러한 태도는 더러움과 추함을 멀리
하는 결벽증으로 이어지고 제인의 그러한 결벽증은 애정 없는 인
간관계를 형성하는 것으로 나타난다.

제인의 감정적 문제는 더러움, 불결함, 끔찍함을 견딜 수가 없어
사람의 죽음, 심지어 남편이나 어머니의 죽음을 대면할 수가 없는
것이다. 그럼으로써 제인은 가족과의 유대 관계가 단절되는 문제를
겪는다. 그 문제는 제인이 가정보다는 직장을 우선시하여 가정을
소홀히 하게 되면서 더 가중된다. 남편이 병원에 있을 때에도 제
인은 직장 일을 핑계 삼아 남편 옆에 있기를 거부했었다. 그래서
제인은 남편이 죽기 전 얼마 동안 그와 냉담한 관계에 있었다. 특
히, 제인이 가족과 단절되어 있다는 것은 제인과 어머니의 냉담한

관계에서 표명된다. 사실, 제인은 어머니가 병이 들었을 때 어머니에게 따뜻한 대화나 감정 표현을 하지 못했고 어머니에게 키스도 하지 못한다.

나는 직장에 가기 전에 어머니를 보고 가려고 부엌에 들르곤 했다. 어머니는 잠옷을 입은 채로 차를 만들고 계셨다. 그녀의 얼굴은 병색이 완연한 누런빛을 띠었다. 뼈가 앙상하게 드러났다. 나는 "좀 기분이 나아졌나요? 잘됐네요!"라고 묻는 것조차 하지 않았다. 어머니와 같이 앉아 나는 커피를 마셨다. 알약과 약이 너무 많이 남아 있었기 때문에 "약국에 들러올까요?"라고 그저 말뿐인 말을 꺼냈다. 그러면 어머니는 그럼 이것저것을 사다 달라고 했다. 그러나 나는 어머니에게 키스할 수 없었다. 뭐라고 할까, 우리 가족은 신체적인 애정 표현을 거의 하지 않았다. 나는 지금까지 언니와 진한 포옹을 한 기억이 없다. 그저 볼에 간단히 하는 정도이다. 나는 어머니를 껴안은 상태로 약간 흔들어 다독이고 싶었다. 병세가 막바지에 이르러 어머니는 매우 용감하게 견디지만 정말 심하게 아팠을 때, 나는 허식 없이 어머니를 껴안을 수 있을 것이라고 생각했다. 나는 어머니를 만질 수가 없었다. 정말 그렇게 할 수가 없었다. 마음에서 우러난 진정한 포옹을 할 수 없었다. 그 냄새…… 그리고 감염되지 않는다고 말하겠지만 그것을 누가 알겠는가? 어머니는 나를 거리낌 없이 솔직하게 쳐다보곤 하셨다. 나는 어머니의 눈을 마주볼 수가 없었다. 어머니의 그런 표정이 무엇을 묻는 것 같아서가 아니라 내가 느끼고 있는 생각이 너무 부끄러워 스스로 공포에 빠져 있었기 때문이다.

I used to go in, before leaving for work. She was in the kitchen pottering about in her dressing gown. Her face yellow, with a sick glisten on it. The bones showing. At least I didn't say, Are you feeling a bit better, that's good! I sat down with her and drank coffee. I said, Can I drop into the chemist's — because there were so many pills and medicines. And she said, Yes, pick up this or that. But I could not kiss her. Well, we aren't exactly a physically affectionate family! I can't remember ever giving my sister a good hug. A peck on the cheek, that's about it. I wanted to hold Mother and perhaps rock her a little. When it got towards the end and she was being so brave and she was so awfully ill, I thought I should simply take her into my arms and hold her. I couldn't touch her, not really. Not with kindness. The smell ······ and they can say it isn't infectious, but what do they know? She used to look at me so straight and open. And I could hardly make myself meet her eyes. It wasn't that her look asked anything. But I was so ashamed of what I was feeling, in a panic for myself(*DGN*15－6).

제인은 점점 죽어가는 어머니를 품에 안고 위로하고 싶었지만, 본래 껴안거나 쓰다듬는 등의 신체적인 애정 표현을 못 한다고 스스로 위안하면서 마음에서 우러나 어머니를 안거나 어머니를 만지지도 못하고 만다. 그래서 어머니가 돌아가셨을 때, 제인은 어머니가 병상에 누워 있는 동안 자신은 어머니를 감당할 수가 없었기 때문에 어머니의 죽음을 내심 기뻐했다.

게일 그린이 지적하듯이, 어머니와 소원한 관계에 놓인 제인은 자신의 실체가 빠져 있다고 느낀다.[99] "남편과 지낼 때만큼 어머니와 지내는 것이 그리 끔찍하지는 않았다. 그러나 어머니에게 그 일[제인이 어머니를 회피하는 것]은 그리 신경 쓸 일이 아니었던 것 같았다. 내 말은 내 자신이 그리 중요한 사람이 아닌 것 같았다는 말이다."(*DGN*16)라고 하듯이 제인은 어머니와 자신의 관계에 깊은 의미를 부여하지 못한다. 그리고 제인은 스스로 자신이 어머니에게 실망만 안겨 주는 존재였다고 자책한다. 제인이 느끼는 공허감과 자책은 자신과 어머니의 사이가 더 멀어지게 만들고, 자신은 어머니에게 아이－딸의 역할밖에 못 한다고 여긴다. 그래서 제인은 언니와 어머니의 친밀한 관계를 보면서 어머니와 언니로부터 자신이 따돌림 받는다고 생각하는 것이다.

나는 방에 들어갈 때 두 사람[어머니와 언니]이 같이 앉아 있는 것을 목
격하곤 했다. 두 사람은 매우 가까워 보였고, 그것 때문에 나는 질투에
사로잡히곤 했다. 그러고 나서 어머니가 입원했을 때 조지와 나는 번갈아
가며 병문안을 가게 되었다. 조지는 옥스퍼드에서 올라와야 했었다. 나는
내가 했던 것보다 더 자주 병원에 갈 수 있었을지 잘 모르겠다. 나는 이
틀에 한 번, 두세 시간 동안 머물렀다. 나는 그 모든 순간을 견딜 수 없
었다. 나는 무슨 말을 해야 할지 알 수가 없었다. 그러나 조지와 어머니
는 항상 뭔가에 대해 이야기를 나누곤 했다.

I used to come in and see them sitting together. I used to feel sick with
envy because they were close. Then when Mother went into hospital,
Georgie and I took it in turns to visit. Georgie used to have to come up
from Oxford. I don't see how I could have gone more often. Every other
day, two or three hours in the hospital. I hated every second. I couldn't
think of anything to say. But Georgie and Mother used to talk all the
time(*DGN*16).

언니와 어머니의 친한 관계에 질투를 느끼면서도 어머니와 어떤
이야기를 나누어야 하는지도 모르는 제인은 어머니와 의사소통의
단절로 인해 상처 입는다. 다시 말해, 제인은 능력 있는 직장인으
로 보이지만 사랑에 목말라하는 한 여성인 것이다. 제인은 어머니
와 이야기를 나누고 서로 무엇인가를 공유하고 싶어 하지만 그녀
가 원하는 대로 그렇게 잘 되지 않는다. 어머니와 제인의 관계에
서 알 수 있듯이, 제인이 지닌 상처는 바로 그녀와 어머니의 관계
에서 첨예하게 드러나는 애정 결핍에서 기인하고 있다.

2) 제인의 공포의 어머니 극복

*DGN*에서 죽음은 제인의 중심화로의 여정에서 중요한 상징으로

쓰이고 있다. 제인 자신도 밝히고 있듯이, 죽음은 그녀의 삶을 바꾸어 놓는다. 즉 직장을 위해 가족을 포기하고 감정의 문을 닫은 채 살아온 이기주의자였던 제인 그리고 직장에서는 능력 있고 미모를 갖춘 직장 여성(*DGN*17)이었던 제인은 죽음을 경험하고 나서 삶의 궤도를 수정하게 된다. 즉 제인은 남편과 어머니의 죽음을 경험하고 나서 자신에게 의문을 갖는다.

> 나는 내가 어떻게 살아가야 하는지를 생각하고 있었다. 프레디와 내 아파트에서 나는 솜털이나 깃털같이 둥둥 떠다녔다. 일을 끝내고 집에 가면 마치 일종의 책임이나 혹은 닻 같은 것을 찾을 수 있기를 기대했다가 찾지 못한 그런 심정이었다. 나는 내가 얼마나 무른 사람인지, 얼마나 의존적인지를 알게 되었다. 내 자신이 독립적인 존재가 아님을 아는 것은 고통스러웠다.

> I was thinking about how I ought to live. In Freddie's and my flat I was being blown about like a bit of fluff or a feather. When I went in after work, it was as if I had expected to find some sort of weight or anchor and it wasn't there. I realized how flimsy I was, how dependent. That was painful, seeing myself as dependent(*DGN*17 − 8).

　제인의 저력은 그녀가 그처럼 정체된 상황에 머물러 있는 것이 아니라 스스로 그 상황을 헤치고 나온다는 데 있다. 제인은 남편과 같이 살았던 아파트가 그의 모든 기억과 추억이 스며 있어서 마치 자신이 그의 유물이 되는 것만 같다고 느끼고 그 아파트에서 나오기로 결심한다. 제인이 남편의 죽음 뒤에 자율적인 존재로 변한다고 캐롤 클레인(Carole Klein)이 적절히 지적하듯이[100] 제인은 남편의 죽음을 경험하면서 자신의 삶을 적극적으로 살아간다. 그리고 제인은 어머니의 죽음을 겪고 나서는 삶의 방향을 전환하여 무

엇인가 새로운 일을 하기로 결심한다. 두 번의 죽음을 경험하고
나서 이제 어린 아이가 아닌 한 인간으로 살아가야겠다고 생각하
는 제인의 모습에서 그것을 엿볼 수 있다.

내가 무엇보다 생각하는 것은 내가 남편을 그리고 어머니를 실망시켰고,
나는 그 정도 인물밖에 되지 않는다는 것이었다. 만약 어떤 다른 일, 즉
내가 처리해야만 하는 질병이나 죽음 같은 일이 발생한다면, 만약 '자,
이제는 어린 소녀가 아닌 한 인간으로 처신해야 할 거야.'라고 스스로 자
문하게 되는 그런 일이 발생한다면, 나는 그 일을 감당할 수가 없을 것이
다. 이것은 의지의 문제가 아니라 내가 어떤 사람인지의 문제이다. 그것
이 바로 내가 다른 것을 배우기로 결심한 이유이다.

What I was thinking most of all was that I had let Freddie down and
had let my mother down and that was what I was like. If something else
should turn up, something I had to cope with, like illness or death, if I
had to say to myself, Now, you will behave like a human being and not a
little girl — then I couldn't do it. It is not a question of will, but of what
you are. That is why I decided to learn something else(*DGN*19).

  위에서 제인이 닫혔던 마음의 문을 열고 인간적인 삶을 느끼며
살게 될 것임을 읽을 수 있다. 그녀는 자신이 지금까지 남편이나
어머니에게 아이 같은 아내 또는 아이 같은 딸이었음을 깨닫고 그
단계에서 벗어나야 한다고 마음먹는다. 그래서 신문 광고를 보고
노인들의 친구가 되는 일을 선택한다. 남편과 어머니의 죽음은 이
처럼 제인에게 변화하여 새로운 삶을 살아가게 하는 계기를 마련
해 준다고 볼 수 있다.[101]
  이처럼 제인에게 죽음은 그녀가 새로운 삶을 찾아 노력하게 만
드는 동인이 된다. 또한 새 삶을 살겠다고 결심하는 제인에게는
그만큼의 고통이 따른다. 자아가 공포의 어머니를 극복하고 나오는

것은 쉽지 않은 일이기 때문이다. 이러한 모습은 *DGN*에서 서로에게 고통을 주기도 하고 도움을 주기도 하는 제인과 모디의 관계에 잘 나타나 있고, 이를 노이만의 자아와 공포의 어머니 관계에 비추어 보다 더 잘 살펴볼 수 있다.

(1) 공포의 어머니가 구현된 모디

*DGN*의 모디는 제인에게 자아의 성장을 도와주기도 하고 방해하기도 하는 대모 원형이 구현된 인물이라고 볼 수 있다. 다시 말하면, 모디는 제인에게 마녀의 모습으로 다가온 공포의 어머니이면서 동시에 제인이 지닌 상처와 문제를 극복하도록 도와주는 선한 어머니 역할을 한다.[102] 자아 발달 과정에서 자아가 공포의 어머니를 극복하여 중심화에 다가가듯이, *DGN*에서 제인이 모디를 처음에는 나쁜 감정으로 후에는 좋은 감정으로 대하게 되는 것은 제인의 자아의식이 공포의 어머니 속성을 극복할 수 있는 단계로 성장했음을 나타내는 것이다. 이것은 제인을 보다 높은 차원의 의식을 갖춘 영웅적 자아가 되도록 해 주는 힘이기도 하다. 이러한 상징적인 의미는 제인이 모디를 만나면서 모디에 대한 감정 변화를 경험하는 것에서 나타난다.

제인은 모디를 처음 만났을 때 모디에게 다음과 같은 느낌을 받는다.

나는 늙은 마녀를 보았다. 늙은 그녀를 보면서 마녀를 떠올렸는데 그것은 하루 종일 특집 기사, 전형적인 여성 유형들, 과거와 현재를 다루었기 때문이다. [그녀를 보고 마녀 이미지를 떠올린 것은 그녀를] 후기 빅토리아인, 고상한 숙녀, 만인의 어머니, 병약한 미혼 숙모, 신여성, 선교 부인, 기타 등등이라고 꼭 집어서 표현하기가 어려웠기 때문이다. 나는 약 사십여 점의 사진과 밑그림들 중에서 선택할 수 있었는데 그중에 마녀도 있었는데 마녀는 빼놓았다. 그러나 여기 약국에서 그녀[마녀]는 바로 내 옆에 있었다. 왜소하고 등이 굽은 여인은 코가 거의 턱에 닿을 것 같았고, 먼지가 앉은 두꺼운 검은 옷과 보닛 같은 모자를 쓰고 있었다.

I saw an old witch. I was staring at this old creature and thought a witch. It was because I had spent all day on a feature, Stereotypes of Women, Then and Now. Then not exactly specified, late Victorian, the gracious lady, the mother of many, the invalid maiden aunt, the New Woman, missionary wife, and so on. I had about forty photographs and sketches to choose from. Among them, a witch, but I had discarded her. But here she was, beside me, in the chemist's. A tiny bent — over woman, with a nose nearly meeting her chin, in black heavy dusty clothes, and something not far off a bonnet(*DGN*20).

모디의 첫인상은 마녀와 유사하다는 것이다. 왜소하고, 지저분한 검은 옷을 입고, 모자를 쓰고 있는 모디는 마치 동화에 나오는 마귀할멈 같다. 모디의 이와 같은 모습은 육체의 끔찍함을 견디지 못하는 제인에게 불쾌감을 준다. 여기에서 모디의 마녀를 닮은 모습은 노이만의 공포의 어머니를 상기시킨다(*FF*22). 노이만은 동화에서 마녀는 딸에게 마법을 걸거나 딸을 가두는 역할을 한다고 보는데, 제인이 모디에게서 받는 인상과 느낌은 그 모습을 떠올리게 한다. 사실, 모디는 외모뿐만 아니라 실제 관계에서도 제인을 구속하고 심지어 덫이 되어 다가온다. 모디를 보면서 제인은 모디가 '늙은 마녀의 모습으로 자기 주위에 있다.'(*DGN*63)는 느낌에 시달리고 모디 주변의 모든 것이 붕괴되어 간다는 느낌을 받는다. 제인은 자기도 모르게 모디를 방문하는 일을 하면서 자신이 마치 끔찍한 운명의 사슬에 매인 것 같다고 생각한다(*DGN*31). 그러다가 제인은 길에서 우연히 모디를 보게 되는데, 그녀는 다시 한 번 '꼬부랑이 늙은 마녀'(*DGN*38)의 모습을 모디에게서 보고 두려움에 휩싸인다. 제인이 모디를 보고 느낀 두려움은 바로 자아가 공포의 어머니에게 갖는 감정과 유사하다.

모디가 공포의 어머니가 구현된 인물임을 보이는 예로 두 사람이 마치 친어머니 – 친딸의 관계처럼 허물없이 대하다가 서로 적대감을 드러낸다는 것을 들 수 있다. 그럴 경우에는 제인은 마치 늙은 어머니를 모시고 사는 것같이 느껴지고, 모디를 돌보는 일이 덫인 것만 같이 여겨진다. 제인은 모디를 돌보는 일이 힘들고, 또 직장 일을 해야 하기 때문에 모디가 자원 봉사자나 간병인의 도움을 받기를 원한다. 하지만, 모디는 한사코 다른 사람의 도움을 받기를 거부한다. 이럴 때마다 제인과 모디는 소리를 지르며 싸운다.

모디와 나는 마치 가족인 것처럼 서로 소리를 질러댔다. 그녀는 "그러면 여기에서 나가, 나가 버려. 하지만 나는 이 방에 그런 복지시설 봉사자들을 들여보내지는 않을 거야."라고 소리쳤고, 그러면 나는 "모디, 구제 불능이군요. 정말 끔찍해요. 내가 당신에게 어떻게 해야 할지 모르겠어요." 라고 맞대꾸했다.

Maudie and I shouted at each other, as if we were family, she saying, "Get out then, get out, but I'm not having those Welfare women in here", and I shouting, "Maudie, you're impossible, you're awful, I don't know what I'm going to do with you."(*DGN*135)

제인은 이 경험을 통해 자신이 감당하기 힘든 일에 관여하고 있음을 깨닫는 한편 친어머니와 경험하지 못했던 어머니와 딸의 관계를 이해하게 된다. 그녀는 모녀 관계란 항상 즐겁고 행복한 것이 아니라 분노와 적대감이 형성되기도 한다는 것을 이해하게 되는 것이다.

(2) 지하 방

제인과 모디의 관계에서 제인이 모디에 대한 감정 변화를 겪는 것은 그녀가 모디의 집을 방문하는 데서 시작된다. 허름한 건물의 지하에 자리 잡고 있는 모디의 지하 방은 제인이 시련을 겪는 동시에 온정을 느끼는 곳이 되기 때문이다. 다음과 같이 제인은 모디의 방으로 들어가기 위해 어둠에 잠긴 긴 통로를 지나간다.

그 집의 난간은 부서지고, 계단은 부서지고 갈라져 있었다. 그녀는 들어오라고 요청할 생각도 없었기 때문에 나를 쳐다보지 않은 채 낡은 계단을 조심스럽게 내려가서 조잡하게 나무판자로 엇갈려서 땜질해 놓은, 하지만 아귀가 잘 맞지 않은 문 앞에 가서 섰다. …… 그리고 문을 열었다. 나는 그녀와 함께 집 안으로 들어섰다. 냄새 때문에 속이 매우 답답하고, 울렁거렸다. 그날 그 냄새는 끓어 넘친 생선 때문이었다. 우리가 들어선 곳은 바로 어둠에 잠긴 긴 통로였다.

The house had a broken parapet, broken and chipped steps. Without looking at me, because she wasn't going to ask, she went carefully down the old steps, and stopped outside a door that did not fit and had been mended with a rough slat of wood nailed across it. ……, and opened the door. And I went in with her, my heart quite sick, and my stomach sick too because of the smell. Which was, that day, of over−boiled fish. It was a long dark passage we were in(*DGN*21).

위에서 제인이 지하로 내려가는 것을 자아가 영웅이 되기 위해 거치는 지하세계의 여행과 같은 통과의례로 설명할 수 있다. 노이만에 의하면, 영웅은 새로운 자아를 만나기 위해 지하세계의 여행을 거쳐야 한다. 영웅이 지하세계로 내려가는 것은 정신을 채우는, 즉 중심화를 위한 입문의식에서 가장 중심이 되는 행위이기 때문이다(*FF*198). 여기에서 지하세계, 통로, 미로, 어두운 숲속, 지하세계의 문 등이 무의식 세계를 상징하듯이,[103] 영웅이 지하세계를 방문하는 것은 자신의 무의식을 만나는 것을 상징한다. 그럼으로써 영웅은 의식과 무의식이 서로 소통하게 되어 자아 통합을 이루는 것으로 이어진다(*OHC*256). 그렇다면 모디의 지하 방은 영웅이 보물을 손에 넣기 위해 탐험하는 지하세계를 의미하는 한 상징이라고 할 수 있겠다. 제인은 그 지하 방을 방문하여 지금까지 그녀가 외면했던 것과 대면하고 보물에 해당하는 인간적인 마음씨를 건져 올리기 때문이다.

지하세계는 항상 두려움과 적대감으로 다가오듯이, 제인은 모디의 방에 처음 들어섰을 때 역겨운 냄새로 숨을 쉴 수가 없었다. 모든 것은 낡고, 먼지에 싸여 있고, 지저분했다. 모디가 차를 권했을 때 제인은 기름기가 눌어붙은 잔을 보고 참담해진다. 그러나 처음에 꺼림칙했던 지저분한 찻잔을 거리낌 없이 사용하고 지저분함이 결코 나쁜 것만은 아니라는 것을 받아들이면서 제인은 점차 그 방에서 다른 감정을 느끼게 된다. 모디의 방에는 그 지저분함을 넘어선 인간적인 애정이 깃들어 있기 때문이다. 이 경험 후에 제인은 상대방의 가치를 재산이나 외모로 판단해서는 안 된다는 것을 깨닫는다.

나는 모디 맞은편 의자에 앉아서 커튼을 드리우고 전깃불이 밝혀진 그 방이 그렇게 끔찍하게 더럽거나 지저분한 곳이 아니라 꽤 아늑한 장소라고 느꼈다. 그러나 왜 내가 이렇게 지저분한 곳을 계속 오는 걸까? 왜 우리는 사람을 이런 식으로 평가하는 것일까? 그녀는 지저분함이나 먼지 심지어 냄새 때문에 결코 곤란을 받지 않았다. 나는 가능하면 그 지저분한 상황을 주시하지 않으려 했고, 내가 그러는 것처럼 지저분함으로 그녀를 판단하지 않기로 결심했다.

I sat down in the chair opposite hers and saw that the room, with the curtains drawn and the electric light, seemed quite cozy, not so dreadfully dirty and grim. But why do I go on about dirt like this? Why do we judge people like this? She was no worse off for the grime and the dust, and even the smells. I decided not to notice, if I could help it, not to keep judging her, which I was doing, by the sordidness(*DGN*26).

위에서 보여준 제인의 모습은 외모에만 신경을 쓰던 이전 모습과 사뭇 다르다. 제인은 모디의 방을 피하고 싶은 곳이 아니라 인간적인 온정과 안락함과 따스함이 깃든 곳임을 알게 된다. 즉 그녀는 모디의 방을 방문하면서 자신의 얼어붙었던 감정의 둑이 터지는 것을 경험하고 있는 것이다.

이처럼 제인은 시간이 흐르면서 모디의 좋은 점을 발견하고, 처음 모디에게 품었던 감정을 극복하기에 이른다. 제인은 모디가 자신을 위해 앞치마를 두르고 차를 준비하는 모습을 보면서 인간적인 애정을 맛본다(*DGN*25). 그래서 주위 사람들이 모디와 어떤 관계냐고 물을 때마다 제인은 자신은 모디의 친구(*DGN*46)라고 자신 있게 말한다. 제인은 과중한 직장 업무로 피곤에 지쳐 있어도 모디를 방문하는데, 모디와 자신은 공식적인 일로 맺어진 관계가 아니라 서로의 관심과 애정으로 맺은 관계라고 믿기 때문이다. 제인은 모디에게 "나는 당신이 좋아요, 당신을 알아간다는 것이 마음에

들어요.”(*DGN*91)라고 고백하기에 이르고 그녀에게서 편안함을 느
낀다. 이렇게 제인은 모디를 받아들이면서 사망한 어머니와 얽혀
있던 감정의 문제를 풀어가기 시작한다.

3) 제인의 이타주의: 사랑의 실천

*DGN*에서 변화를 거치고 중심화를 달성하는 자아의 모습이 모
디의 지하 방을 다니면서 선행을 베푸는 제인의 모습에 나타나 있
다. 그러므로 제인이 선행을 베푸는 과정을 추적함으로써 중심화로
의 통과의례를 거친 그녀의 변모되는 모습을 좀 더 자세히 볼 수
있을 것이다.

(1) 제인의 헌신

제인과 모디는 서로 돕고 사랑을 베푸는 관계로 나아간다. 제인
은 모디를 돌보는 역할을 수행하면서 한편으로 자신의 과거의 모
습을 벗어버리는 과정을 경험한다. 그 과정에서 제인의 갈등과 번
민은 끊이지 않는데, 때때로 혈연지간이 아닌 타인을 돌보는 일이
제인에게 귀찮은 일로 다가오기 때문이다. 먼저 제인은 모디를 사
귀면서 그녀에게 꽃, 케이크, 과일, 잡지 등의 작은 선물을 선사하
고, 식료품을 사오고, 심지어 고장 난 전기를 고쳐 준다. 그리고
나서 제인은 자신이 모디에게 해 줄 수 있을 만큼 충분히 베풀었
다고 생각한다. 사실, 깨끗한 고급 옷만 입고 사는 제인이 지저분
한 방에서 냄새 나는 모디와 마주 앉아 있는 일은 여간 곤혹스러

운 것이 아니었다. 그래서 제인은 모디를 만나는 것을 그만두겠다고 생각한다.

그러나 제인은 알 수 없는 힘에 이끌려 다시 모디를 방문한다. 제인은 점점 기력이 떨어지는 모디를 위해 이전에는 상상하지도 못했던 청소와 세탁 그리고 변기통 갈아 주는 일을 처리한다. 이 과정을 거치자, 제인과 모디는 절친한 관계로 발전한다. 이제 모디는 제인에게 등을 긁어 달라, 옷을 갈아입혀 달라고 스스럼없이 부탁한다. 제인은 내심 꺼리지만 그녀가 원하는 것을 들어준다. 그러다가 제인은 몸이 불편하여 오물로 뒤덮인 모디를 목욕시키기에 이른다.

> 나는 충분히 비누와 따뜻한 물을 사용하여 그녀의 상반신을 천천히 씻겨주었다. 그러나 그녀의 목에 앉은 때가 너무 많아서, 그 때를 모두 벗겨내는 것은 그녀의 목의 한 겹을 벗겨내는 것을 의미할 정도여서 너무 힘들었다. 연약한 그녀는 떨고 있었다. 나는 모디의 가냘픈 늙은 몸과 어머니의 몸을 비교하고 있었다. 그러나 나는 어머니의 병든 몸을 흘끗 보았을 뿐이었다. 어머니는 병원에 입원하기 전까지 손수 씻었다. 나는 지금에서야 어머니가 얼마나 힘들었을까를 생각했다. 그리고 조지가 오면 그녀는 어머니를 씻겨드렸다. 그러나 아이-딸인 나는 어머니를 목욕시켜 드리지 않았다.

> I slowly washed her top half, in plenty of soap and hit water, but the grime on her neck was thick, and to get that off would have meant rubbing at it, and it was too much. She was trembling with weakness. I was comparing this frail old body with my mother's; but I had only caught glimpses of her sick body. She had washed herself—and only now was I wondering at what cost—till she went into herself. And when Georgie came, she gave her a wash. But not her child—daughter, not me(*DGN*59).

제인은 모디의 몸을 씻겨주면서 혼자서 목욕을 해결하곤 했었던 죽은 어머니를 떠올린다. 언니가 가끔 목욕하는 것을 도와주곤 했었지만 제인은 거의 어머니가 목욕하는 것을 도와주지 못했었다. 늙은 몸으로 심지어 병이 든 몸으로 어머니가 혼자 목욕한다는 것이 결코 쉽지 않은 일이었을 것이고, 직접 요구하지는 않았지만 어머니는 제인이 도와주기를 바랐을 것이라고 제인은 생각한다. 모디를 씻기면서 제인은 자신과 모디 사이에 존재하던 팽팽한 긴장이 모두 허물어지는 것을 느끼고 자신과 어머니의 관계가 냉랭할 수밖에 없었던 이유가 자신이 어머니와 신체적 접촉을 거의 하지 않았기 때문이라는 것을 비로소 깨닫는다.

제인은 심한 요통을 겪는 경험을 통해 모디의 고통과 마음을 이해하는 경험을 갖는다. 모디를 간호하던 어느 날 아침 제인은 잠자리에서 일어나지 못하고 전혀 움직일 수 없는 상태로 이주일 동안 누워 지낸다. 그녀는 병이 발발하자 모디가 몸을 움직일 수 없었을 때 느꼈을 그 고통과 두려움을 똑같이 느낀다.

> 이주일 동안 정말 모디와 같은 상태가, 정확히 말하면 늙은 사람들과 같은 처지가 되었다. '내가 잘 견딜 수 있을까? 아니야, 커피 한 잔이라도 마시면 안 돼, 간호사가 오지 않을 수도 있어, 아마 침대를 더럽히고 말 거야.'라고 지나친 걱정을 하며 누워 있었다……

> For two weeks, I was exactly like Maudie, exactly like all these old people, anxiously obsessively wondering, am I going to hold out, no, don't have a cup of tea, the nurse might not come, I might wet the bed……(*DGN*139).

제인은 움직일 수 없는 상황에서 누구에게 도움을 청할 것인가
를 생각하지만 아무도 떠오르지 않는다. 결국 그녀는 의사를 부른
다. 이처럼 제인은 아무 도움도 받을 수 없는 모디와 같은 처지가
되어 보고 그제야 모디의 처지를 받아들이고 그녀의 고통을 진정
으로 이해하게 된다.

어느 날, 제인은 병마와 싸우는 모디를 위해 외출하는 기회를
마련한다. 제인은 열아홉 살부터 직장 일을 시작해서 가족, 심지어
어머니와 같이 외출한 적이 없었기에 모디와의 외출은 제인 자신
에게까지도 즐거운 일로 다가온다. 그녀는 모디를 로즈기든 식딩으
로 데려간다.

나는 사람들로부터 떨어진, 그리고 장미 덤불 옆에 있는 테이블에 모디를
앉게 했다. 그리고 쟁반에 크림 케이크를 가득 담아 놓고서 오후 내내 앉
아 있었다. 그녀는 천천히 소화시키면서 먹고 또 먹었다. 마치 여기에 음
식이 있는 한 채워 넣겠다고 하는 것처럼 말이다. 그리고 그녀는 앉아서,
그대로 앉아서 보고 또 바라보았다. 그녀는 웃음 지으며 행복해했다. 오,
귀여운 것. 그녀는 그녀 가까이에 있는 참새, 장미, 유모차에 있는 아이
를 보며 귀여운 것이라고 중얼거렸다. 나는 그녀가 격렬한, 거의 분노에
가까운 기쁨으로 넋을 잃고 있는 모습을 볼 수 있었다. 그녀에게 이렇게
뜨겁고 매우 밝게 빛나는 햇살로 가득 찬 세계가 아주 굉장한 선물인 것
같아 보였다. 왜냐하면 그녀는 음침한 지하 방에서, 을씨년스러운 거리에
서 이 세계를 잊고 있었기 때문이었다.

I find her a table out of the way of people, with rose bushes beside her,
and I pile a tray with cream cakes, and we sit there all afternoon. She ate
and ate, in her slow, consuming way, which says I'm going to get this
inside me while it is here! — and then she sat, she simply sat and looked,
and looked. She was smiling and delighted. Oh, the darlings, she kept
crooning, the darlings ······ at the sparrows, at the roses, at a baby in a
pram near her. I could see she was beside herself with a fierce, almost

angry delight, this hot brightly colored sunlit world was like a gorgeous present. For she had forgotten it, down in that ghastly basement, in those dreary streets(*DGN*120).

제인은 두꺼운 검은 조개껍데기(*DGN*120) 같은 방에서 사는 모디를 밝은 세상으로 초대하고 모디와 함께 무엇인가를 하게 되면서 모디의 마음을 더 이해하게 되고 친해진다. 제인은 누추한 지하 방에서 살던 모디가 화려한 세상을 접하면서 분노를 느끼지 않을까 걱정하지만 다행히 모디는 매우 행복해하고 외출을 마치고 집으로 돌아오면서 꿈꾸듯이 노래를 흥얼거리기까지 한다. 이처럼 모디는 무의식을 대변하는 '유령이 나올 것 같은 지하 방'(*DGN*120)에서 나와 밝은 햇살이 비추는 의식 세계를 만났을 때 행복의 감정을 느낀다. 모디의 그러한 모습을 지켜본 제인 또한 행복을 느끼고 자신이 모디에게 큰 선물을 한 것 같아 뿌듯해한다. 이런 의미에서 모디와 제인 두 사람의 외출은 무의식 세계와 의식 세계가 서로 융합했을 때 경험할 수 있는 것을 보여주는 상징적인 하나의 사건이라고 할 수 있겠다.

(2) 영혼의 대화

제인과 모디는 이야기하기를 통해 친근감을 쌓아가고 서로의 상처를 치유하게 되는 것을 보여준다. 제인은 어머니의 죽음을 겪고 나서 자신의 존재에 대한 공허감을 갖는다. 그녀는 그 문제를 다음과 같이 파악한다.

그러나 내가 알게 된 사실은 다음과 같다. 사람이 죽게 되면 우리는 그들과 대화를 충분히 나누지 못했던 것을 후회하게 된다는 것이다. 나는 할머니와 이야기를 하지 않았고 그러다 보니 할머니에 대해 잘 모른다. 할아버지에 대한 기억은 거의 없다. 어머니에 대해서도 마찬가지다. 나를 이기적이고 어리석은 딸로 여겼다는 사실 이외에는 어머니가 나에 대해 어떤 생각을 가지고 있었는지를 모른다.

But what I do know is this. When people die, what we regret is, not having talked to them enough. I didn't talk to Granny, I don't know what she was like. I can hardly remember Grandpa. Ditto Mother. I don't know what she thought about anything, except that I am selfish and silly(*DGN*70).

제인은 자신이 어머니를 비롯한 주위 사람들에 대해 전혀 모르고 살아왔다는 것에서 자신의 삶이 얼마나 공허한지를 깨닫는다. 어머니가 무슨 생각을 하는지, 어떤 감정을 가지고 있었는지조차 모르는 제인은 타인과의 서먹한 관계의 문제가 자신에게 있었음을 깨닫는다. 그녀의 문제는 그녀가 상대방에 대해 알려고 하지 않았던 것, 즉 자신이 그들과 진정한 대화를 나누려고 하지 않았다는 것이다.

제인이 자신만을 생각하고 이기적으로 살았던 모습은 조카 질 (Jill)의 비난에서도 볼 수 있다.

"이건 정말 우스운 일이에요, 정말 우스워요." 그녀는 격노하며 그리고 도전적으로 말했다.
"매일 여러 시간 동안 그렇게 한다는 것이 말이에요. 그녀는 누구예요, 모디가 도대체 누구예요? 물론 그녀는 이모가 잘 대해 주지 못했던 할머니를 대신하는 사람이겠죠. 그래서 이모는 모디 파울러를 통해 그것을 보상하고 싶은 것이죠."

"I think it is ridiculous, ridiculous", she said, furious, aggressive.
"Hours and hours, every day. Who is she, who is Maudie? I mean, of course, she's just a substitute for Granny, you weren't nice to her, so you are making it up with Maudie Fowler."(*DGN*238)

제인이 가족이 아닌 타인 모디를 돌보는 것을 제인의 보상 심리에서 나온 행동이라고 질이 신랄하게 비판한 것처럼, 모디는 제인에게 어머니와 할머니를 대신하는 사람인지도 모른다. 제인은 지금까지 다른 가족들을 위해 자신을 희생하려고 하지 않았었기 때문에 어머니와 가까운 사이가 될 수 없었고 사랑을 나눌 수도 없었다. 제인은 모디를 통해 가족에게 중요한 것이 무엇인가를 깨닫고 자신과 가족 사이에 앙금처럼 쌓여 있는 문제를 해결하기 위해 주위 사람들과 대화를 시도한다. 첫 번째 시도는 어머니에 대한 이야기를 듣기 위해 언니를 찾아가는 것이다.

제인은 어머니가 어떻게 살았고, 어떻게 돌아가셨는지, 그리고 어떤 생각을 품고 있었는지를 알고 싶어 한다. 제인을 그저 돈 잘 버는 직장 여성으로 취급하고 가족에게는 신경 쓰지 않는다고 생각한 언니는 제인이 어머니의 이야기를 해달라고 하자 갑자기 화를 낸다.

내가 말했다. "말하자면, 최근에 나는 한 늙은 사람을 조금 도와주고 있어. 그리고 지금 어머니가 감당해야 했던 것을 이해할 수 있어."
"전혀 깨닫지 못한 것보다 늦게라도 알게 되어 다행이다." 언니가 말했다. 언니의 반응은 내 기대에 전혀 미치지 못했다. 즉 언니는 내가 느꼈던 것보다 훨씬 더 나를 좋지 않게 생각하고 있었던 것이다. 내가 느낀 감정은 부끄러움이 아니라 당황함이었다. 나는 그렇게까지 나 자신이 나쁜 사람으로 생각되기를 원치 않았다.
나는 그녀에게 말했다. "그것에 대해 이야기 좀 해 줘."

"글쎄, 도대체 무엇을 알고 싶은 거니?" 그녀는 격앙되었다. 정확히 말하면 어떤 어린 아이가 망치로 엄지를 다친 언니에게 "아프지 않나요?"라고 묻는 것과 같다는 투였다.
"어머니가 돌아가시기 전에 네 아파트에서 이 년 동안 계셨었어." 언니는 정말 믿을 수 없다는 듯이 놀라며 말했다.
"그래, 나도 알아. 하지만 그때 이후로 겨우 나는 ……"
언니가 말했다. "이봐, 제인. 미안하지만. …… 그 일 이후로 갑자기 나타나서 넌 '어머니에 관한 좋은 이야기를 좀 나누고 싶어'라고 말하고 있어. 제인, 그게 그렇게 쉬운 것이 아니야."
나는 여동생 제인을 비판하는 언니에게 오랫동안 분노가 있었다는 것을 깨달았다.

"Well", I said, "recently I've had a little to do with an old person, and I know now what Mother had to cope with."
"I suppose better late than never." Said Sister Georgie.
This was much worse than I had expected. I mean, what she thought of me was so much worse that I was burning with − no, alas, not shame, but it was embarrassment. Not wanting to be so badly thought of. I said to her, "Can you tell me anything about it?"
"Well, what on earth do you want to know?" She was exasperated. Exactly as if some small child had said to her, she having hit her thumb with a hammer, Does it hurt?
"She was in your flat for two years before she died", said Sister Georgie, making a great amazed incredulous astonishment out of it.
"Yes, I know. But it was since then that I ……"
Georgie said, "Look, Jane, I'm sorry but …… you just turn up here after all that, and say, I'd like a nice little chat about Mother. Jane, it simply isn't on", she said. I realized that there were years of resentment here, criticism of little sister Jane(DGN66−7).

제인은 언니와 대화하면서 언니가 오랫동안 자신을 미워했다는 것을 알게 된다. 작은 집에서 아이 넷을 키우고 어머니를 모신 언니는 아이도 없이 넓은 아파트에서 남편과 단 둘이 지냈던 제인이 얄미울 수밖에 없다. 그리고 어머니가 병이 들었을 때에는 별로 도움을 주지 않았던 제인이 이제 어머니에 대한 기억을 이야기해 달라고 하자 언니는 화가 치미는 것이다. 제인은 언니에게 어머니의 추억을 들을 수는 없었지만 언니와 이야기를 시도하지 않았더라면 끝내 알 수 없었을 언니의 속마음을 알게 된다. 그 성과는 언니를 비롯한 가족들과 자신은 서로 대화를 나누지 못했다는 것을 알게 된 것이다.

이야기하기는 제인에게 중심화로 가는 발판이 되어 주고 있다. 언니를 통해 대화의 문을 열기 시작한 제인은 모디와 이야기하기를 통해 서로의 관계를 발전시켜 나가기 때문이다. 모디는 제인과 진정한 인간관계, 제인이 자신을 형식적인 관계로서가 아니라 개인적으로 좋아하는 관계를 유지하고 싶어 한다(*DGN*25). 그런 관계일수록 상대방에게 부담을 주고 싶지 않기 때문에 서로 도움을 베풀고 받아야 한다. 따라서 제인이 자신을 위해 방문하고, 음식을 사주고, 청소해 주는 것에 대한 보답으로 모디는 자신의 과거 이야기를 들려주겠다고 한다. 그녀는 자신의 이야기가 제인의 잡지사 직업에 도움이 될 것이라고, 또 제인이 이야기 듣기를 좋아한다고 생각하기 때문이다.

> "당신은 내게 너무 많이 베풀어 주었어요. 내가 당신을 위해 할 수 있는 것은 내 이야기를 들려주는 거밖에 없네요. 당신은 그 이야기를 좋아하지요, 그렇지요? 그래요, 난 당신이 마음에 들어 할 거라고 봐요." 물론, 나는 좋아한다. 나는 그녀에게 내가 하고 있는 일에 대해 이야기하지만 자세히 말해 줄 필요는 없다. 내가 귀빈을 위한 파티나 칵테일파티 같은 그런 축하 모임에 참석하면, 나는 그녀에게 그곳의 상황을 모두 설명할 수 있다.

"You do so much for me, and all I can do for you is to tell you my little stories, because you like that, don't you? Yes, I know you do." And of course I do. I tell her about what I have been doing, and I don't have to explain much. When I've been at a reception for some VIP or cocktail party or something, I can make her see it all(*DGN*95).

그래서 모디는 제인과 이야기하는 시간을 벌기 위해 식사를 간단히 한다고 말한다.

내가 쇼핑하는 동안 그녀는 우리가 마실 차를 준비한다. 그녀는 여섯 시에 잼을 얹은 케이크와 비스킷으로 저녁을 미리 해결한다. 그녀는 제대로 된 식사를 하기 위해 나를 번거롭게 하고 싶지 않다고 말한다. 요리를 하면서 시간을 낭비하게 하고 싶지 않다는 것이다. 왜냐하면 "요리가 우리의 시간을 앗아갈 수도 있기 때문"이라는 것이다. 그녀가 이 말을 했을 때 나는 그녀가 앉아서 이야기 나누는 우리의 시간을 매우 소중히 여긴다는 것을 알았다.

While I shop she makes us tea. She has had supper at six, when she eats cake and jam and biscuits. She says she can't be bothered to cook properly. She doesn't want me to waste time cooking for her, because "it would take away from our time." When she said this I realized she valued our time of sitting and talking(*DGN*95).

윗글에서 나타나는 것같이, 모디는 제인과 이야기 시간을 갖는 것을 소중히 하고, 그 시간을 기다리고, 제인을 맞이하는 준비를 한다. 어두운 지하 방에서 혼자 지내는 모디가 이야기를 들어주는 친구를 만난 것은 매우 가슴 벅찬 일이 아닐 수 없다. 모디는 친구가 있어 매우 행복하다고, 같이 앉아서 이야기 나누는 시간이 그녀의 '인생에서 최고의 순간'(*DGN*134)이라고 말한다.

모디는 또한 제인에게 집의 소중함을 일깨워 주면서 여성의 독립심을 강조한다. 모디는 현재 살고 있는 자신의 집이 비록 허름하기는 하지만 그녀가 주당 22실링의 세를 내고 살고 있다고 말한다. 그러므로 자신은 이 방을 자신의 것으로 사용할 정당한 권리가 있다는 것이다. 모디는 집이 없는 사람은 동물과 다를 바 없다고 강조하면서 복지 시설의 도움을 받거나 요양소에 들어갈 수도 있지만 한사코 자신의 방을 지키려고 한다. 모디가 다 쓰러져 가는 지하 방을 고수하는 것은 나름대로의 이유가 있다.

> "나는 그 진리를 일찍 터득했답니다. 당신이 자신만의 공간을 지니고 있으면 모두 얻은 것입니다. 그것이 없으면 개나 다름없어요. 그것이 없는 사람은 쓸모없는 존재가 되고 말아요. 당신도 당신만의 공간이 있겠죠?" 내가 그렇다고 대답하자 그녀는 격렬하게, 분노에 차서 고개를 끄덕이며 말했다. "좋아요. 계속 지키도록 하세요. 그러면 그 어느 것도 당신을 건드릴 수 없을 것입니다."
>
> "I learned that early. With your own place, you've got everything. Without it, you are a dog. You are nothing. Have you got your own place?"—and when I said yes, she said, nodding fiercely, angrily, "That's right, and you hold on it, then nothing can touch you."(DGN27)

윗글에서 자신을 위한 공간이 한 개인의 모두를 의미한다고 하듯이, 모디의 방은 그녀에게 전부를 의미한다. 비록 누추하고 냄새나는 방이지만 모디는 자신의 방에서 자유롭게 살아간다. 자신만의 방은 자신의 독립성을 의미한다고 한 버지니아 울프(Virginia Woolf)의 주장처럼,[104] 모디는 자신의 집을 끝까지 고수함으로써 자신의 고귀한 존엄성을 지킨다.[105]

모디가 그녀의 방에 피우는 난로는 모디가 애나에게 따뜻한 마음을 전해 주고, 제인의 중심화로의 여정을 밝혀 주는 것을 상징하기도 한다. 불은 '자아에게 새로운 자아를 발견하는 계기를 만들어 주는 역할'106)을 하기 때문이다. "나는 모디를 생각할 때마다 난로가 생각난다. 그 끔찍한 방도 생각난다. 하지만 그 난로가 방을 환히 빛나게 하고 그 방은 당신을 환영하는 장소가 된다."(DGN144)고 언급하면서 제인은 집이 안락함을 주는 장소이고, 지친 영혼을 보듬어 주는 곳임을 알게 되는 것이다. 그래서 모디가 사망하고 난 후 물건을 정리하기 위해 모디의 집에 들렀을 때, 제인은 불씨가 꺼진 난로를 보며, "모디 집에 갔다. 오, 그 방에서 나는 냄새라니, 어둠에 잠긴 그 메스꺼움이라니! 그곳에 난로가 없으니 생명도 없었다."(DGN257)고 생각하면서 생명이 사라진 것을 느낀다.

모디와 마찬가지로, 제인 또한 이야기하기를 통해 자신이 쓰고 싶었던 작품을 완성하게 된다. 제인은 모디의 이야기를 듣는 동안 모디에게서 그 작품의 영감을 받아 런던에 사는 한 모자 여직공에 관한 이야기를 쓰기로 마음먹는다. 제인은 모디의 이야기를 로맨스로 꾸밀 계획을 세우는데, 아마 모디가 죽을 때쯤에는 괴로운 기억보다는 즐거웠던 기억만을 떠올릴 것이라고 생각하기 때문이다.

오늘 『모자 여직공』이 출간되었다. 이 작품을 출판하기 전에 두 번 수정
했다. 나는 모디와 이 작품을 충분히 누리지 못했다. 만약 충분한 시간이
있었다면 그렇게 했었을 것이다. 이 작품은 대단한 성공을 거둘 것이다.
보수가 아주 좋았던 직장까지 내버릴 정도로 빠져들었으니 내 자신이 미
쳤다고 은밀하게 공포에 빠졌던 것은 사실 쓸데없는 짓이었다. …… 오늘
아침 일찍 그 작품을 읽었다. …… 모디는 내가 [작품에서] 다시 설계한
그녀의 인생을 아마 마음에 들어 할 것이다.

Milliners came out today. They reprinted twice before publication. I've been too busy with Maudie to enjoy it all as I would otherwise have done. It is going to be a wild success. My secret moments of terror that I was mad to jettison my lovely well−paid job were for nothing. ······ I read it very early this morning ······ Maudie would love her life, as reconstructed by me(*DGN*251−2).

모디를 위한 작품을 쓰면서 제인은 늙은 사람에 대한 관심을 작품으로 승화하고 있음을 엿볼 수 있다. 이것은 그녀가 나이 먹은 것에 대한 추함과 노쇠함을 관용적으로 바라보게 되었다는 의미를 내포한다. 이러한 제인의 모습은 그녀가 더 이상 죽음을 대면하기를 꺼려했던 아이가 아니라는 것을 뚜렷이 보여준다. 이 변화는 그녀가 삶과 죽음의 자연스러운 흐름을 받아들이게 될 것임을 암시해 주고 있다.

『모자 여직공』에서 제인이 모디의 이야기를 해피엔딩으로 처리한 점에 주목할 필요가 있다. 제인은 모디가 살아오면서 많은 고통과 어려움을 겪었지만, 모디는 그것을 모두 인내하고 극복했으므로 긍정적 평가를 받아야 한다고 생각한다. 제인은 자신이 쓴 작품을 모디가 보면 그녀가 힘든 삶을 살아오기는 했지만 인생에 꼭 괴로운 일만 있는 것이 아니라 즐거운 일이 있다는 것을 알게 될 것이라고 생각하는 것이다. 이러한 제인의 모습은 *GN*에서 작가의 문제에 봉착했다가 작품을 완성하는 애나를 상기시킨다. 애나가 작품을 완성하는 것을 통해 온전한 정신으로 돌아오듯이, 제인은 타인의 아픔을 감싸 안은 작품을 완성하여 자신의 고갈된 감정 상태를 극복한다. 제인은 자신 이외의 타인의 처지를 이해하고 타인을 배려하는 것을 배우게 된 것이다. 다시 말해 『모자 여직공』의 출판은 제인의 모디에 대한 사랑의 결정체라고 할 수 있다. 그 작품 이야말로 제인이 모디의 상처를 이해한다는 것을 그리고 제인 자신의 상처를 극복했음을 보여준 것이라고 할 수 있기 때문이다. 이처럼 제인과 모디는 돌보기와 이야기하기를 통해 적대 감정과 반감을 그리고 기쁨과 온정을 교차하면서 서로의 문제를 극복해 가는 관계로 나아가고, 타인과의 감정 교류가 단절된 상태에 있었던 제인은 그 문제를 해결하게 된다.

(3) 죽음의 극복

제인은 세 번째 죽음을 경험하면서 죽음에 대한 인식의 변화를 거친다. 앞에서 볼 수 있었듯이, 제인은 육체가 망가지면서 보이는 끔찍함을 견딜 수 없어서 남편과 어머니의 죽음을 대면하기를 회피했었다. 그러나 제인은 모디 옆에서 모디의 죽음과 맞서고, 모디의 죽음으로의 여정을 함께한다.

> 그 얼마나 힘든 시련이며, 공포이던가! 나는 지금 모디의 상태를 이야기하는 것이 아니라 내가 겪는 시련을 이야기하고 있는 것이다. 아직도 분명히 이기적이기는 하지만 매일 모디 곁에 한 시간, 두 시간, 세 시간(비록 그 이상 길게 있지 않았지만, 내가 병실을 나서면 모디는 버림받았다고 느낀다) 앉아 있기 위해 병원을 방문하는 지금의 제인은 남편과 어머니가 돌아가시는 그 순간에 동참하기를 거부했던 그 제인과 전혀 다른 인물이라고 믿는다. 나는 나의 어머니와 남편이 내게서 원했던 것을 모디에게 베풀 준비를 갖추고 모디 가까이에 여러 시간 동안 앉아 있었다. 즉 무슨 일이 벌어지고 있는지를 인식하고 그 일에 참여하는 그것이었다. 그러나 모디가 원하는 것은 죽고 싶지 않다는 것이다.
>
> What an ordeal, what a horror! I am talking about my ordeal, not

Maudie's now. Selfish still, obviously, thought I believe that this Janna who goes in every day to sit with Maudie one hour, two hours, three(though never long enough, she always feels rejected when I leave), is not at all that Janna who refused to participate when her husband, her mother, were dying. I sit for hours near Maudie, ready to give what my mother, my husband, needed from me: my consciousness of what was happening, my participation in it. But what Maudie wants is — not to be dying(*DGN*226).

제인은 모디를 간호하면서 자신이 과거의 제인이 아니라는 것을 인식한다. 죽음을 마주 대하고 남편과 어머니에게 베풀지 못했던 것을 행한다. 이는 제인이 다시 한 번 정신적 재생을 경험하는 기회로 다가온다. 이제 제인은 죽음을 진지하게 생각하고 역설적으로 죽음이 사람을 종식하는 것을 안타깝게 지켜본다. 그녀는 사람은 누구나 죽기를 원하지 않는다는 것을 깨닫고 아마 자신의 어머니도 죽음 직전까지 죽기를 거부했을 것이라고 생각한다. 다만 제인은 어머니 곁에 없었기 때문에 그 마음을 헤아리지 못했던 것이다.

제인은 모디가 죽기를 거부하는 것을 보면서 죽음이란 것이 죽어가는 자나, 옆에서 지켜보는 자에게 모두 고통스러운 일임을 알게 된다. 제인은 왜 모디가 죽음을 거부하는지 이해할 수 없다. "왜 죽는 것이 힘들까? 그것을 이상하게 생각하는 것은 당연하지 않나? 정말이지 죽는다는 것은 너무, 너무, 너무 어려운 것 같다. 육체는 떠나기를 원치 않는다. 끊임없는 투쟁이 계속되고, 마치 전쟁과 같다."(*DGN*241) 제인은 이러한 모디의 모습을 보면서 모디가 목전에 닥친 죽음을 두려워하고 있음을 알게 된다. 그 두려움은 자신의 상태가 악화되는 것과 비례해서 모디가 사용하는 용어의 강도가 점점 강해지는 것에서 뚜렷이 드러난다. 모디는 처음에는 '두렵다'(dreadful)(*DGN*121)라고, 그러다가 '끔찍하다'(terrible)(*DGN*137)에서 '비극이다'(tragedy)(*DGN*227)라고 확대한다. 이전의 의연하던 모디의 모습은 점점 흔들린다. 그만큼 죽음은 감당하기 힘든 문제였던 것이다.

제인은 그렇게 죽어가는 사람을 옆에서 지켜본다는 것 또한 매우 힘든 일임을 깨닫는다. 그 고통을 감당하기가 괴로워서 제인은 어느 때는 죽음의 문턱에 서 있는 모디가 불쌍하다가도, 어느 때는 빨리 죽어서 이 상황이 종류되기를 은근히 바라기조차 한다(*DGN*233). 이처럼 복잡한 심정을 느끼는 제인은 어머니의 죽음을 떠올린다. 어머니의 죽음과 그로 인한 고통을 직면하기를 회피했었던 제인은 이제 죽어가는 모디를 보면서 죽음의 문제를 직시하게 된다.

레싱은 프랑소와 루소(Francois – Olivier Rousseau)와의 인터뷰에서 *DGN*에서 모디의 죽음의 문제를 다룬 이유를 다음과 같이 밝히고 있다.

나는 노령이나 사랑하는 사람의 죽음을 결코 직면한 적이 없는 누군가에게 죽음은 견디기 힘든 일이라고 생각한다. 늙은 나이나 타인의 육체가 무너져 가는 것은 우리에게 혐오스럽고 충격적인 것으로 다가올 것이다. 그러면 우리는 혐오의 장벽을 치고 그것을 느끼는 것을 막게 될 것이다. 그러나 이러한 혐오를 느끼는 진짜 이유는 두려움이다. 그 두려움은 언젠가 곧 우리는 똑같이 혐오의 대상이 될 수 있다는 것에 대한 것이다. 정말 매우 운이 좋은 경우를 제외하고는 우리는 그 문제에 직면해야 한다. 그래서 나는 그것에 익숙해지는 것이 가장 최선이라고 생각한다. 그것이 바로 화자 제인이 늙은 숙녀를 돌보게 되었을 때 했던 것이었다. 소설 도입 부분에서 그녀를 이기적이고 다소 공허한 인물로 그린 것은 바로 노

령과 절망의 발견이 그녀에게 하나의 충격으로 다가온다는 것을 보이기
위해서였다.

I suppose that it is intolerable for someone who never has been confronted
by old age or the death of a loved one. Old age and the physical
deterioration of others naturally seem to be something repugnant, shocking
to us; and we protect ourselves from it with a barrier of disgust. But the
real reason for this disgust is fear, the fear that sooner or later we too will
be that object of disgust. Unless we are extremely lucky, that's what's
facing us, and I think it is the best way to get used to it. That is what
my narrator, Jane Somers, did when she took on the responsibility for the
old lady. And if I made of her an egotistical and rather inane person at
the beginning of the novel it was because I also wanted the discovery of
old age and misery to come as a shock for her.[107]

윗글에서 엿볼 수 있는 것처럼, 죽음은 모든 사람에게 힘든 일
이며 나약한 존재인 인간은 그 죽음 앞에서 공포를 느끼는 것이
당연하다는 것을 레싱은 지적하고 있다. 죽음에 대한 공포를 해결
할 수 있는 것은 죽음을 회피하려고만 하지 말고 그 죽음에 익숙
해지는 것이다. 레싱이 제시한 해결책처럼, 제인은 모디의 죽음을
직시하게 되고 더 나아가 자신의 죽음을 상상해 본다.

나는 모든 종류의 공포와 두려움을 깊이 생각해 본다. 나는 나이 먹은 그
리고 내부에서부터 썩어 가고 있는 제인이 높이 세운 베개에 기대고 앉
아 있는 모습을 그려본다. 내 모습을 묘사하는 방식에 있어서 나는 먼저
입고 있는 옷에서부터 시작하여 나의 외부 경계를 점점 축소해 간다. 그
리고 건강한 몸, 즉 갑자기 의지와 상관없이 오물을 흘리지 않는 아직은
아름답고 생생히 살아 있는 건강한 몸을 상상한다. 그리고 나란 존재, 즉
나에 대한 인식의 단계로 들어가면서 내가 지저분한 살덩이와 뼈의 덩어
리로 앉아 있는 것을, 다시 말하자면 한 구의 시체로 있는 모습을 상상한
다. 그러나 소용없는 일이다. 나는 죽음을 두려워하지 않는다. 나는 두려
워하지 않는다.

I imagine, deliberately, all kinds of panic, of dread: I make myself visualize me, Janna, sitting up on high pillows, very old, being destroyed from within. I reduce my outer boundaries back, back, first from my carapace of clothes, how I present myself; and then to my healthy body, which does not—yet—suddenly let loose dirt and urine against my will, but is still comely and fresh; and back inside, to me, the knowledge of I, and imagine how it is a carcass I am sitting in, that's all, a slovenly mess of meat and bones. But it is no good. I do not fear death. I do not(*DGN*242).

제인은 이제 죽음에 대한 두려움을 느끼지 않는다. 그녀는 "내가 늙은 나이와 죽음을 두려워해서 거리에 있는 늙은 사람들을 보려고 하지 않았을 때 내게 그들은 전혀 존재하지 않았다. 지금은 이 병동에서 여러 시간 앉아서 [그들을] 바라보고, 경탄하고, 경외하고, 존경심을 느끼고 있다."(*DGN*245)고 고백한다. 그녀의 고백은 그녀가 더 이상 늙음이나 육체의 끔찍함을 두려워하지 않는다는 의미를 내포하고 있다. 이러한 그녀의 모습은 그녀가 중심화에 이른 것을 나타내 준다. 중심화에 다다른다는 것은 자기 자신, 자신의 삶, 숙명, 의미, 그리고 삶에 대한 일반적인 의미에 대해 알아야 할 모든 것을 아는 것을 의미하기 때문이다.108) 중심화에 이른 영웅은 죽음을 내세의 연장이라고 보게 된다고 노이만이 주장하는 것처럼(*OHC*238), 죽음을 극복한 제인은 삶과 죽음을 자연스러운 과정으로 받아들이게 된다. 그녀는 이전에 화려하고 행복했던 시절이 있었고 지금 건강한 생활을 누리는 사람도 언젠가는 추하게 변하고 결국 죽게 된다는 진리를 깨닫는 것이다.

제인이 죽음의 공포를 극복한 것은 타인에 대한 사랑으로 가능했다. 제인에게 삶에서 가장 소중한 것을 찾도록 해 주었기 때문에 그녀의 사랑의 샘은 모디가 채워 주었다고 할 수 있다. 다시 말하면 제인은 모디를 만나서 공포의 어머니 속성을 극복하고 포용하게 되면서 진정한 사랑을 알게 되는 것이다. 제인의 사랑은 선행 베풀기로 이어지고 그 선행이 조카 질을 포용하는 것으로 이어진다. 혼자만의 화려한 생활을 누리던 제인은 조카를 거두어 돌보는 진전된 모습을 보이는데(*DGN*146), 그녀의 이러한 모습에서 보물을 찾아 변형을 거친 진정한 영웅의 모습을 볼 수 있다.

지금까지 *DGN*의 제인이 모디를 만나 보다 높은 의식을 갖춘 개인으로 다시 태어나는 것을 살펴보았다. 제인은 어머니와 남편의 죽음 그리고 모디의 죽음을 경험하면서 중심화에 도달한다. 그러한 제인의 모습은 모디를 죽을 때까지 돌보는 것에서, 즉 사랑을 실천하는 것에서 볼 수 있다. 어머니에게 베풀지 못했던 사랑을 모디에게 대신 베푸는 제인은 모디와의 관계를 통해 자신과 어머니와의 삭막한 관계를 극복하게 된다. 즉 제인은 자신을 '감정의 메마름'[109]에서 해방시키게 되는 것이다. 그녀는 감정 고갈 상태를 극복하고 나서 가족 간의 인간적인 관계를 회복한다. 그래서 제인은 조카 질을 부양하기로 하고 질이 능력을 개발할 수 있도록 도와주기로 결심한다. 제인이 질을 도와주는 것은 그녀 자신이 받은 상처를 질이 받기를 원하지 않기 때문인 듯하다. *DGN*은 이처럼 제인이 변화를 거쳐 중심화를 달성하고 거기에서 멈추지 않고 사랑을 주위에 베푸는 온전한 영웅임을 보여주고 있다.

7

나오며

지금까지 노이만의 공포의 어머니 이론에 비추어 레싱의 네 작품을 살펴보았다. 본 연구에서 다룬 네 작품에서 공포의 어머니는 중심화로 가는 주인공의 발달에 강력한 영향을 끼치는 인물들로 구현되고, 자아는 그러한 공포의 어머니에게 아들－연인, 투쟁자, 남성 살인자 또는 영웅의 이미지로 나타난다. 첫 번째 작품 *MQ*에서는 공포의 어머니에게 사로잡혀 있는 아들－연인의 모습을 볼 수 있다. 마사는 새로운 삶을 준비하기 위해 노력하지만 공포의 어머니가 구현된 인물들에게 방해받는다. 그녀의 자아의식은 공포의 어머니의 영향력에서 벗어날 수 있을 정도로 발달하지 못한 상태이기 때문에, 공포의 어머니가 구현된 인물들의 강요로 원하지 않는 결혼을 한다. 이처럼 공포의 어머니의 강력한 힘에서 벗어나지 못한 마사는 그녀의 중심화 추구에서 좌절을 맛본다. *MQ*에서 레싱은 이처럼 현실과 이상의 괴리, 주위 사람들의 방해에 굴복 또는 교육의 기회를 저버림으로써 잠재력을 발휘하지 못하는 마사를 통해 자신의 삶을 개척하기 위해서는 확고한 자아의식과 강인한 의지를 갖추어야 한다는 것을 강조하고 있다.

*GS*에서는 공포의 어머니에게 대항하는 메리의 투쟁자의 모습을 볼 수 있었다. 메리는 자신의 의지대로 삶을 이끌어 갈 수 없게

되자 도망을 시도하고 정신분열 증세를 통해 공포의 어머니에게 대항한다. 그러나 투쟁자는 아들-연인처럼 공포의 어머니에게 매어 있는 상태이기 때문에 투쟁자 메리 또한 여전히 공포의 어머니의 지배에서 자유롭지 못하다. 그러나 메리는 공포의 어머니를 대변하는 남성 살인자 모세가 자신을 죽이도록 방치함으로써 벗어날 수 없는 공포의 어머니의 지배로부터 벗어난다. 다시 말하면 메리는 자신을 스스로 거세함으로써 억압하는 현실에서 탈출한 것이다. 레싱은 이처럼 *GS*에서 주위 사람들의 불합리한 강요와 자신의 내면의 욕구를 해소할 수 없는 상황에 처했을 때 정신분열을 보이고 결국 죽음에 이르는 메리를 제시하여 메리가 자신을 스스로 파괴함으로써 그녀 나름대로 회피할 수 없는 현실을 극복한다는 것을 보여주고 있다.

마사의 자아 발달에서 메리의 경우로 이어지는 여주인공의 자아 발달은 *GN*에서는 자아 통합을 이루는 애나의 영웅적 모습으로 진전되는 것을 볼 수 있다. *GN*의 초반부에서 애나는 *GS*에서 정신분열을 겪는 메리의 모습을 보이다가, 토미와의 만남을 통해 자신의 내면에 있는 공포의 어머니 속성을 인지하고, 솔을 만나 그 속성을 인지하고 포용함으로써 아니무스를 찾게 되고 분열을 극복한다. 그 과정에서 애나가 완성한 황금색 공책은 그녀의 중심화가 이루어졌음을 상징한다. 레싱은 *GN*의 이러한 애나의 모습을 보여줌으로써 자신의 내면에 있는 악을 인식하는 것은 자신에 대한 진정한 이해로 이어지며, 나아가 자신의 창조적 힘을 발견할 수 있는 계기가 될 수 있다는 것을 제시하고자 한 듯하다.

*GN*의 애나에게서 자아 통합을 이룬 후의 모습을 볼 수 없다면,

*DGN*의 제인에게서는 자아 통합을 이룬 후 변형을 거친 영웅의 모습을 볼 수 있다. 제인은 모디를 만나면서 보다 성숙하고 온전한 인간으로 변화한다. 이기적이었던 제인이 모디를 돌보고 지금까지 소원하게 지냈던 가족을 돌보게 되는 것이야말로 제인이 보이는 가장 큰 변화이다. 제인의 이러한 변화는 자아가 중심화에 이르고 변형하여 타인에게 사랑을 베푸는 구원자가 된다는 것을 제시하고 있다. 여기에서 부정적 속성을 포용하여 이기주의자의 모습에서 이타주의자로 변해 가는 제인을 통해 개인의 감정 고갈의 문제를 해소하고 삭막한 현대사회를 치유할 수 있는 것이 비로 다인에 대한 사랑의 실천이라고 주장하는 레싱의 메시지를 읽을 수 있다. 그러므로 *DGN*은 여주인공의 자아 발달 과정이라는 일관된 주제를 나타내는 앞의 세 작품과 유기적으로 연결되어 있으며, 자아 발달의 최종 정착지를 나타내는 작품이라고 볼 수 있다. 이상 살펴본 바와 같이 레싱의 네 작품을 노이만의 공포의 어머니 이론에 의지하여 읽음으로써 네 작품에 중심화로 가는 주인공의 좌절, 대항, 성공, 승화에 이르기까지의 모습이 단계적으로 나타나 있음을 알 수 있었다.

네 작품을 고찰하는 과정에서 주인공의 자아 발달의 완성이 제인의 타인에 대한 사랑의 실천으로 승화되는 것을 살펴보았는데, 주인공의 자아 발달은 그들의 직업에 대한 태도 변화와도 밀접한 관계가 있음을 발견할 수 있다. 왜냐하면 주인공의 직업이 변하는 것에 따라 그들의 타인에 대한 태도가 달라지고 결국 그들이 타인에게 사랑을 실천함으로써 삶을 긍정적으로 받아들이게 되는 것을 볼 수 있기 때문이다. *MQ*의 마사는 작은 법률 사무소에서 임시

직원으로 일을 시작한다. 마사는 일을 중시하기보다는 사람들과 어울리고 노는 것에 열중한다. 따라서 마사는 직장에서 별로 인정받지 못하고 그녀 자신도 직장에 대해 큰 기대를 갖지 않는다. 때문에 마사는 자신이 속해 있는 환경에 늘 불만을 지니고 있다. 이러한 마사와 달리, *GS*의 메리는 사무실 직원에서 시작하여 사장의 개인 비서 자리까지 오르며 성실히 일한다. 그러나 그녀는 결혼하지 않는 자신을 이상하게 바라보는 사람들의 시선을 이기지 못하고 직장을 그만둔다. 그 뒤 메리는 농부와 결혼하여 농부의 아내로 살아가지만, 농장에서도 적응하지 못하고 결국 정신분열을 일으키는 단계까지 이른다. *GN*에서 애나의 직업은 작가이다. 무엇인가를 창조하는 작가라는 직업을 가지고 있다는 점에서 애나는 앞의 마사와 메리에 비해 보다 적극적인 삶의 자세를 지니고 있다. 애나는 작품 하나를 완성하고 난 후 글쓰기 문제에 봉착하고 불안을 느끼는데 그녀의 불안은 그녀가 여러 공책을 사용하는 것에서 나타난다. 그러나 한 공책을 사용하기로 결심하면서 그녀는 창조적인 글쓰기를 시작할 수 있다는 용기를 얻는다. 애나의 작가라는 직업은 *DGN*의 제인으로 이어져서 더 발전된 방향으로 나아간다. 제인은 작가라는 직업을 가졌을 뿐만 아니라 타인의 상처를 작품으로 치유하는 단계까지 나아가는 작가의 모습을 보여주기 때문이다. 그러한 예로 제인이 모디가 들려주는 과거의 아픈 상처를 듣고 모디의 아픔을 『모자 여직공』(*Milliners*)이라는 작품으로 승화시키는 것을 들 수 있다. 이처럼 작가로서 작품을 통해 타인을 이해하고 사랑하게 되면서 주인공 제인 자신도 변화를 겪는다. 이상의 예에서 볼 수 있듯이, 타인의 아픔을 작품으로 승화하는 단계에까지 이른

주인공의 직업에 대한 태도의 변화가 주인공의 자아 발달 과정과 밀접하게 연관되어 있으며, 주인공의 그러한 발달 단계는 노이만의 자아 발달 단계와 서로 상응하고 있음을 확인할 수 있다.

이미 1장에서 지적한 것처럼, 레싱은 분석심리학에 지대한 관심을 지니고 있었으며 그녀의 분석심리학에 대한 관심은 이 책에서 다룬 작품에서 무의식을 꿈 등으로 표현한 것에서 두드러지게 드러나 있다. 그뿐 아니라 레싱은 작품에서 주인공의 무의식을 다른 등장인물로 설정하기도 한다. 그 예로 *GS*에서 모세를 심리 묘사 없이 제시하여 그를 메리의 무의식으로 해석할 수 있는 가능성을 남긴 것을 들 수 있다. 그리고 *GN*에서는 애나가 솔의 무의식을 자유자재로 넘나드는 것처럼 표현하여 그러한 방법을 더 복잡하게 사용하고 있다.

분석심리학에 의지하여 문학 작품을 읽는 방법은 새로운 것은 아니지만, 레싱의 네 작품을 노이만의 관점을 가지고 분석한 결과 레싱의 작품에서 묘사된 등장인물들의 내면세계를 깊이 있게 해석할 수 있는 하나의 도구로 분석심리학을 사용할 수 있는 가능성을 발견하였다. 특히, 노이만의 공포의 어머니 이론에 비추어서 주인공의 내면세계를 읽는다는 것은 인간의 내면세계를 무의식으로 뭉뚱그려 읽던 기존의 심리학적 해석에서 탈피하여 무의식을 세분화하여 체계적으로 살펴볼 수 있다는 이점을 지니고 있다. 예를 들어, 노이만이 작품 분석에서 사용한 이미지들, 즉 무의식의 부정적 속성을 대변하는 공포의 어머니나 또는 아들-연인, 투쟁자, 영웅 등의 자아의식의 이미지들을 채택하여 무의식과 의식을 구체적으로 설명하거나 표현하는 데 사용할 수 있는 것은 작품의 심오한 내면 묘사 읽기에 대단히 효과적일 수 있다. 그러한 이미지들은 문학 작품에 나타난 주인공의 정신세계를 보다 구체적으로 나타내거나 도식화하는 것을 용이하게 해 줄 것이기 때문이다.

이미 앞에서 지적했듯이 이 책에서는 레싱의 작품에 나타난 등장인물들을 분석하는 노이만의 구조적 해석 방법을 사용하였는데, 앞으로는 레싱의 작품을 해석하는 데 그녀의 전기적 사실을 사용할 수 있는 가능성을 모색할 수 있을 것이다. 왜냐하면 레싱은 최근에 그녀의 자서전과 여러 인터뷰에서 자신의 어머니와 끝없는 갈등을 겪었다고 고백하고 있는데, 그러한 그녀의 고백은 작품 대부분에 나타난 어머니–딸의 첨예한 갈등 관계가 그녀와 실제 어머니와의 갈등 관계를 반영한 것임을 뒷받침해 주기 때문이다. 이런 맥락에서 노이만의 문학작품 해석 방법 중에서 '발생론적' 해석 방법으로 레싱의 작품 세계를 읽을 수 있는 가능성이 열려 있다 하겠다.

Novels

The Grass is Singing(1950)

'The Children of Violence' series

Martha Quest(1952)

A Proper Marriage(1954)

A Ripple from the Storm(1958)

Landlocked(1965)

The Four – Gated City(1969)

The Golden Notebook(1962)

Briefing for a Descent into Hell(1971)

The Summer Before the Dark(1973)

Memoirs of a Survivor(1974)

'The Canopus in Argos: Archives' series

Shikasta(1979)

The Marriages Between Zones Three, Four and Five(1980)

The Sirian Experiments(1980)

The Making of the Representative for Planet 8(1982)

The Sentimental Agents in the Volyen Empire(1983)

The Diary of a Good Neighbor(as Jane Somers, 1983)

If the Old Could······(as Jane Somers, 1984)

The Good Terrorist(1985)

The Fifth Child(1988)

Playing the Game(illustrated by Charlie Adlard, 1995)

Love, Again(1996)

Mara and Dann(1999)

Ben, in the World(2000)

The Sweetest Dream(2001)

The Story of General Dann and Mara's Daughter, Griot and the Snow Dog(2005)

The Cleft(2007)

Alfred and Emily(2008)

Operas

The Making of the Representative for Planet 8(music by Philip Glass, 1986)

The Marriages Between Zones Three, Four and Five(music by Philip Glass, 1997)

Drama

Each His Own Wilderness(three plays, 1959)

Play with a Tiger(1962)

The Singing Door(1973)

Poetry

Fourteen Poems(1959)

The Wolf People — INPOPA Anthology 2002(poems by Lessing, Robert Twigger and T.H. Benson, 2002)

Story collections

Five Short Novels(1953)

The Habit of Loving(1957)

A Man and Two Women(1963)

African Stories(1964)

Winter in July(1966)

The Black Madonna(1966)

The Story of a Non — Marrying Man(1972)

This Was the Old Chief's Country: Collected African Stories, Vol. 1(1973)

The Sun Between Their Feet: Collected African Stories, Vol. 2(1973)

To Room Nineteen: Collected Stories, Vol. 1(1978)

The Temptation of Jack Orkney: Collected Stories, Vol. 2(1978)

Through the Tunnel(1990)

London Observed: Stories and Sketches(1992)

The Real Thing: Stories and Sketches(1992)

Spies I Have Known(1995)

The Pit(1996)

The Grandmothers: Four Short Novels(2003)

'Cat Tales'

Particularly Cats(stories and nonfiction, 1967)

Particularly Cats and Rufus the Survivor(stories and nonfiction, 1993)

The Old Age of El Magnifico(stories and nonfiction, 2000)

Non – fiction

Going Home(memoir, 1957)

In Pursuit of the English(1960)

Prisons We Choose to Live Inside(essays, 1987)

The Wind Blows Away Our Words(1987)

African Laughter: Four Visits to Zimbabwe(memoir, 1992)

A Small Personal Voice(essays, 1994)

Conversations(interviews, edited by Earl G. Ingersoll, 1994)

Putting the Questions Differently(interviews, edited by Earl G. Ingersoll, 1996)

Time Bites(essays, 2004)

Under My Skin: Volume One of My Autobiography, to 1949(1994)

Walking in the Shade: Volume Two of My Autobiography, 1949

to 1962(1997)

Bibliography

Primary Sources

Lessing, Doris. *Martha Quest*. New York: HarperPerennial, 1952.

________. *The Grass is Singing*. London: Paladin Grafton Books, 1950.

________. *The Golden Notebook*. New York: Simon & Schuster, Inc., 1962.

________. *The Diary of a Good Neighbor* In *Diaries of Jane Somers*. New York: Penguin Books, 1984.

________. *Under My Skin: Volume One of My Autobiography to 1949*. New York: HarperCollins Inc., 1994.

________. *Walking in the Shade: Volume Two of My Autobiography 1949 to 1962*. New York: HarperCollins Inc., 1997.

Neumann, Erich. *The Origins and History of Consciousness* (Bollingen Series XL II), trans. R. F. C. Hull. New Jersey: Princeton UP, 1954.

________. *The Great Mother*(Bollingen Series XL VII), trans. Ralph Manheim. 1955.

________. *Amor and Psyche*(Bollingen Series L XI), trans. Ralph Manheim. 1956.

________. *Art and the Creative Unconscious*(Bollingen Series L XI), trans. Ralph Manheim. 1959.

________. *Creative Man*(Bollingen Series L XI · 2), trans. Eugene Rolfe. 1959.

________. "Mystical Man"(1948) in *The Mystic Vision: Papers from the*

Eranos Yearbooks(Bollingen Series XXX.6), trans. 1968. 375 – 415.

__________. *Depth Psychology and a New Ethic*. trans. Eugene Rolfe. New York and London, 1969.

__________. *The Child*. trans. Ralph Manheim. New York and London, 1973.

__________. *The Fear of the Feminine*(Bollingen Series L XI.4), trans. Boris Matthews, Esther Doughty & Michael Cullingworth. 1994.

Secondary Sources

게롤트 돔머무트 구드리히. 안성찬(역).『클라시커 신화 50』. 서울: 해냄, 2001.

그랜트, M & 헤이즐, J.『그리스, 로마 신화 사전』. 서울: 범우사, 1993.

나영균.「탐험과 환멸, 이상의 모색」,『마사 퀘스트』. 서울: 민음사, 1981.

이부영.『인간과 무의식의 상징』. 서울: 집문당, 1993.

_____.『그림자 – 우리 마음속의 어두운 반려자』. 서울: 한길사, 1999.

이승훈.『문학 상징 사전』. 서울: 고려원, 1995.

이윤기.『이윤기의 그리스, 로마 신화』. 서울: 웅진닷컴, 2001.

이태동.「식민지 체험의 리얼리즘」,『풀잎은 노래한다』. 서울: 도서출판 벽호, 1993.

유제분.「간극의 정체성」,『영어영문학』 제45권 1호. 영어영문학회, 1999 봄.

Ackroyd, Eric. 김병준 옮김.『꿈 상징 사전』(*A Dictionary of Dream Symbols with an Introduction to Dream Psychology*). 서울: 한국심리치료연구소, 1997.

Allen, Walter. *The Modern Novel in Britain and the United States*. New York: E. P. Duton, 1964.

Bazin, Nancy. "The Moment of Revelation in Martha Quest and Comparable Moments by Two Modernists" *Modern Fiction Studies*, no26. vol.1, (Spring 1980).

Bertelsen, Eve. "The Persistent Personal Voice: Lessing on Rhodisia and Marxism", in Earl G. Ingersoll. *Doris Lessing: Conversations*, 1994.

Bertine, Eleanor. *Jung's Contribution to Our Time*. ed., by Elizabeth Rohrbach. New York: G. P. Putnam, 1976.

Bigsby, Christopher. "The Need to Tell Stories" in Earl G. Ingersoll, 1994.

Birkhauser – Oeri, Sibylle. *The Mother*. Toronto: Inner City Books, 1988.

Bolin, Jean Shinoda. *Goddesses in Everywoman*. New York: Harpercollins Publishers, 1985.

Brewster, Dorothy. *Doris Lessing*. New York: Twayne, 1964.

Brown, Sandra. "Where words, patterns, order, dissolve" *The Golden Notebook* as Fugue" in Carey Kaplan & Ellen Cronan Rose, 1989.

Byrne. http://www.abc.net.au/foreign/stories/s390537.htm. 01 – 11 – 21.

Campbell, Joseph. *The Hero with a Thousand Faces*. New York: Bollingen Foundation Inc., 1972.

________. *The Power of Myth*. New York: Apostrophe S. Productions and Alfredvander Marck, Inc., 1988.

________. *Transformation of Myth through Time*. New York: Harper & Row Publishers, 1990.

Cederstrom, Lorelei. *Fine Tuning the Feminine Psyche: Jungian Patterns in the Novels of Doris Lessing*. New York: Peter Lang, 1990.

________ "The Principal Archetypal Elements of The Golden Notebook" in Carey Kaplan & Ellen Cronan Rose, 1989.

Chodorow, Nancy. *The Reproduction of Mothering: Psychoanalysis and the Sociology of Gender*. Berkeley: California UP, 1978.

Draine, Besty. *Substance Under Pressure*. Madison: University of Wisconsin Press, 1983.

Drabble, Margaret. "Doris Lessing: Cassandra in a World Under Siege" *Ramparts* 10, 1972, in Lorna Sage, *Women in the House of Fiction*. New York: Macmillan Press Ltd., 1992.

Edinger, Edward F. *Ego and Archetypes: Individuation and the Religious Function of the Psyche*. Middlesex: Penguin Books Ltd., 1972.

Fidler, Leslie, "The New Mutants" *Partisan Review* 32, 1965.

Fishburn, Katherine. "Wor(l)ds within Words: Doris Lessing as Meta−fictionist and Meta−physician" *Studies in Novel* 20. (Summer 1988).

Friday, Nancy. *My Mother/My Self*. New York: Delacorte, 1971.

Goodison, Lucy. 김인성 옮김. 『여자들의 꿈』(*The Dreams of Women: Exploring and Interpreting Women's Dreams*) 서울: 또 하나의 문화, 1997.

Goodman, Ellen. "The Doris Lessing Hoax", *Doris Lessing Newsletter* 9, no.1, (Spring 1985).

Greene, Gayle. *Doris Lessing: The Poetics of Change*. Ann Arbor: The University of Michigan Press, 1994.

Harding, Esther. *Psychic Energy*. in Carey Kaplan & Ellen Cronan Rose, 1989. 388.

Hendin, Josephine. "The Capacity to Look at a Situation Coolly" in Earl G. Ingersoll, 1994.

Hillman, James. *The Myth of Analysis*. New York: Harper & Row Publishers, 1978.

Howe, Florence. "A Talk with Doris Lessing by Florence Howe" in *A Small Personal Voice: Essays, Reviews, Interviews*, ed., Paul Schlueter. New York: Vintage Books, 1974.

Howe, Irving. "Neither Compromise nor Happiness", *Review of the Golden Notebook, New Republic*, 15 December, 1962, in Carole Klein. *Doris Lessing*. 2000. 190−1.

Hynes, Joseph. "A Sixties Book for All Seasons" ed., by Carey Kaplan & Ellen Cronan Rose, 1989.

Ingersoll, Earl G. *Doris Lessing: Conversations*. New Jersey: Ontario Review Press, 1994.

Jacobi, Jolande. *The Psychology of C. G. Jung: An Introduction with Illustrations*. New Haven and London: Yale UP, 1973.

______ *Complex/Archetypes/Symbol in the Psychology of C. G. Jung*. New York: Bollingen, 1959.

Jung, C. G. *Man and His Symbols*. trans. R. F. C. Hull. New York:

Bantam Doubleday Dell Publishing Group, Inc., 1968.

_____ *Psychology and Religion.* Vol.11. trans. by R. F. C. Hull. New Jersey: Princeton UP, 1969.

_____ *The Practice of Psychotherapy.* Vol.16. trans. by R. F. C. Hull. New Jersey: Princeton UP, 1966.

_____ *The Archetypes and the Collected Unconscious.* Vol.9, part1, trans. by R. F. C. Hull. New Jersey: Princeton UP, 1971.

Jung, Emma. *Animus and Anima.* Woodstock: Spring Publications, 1985.

Kaplan, Carey & Rose, Ellen Cronan. *Approaches to Teaching Lessing's The Golden Notebook.* New York: The Modern Association of America, 1989.

King, Jeannette. *Doris Lessing.* New York: Routledge, Chapmanand Hall, Inc., 1989.

Klein, Carole. *Doris Lessing.* New York: Carroll & Graf Publishers, Inc., 2000.

Klein, Melanie & Riviere, Joan. *Love, Guilt and Reparation.* New York: W. W. W. Norton & Company, 1964.

Knapp, Mona. *Doris Lessing.* New York: Frederick Ungar, 1984.

Marder, Herbert. "The Paradox of Form in The Golden Notebook" in *Modern Fiction Studies* 26 (Spring 1980).

Persson, A. W. *The Religion of Greece in Prehistoric Times,* in Erich Neumann. *Amor and Psyche,* Princeton: Princeton UP, 1956.

Pickering, Jean. "Philosophical Contexts for The Golden Notebook" in Carey Kaplan & Ellen Cronan Rose, 1989.

Pratt, Annis. *Dancing with Goddesses.* Bloomington and Indianapolis: Indiana UP, 1994.

Raskin, Jonah. "The Inadequacy of the Imagination" in Earl G. Ingersoll, 1994.

_____ "Doris Lessing" *The Progressive Interview*(1996.6), http://lessing.redmood.com/theprogressive.html, 00 − 03 − 16.

_____ "Doris Lessing at Stony Brook: An Interview by Jonah Raskin."

New American Review 8, 1970.

Rich, Adrian. 김인성 옮김. 『더 이상 어머니는 없다』(*Of Women Born: Motherhood as Experience and Institution*). 서울: 평민사, 1995.

Rousseau, Francois – Olivier. "The Habit of Observing" in Earl G. Ingersoll, 1989.

Rowe, Margaret Moan. *Doris Lessing*. London: The Macmillan Press Ltd., 1994.

Rubenstein, Roberta. *The Novelistic Vision of Doris Lessing: Breaking the Forms of Consciousness*. London: University of Illinois Press, 1979.

Sage, Lorna. *Doris Lessing*. New York: Meuthen, 1983.

Schwarzkopf, Margaret von. "Placing Their Fingers on the Wounds of Our Times" in Earl G. Ingersoll, 1994.

Scott, Linda. "Writing the Self: Selected Works of Doris Lessing" *Deep South* V.2, n.2, (Winter 1996),
http://www.otago.ac.nz/DeepSouth/vol2no2/lessing.html, 00 – 10 – 10.

Shwaltor, Eleaine. *A Literature of Their Own: British Women Novelists from Bronte to Lessing*. New Jersey: Princeton UP, 1977.

Sinfield, Alan. ed., *Society and Literature 1945 – 1970: The Context of English Literature*. London: Meuthuen, 1983.

Sprague, Claire. *Rereading Doris Lessing: Narrative Patterns of Doubling and Repetition*. Chapel Hill: University of North Carolina Press, 1987.

________ *In Pursuit of Doris Lessing: Nine Nations Reading*. London: The Macmillan Press Ltd., 1990.

Taylor, Jenny. *Notebooks, Memoirs, Archives: Reading and Rereading Doris Lessing*. Boston: Routledge and Kegan Paul, 1982.

Thomson, Sedge. "Drawn to a type of Landscape", in Earl G. Ingersoll, 1994.

Thurer, Shari L. 박미경 옮김. 『어머니의 신화』(*The Myths of Motehrhood*) 서울: 까치글방, 1995.

Tomalin, Claire. "Watching the Angry and Destructive Hordes Go Past", in Earl G. Ingersoll, 1994.

Torrents, Nissa. "Testimony to Mysticism: Interview with Doris Lessing", in Earl G. Ingersoll. 1994.

Upchurch Michael. "Voice of England, Voice of Africa" in Earl G. Ingersoll, 1994.

Walker, Jeanne Murry. "Memory and Culture in the Individual: The Breakdown of Social Change in *Memoirs of a Survivor*", in *Alchemy of Survival*, eds., Carey Kaplan & Ellen Cronan Rose. Athens: Ohio UP, 1988.

Weaver, Rix. *The Old Wise Woman: A Study of Active Imagination*. Boston & London: Shambhala, 1991.

Wher, Demaris S. *Jung and Feminism: Liberating Archetypes*. Boston: Beacon Press, 1987.

Whittaker, Ruth. *Doris Lessing*. London: Macmillan Press Ltd., 1988.

Wolf, Naomi. *The Beauty Myth: How Images of Beauty are Used Against Women*. New York: Morrow, 1991, in Gayle Greene, 1994.

Woolf, Virginia. *A Room of One's Own*. London: A Triad Grafton Book, 1977.

1) "The Nobel Prize in Literature 2007" in
http://nobelprize.org/nobel_prizes/literature/laureates/2007/index.html

2) From the book cover in http://www.dorislessing.org/alfred.html.

3) Margaret Drabble, "Doris Lessing: Cassandra in a world under Siege", in *Ramparts* 10(1972), pp.50−4 참조.

4) Erich Neumann, *The Great Mother*. Trans. by Ralph Manheim, (New York: Princeton University Press, 1954), p.xliii.

5) 레싱의 작품 경향을 살펴보면, 레싱은 1950년대에 인종 차별과 그로 인한 규범의 문제를, 1960년대에는 여성 문제와 정신의 붕괴를, 1970년대에는 인간의 내면세계를, 1980년대에 와서 테러리즘의 비인간적인 양상과 환상소설을 통한 인간의 내면세계의 탐구를 계속한다. 그녀는 1980년대 후반 이후로 가족 소설을 다루면서 인간의 본성에 대한 의문을 제기하고 있다. 2000년대에 들어서 레싱은 『가장 달콤한 꿈』(*The Sweetest Dream* 2001)에서 전쟁이 가족과 친구에게 끼친 영향을 다루며, 2008년도에 『알프레드와 에밀리』(*Alfred and Emily*)를 통해서 그녀의 삶에서 지대한 영향을 미쳤던 부모님의 갈등을, 특히 어머니와 딸의 갈등 문제를 파헤친다.
레싱의 작품에 대한 비평을 살펴보면, 1960년대에는 레싱의 전기에 대한 단편적 연구가 행해졌다. 1970년대 이후에는 페미니즘 연구가 활발히 이루어졌다. 페미니즘 연구는 주로 『황금색 공책』(*The Golden Notebook*)을 중심으로 패트리샤 스펙스(Patricia Meyer Spacks), 마가렛 드래블(Margaret Drabble), 낸시 포터(Nancy Porter) 엘렌 모간(Ellen Morgan), 엘리자베스 아벨(Elizabeth Abel), 일레인 쇼왈터(Eleaine Showalter), 제니 테일러(Jenny Taylor), 마가렛 로우(Margaret Moan Rowe) 등이 주도했다. 특히 드래블은 *GN*을 여성 해방의 역사를 문서화한 것이라고 평가했다. Margaret Drabble, "Doris Lessing: Cassandra in a World under Siege", in *Ramparts*10(1972), pp.50−4참조. 1970년대에서 1980년대에 이르면서 정신분열과 원형 이론에 대한 연구가 캐리 캐플랜(Carey Kaplan), 진 피커링(Jean Pickering), 시드니 캐플랜(Sydney Janet Kaplan), 로베르타 루벤스타인(Roberta Rubenstein), 루스 휘태커(Ruth Whittaker), 클레어 스프레이그(Claire Sprague), 로렐라이 세더스트롬(Lorelei Cederstrom)을 중심으로 이루어졌다. 레싱의 작품에 나타난 아프리카에 대한 관심도 대두되어 마이클 쏘프(Michael Thorpe)는 『도리스 레싱의 아프리카』(*Doris Lessing's Africa*)에서 지리적인 아프리카를 넘어선 내면의 아프리카를, 로나 세이지(Lorna Sage)는 레싱의 작가 정체성과 아프리카 경험의 연관성을 다루었다. 그리고 캐서린 피쉬번(Katherine Fishburn)은 레싱의 80년대 초반의 과학소설을 다루면서 새로운 서술 기법을 논하였다. 1990년대 이후 레싱의 작품 비평은 게일 그린(Gayle Greene), 캐롤 클레인(Carole Klein) 등을 중심으로 레싱의 자전적 사실과 작품을 비교 분석하는 방향으로 이루어지고 있다.

6) 레싱의 신비주의 경향은 인간의 발전 가능성을 믿는 이슬람 종파 중 하나인 수피교 (Sufism)와 연결된다. 수피교를 이끄는 아드리스 샤흐(Idries Shah)는 "수피교를 믿는 사람들은 인간은 정해진 운명을 향해 진화해 간다고 믿는다. 우리 모두는 그러한 진화 과정에 놓여 있다."고 말한다. Idries Shah, *The Sufis*(New York: Doubleday, 1964), p.61 in Ruth Whittaker, *Doris Lessing*(London: Macmillan Publishers Ltd.,1988), p.13. 레싱은 샤흐의 주장을 그녀의 『사대문 도시』(*The Four−Gated City* 1969)에 인용하였다. 이처럼 수피교의 영향을 받은 레싱은 그녀의 작품에서 주인공들이 발전하기 위해 노력하는 모습으로 그렸다.

7) Josephine Hendin, "The Capacity to Look at a Situation Coolly" in *Doris Lessing: Conversations*, ed. by Earl G. Ingersoll(New Jersey: Ontario Review Press, 1994), p.47.

8) 레싱은 자신의 상담사가 분석심리학을 공부했고, 그것을 바탕으로 해서 레싱 자신을 상담할 때 꿈 분석을 주로 했다고 언급하고 있다. Letter from Doris Lessing to Roberta Rubenstein dated on the 28th of Mar. 1977 in Roberta Rubenstein, *The Novelistic Vision of Doris Lessing*(London: University of Illinois Press, 1979), pp.110 − 1.

9) Nissa Torrents, "Testimony to Mysticism", in *Doris Lessing: Conversations*, ed. by Earl G. Ingersoll, op.cit., p.66.

10) Jonah Raskin, "Doris Lessing at Stony Brook", in *Small Personal Voice*, ed., by Paul Schlueter(New York: AlfredA. Knoft, 1974), p.71.

11) 융은 에리히 노이만의 스승으로 '분석심리학'(Analytic Psychology)의 창시자이다. 분석 심리학은 지그문트 프로이트(Sigmund Freud: 1856 − 1939)의 '정신분석학'(Psychoanalysis)과 구분하기 위해 융이 사용한 용어이다. 분석심리학과 정신분석학의 가장 중요한 차이는 꿈 해석 방법에 있다.
프로이트와 융은 인간의 정신이 의식과 무의식으로 이루어져 있다는 것에는 의견의 일치를 보이고 있지민, 꿈을 해석하는 방법에 있어서 큰 차이를 보인다. 융은 프로이트가 인간의 모든 정신 장애의 원인이 성에 있다고 보고 꿈을 모두 성적인 의미와 연관해서 해석한 것과 무의식을 의식 세계에서 거부된 정서들과 욕구들을 담은 저장소로 보는 것에 반대한다. 융은 무의식이 인간에게 정신적 문제들을 보여주기도 하지만 동시에 그 문제의 치료 방법도 제시한다고 주장하고, 무의식은 꿈을 통해 이러한 기능을 수행한다고 보았다.

12) 노이만은 1934년 처음 융을 만나서 분석심리학을 접하고, 1949년 *OHC*를 출판했고, 그 후 1952년 취리히 심리학회에서 '여성 심리'(Feminine Psychology)를 발표하면서 여성성에 대한 심오한 연구를 시작한다. Gerhard Adler, 'On Erich Neumann' in *Creative Man*(Bollingen Series L ·2), trans. by Eugene Rolfe(New Jersey: Princeton UP, 1959), p.xiv.

13) 노이만은 *OHC*에서 자아의 기원을 밝히고 있다. 노이만에 의하면 자아는 무의식에서 나와 의식을 접하게 되면서 자신의 존재를 인식하게 된다. 그러므로 자아는 의식적 내용으로 이루어져 있으며, 자아에게 무의식이라는 것은 실제 눈으로 볼 수 있는 것이 아니라 상징적으로 표현되는 것이다(*OHC*5).

14) <도표 1>에서 우로보로스가 반쪽만 보이는 것은 남성적 속성을 제외하고 여성적 속성만을 다루고 있기 때문이다(*GM*19). 우로보로스는 자신의 꼬리를 물고 있는 원 형태의 태초의 용 또는 뱀의 형상이다. 우로보로스는 고대 이집트의 상징이며, 고대 바빌론에서는 천국의 뱀으로 불린다. 여기에서 우로보로스는 완전성, 일체성, 영원성, 미분화, 무(nothing)를 상징하며 그 자체로 모든 것의 시작을 상징하기도 한다. 우로보로스가 원과 밀접하게 관련되어 있기 때문에, 분석심리학에서 원 형태(예를 들어, 동굴, 지하세계, 집, 무덤, 연못, 호수 등)는 무의식의 상징으로 사용된다(*OHC*10).

15) 여기에서 아니마/아니무스(anima/animus)는 영혼 심상으로서 아니마는 남성 정신의 여성적 속성으로서 예로 친절함, 부드러움, 인내, 수용성 등을, 아니무스는 여성 정신의 남성적 속성으로서 독단성, 의지, 투쟁성 등을 나타낸다. 아니마/아니무스는 자아를 무의식으로 인도하고 다시 의식으로 안전하게 인도하는 조력자 역할을 하기도 한다. 그러므로 아니마/아니무스를 수용하게 된다면 자아는 더욱 균형 있는 삶을 누릴 수 있게 된다.

신화적으로 자아가 아니마/아니무스를 만나는 것은 남성 자아는 용 싸움에서 승리하여 포로, 즉 자신의 여성성인 아니마를 구출하고(OHC198), 여성 자아는 용의 포로로 잡혀 있다가 영웅, 즉 자신의 아니무스의 도움으로 구출되는 것으로 표현된다. 페르세우스(Perseus) 신화에서 페르세우스는 괴물에게 잡혀 있는 안드로메다(Andromeda)를 구출하는데, 여기에서 공포의 어머니를 상징하는 괴물로부터 안드로메다를 구해 주는 페르세우스가 바로 그녀의 아니무스이고, 페르세우스의 아니마는 안드로메다이다 (OHC213).

16) 이시스의 속성을 보다 잘 이해하기 위해서 이집트의 오시리스(Osiris) 신화를 보면, 그 신화에는 오시리스와 이시스 부부와 오시리스의 아우 세트(Set)와 그의 부인 네프튀스 (Nephtys)가 등장한다. 어느 날 오시리스는 이시스로 잘못 알고 네프튀스와 잠자리를 같이한다. 세트는 화가 나서 책략을 사용하여 오시리스를 관에 넣어 나일 강에 던져 버린다. 그 관 주변에 큰 나무가 자라난다. 이시스는 남편을 찾아 나서고 드디어 남편의 관이 떠 내려와 있는 시리아 해변까지 온다. 우여곡절 끝에 관이 든 나무를 베어서 배에 실어간다. 가는 도중에 이시스는 석관의 뚜껑을 열고 오시리스 시체에 누워 호루스(Horus)를 임신한다. 이시스는 세트가 무서워 궁으로 돌아가지 못하고 파피루스 늪에 가서 호루스를 낳는다. 어느 날 사냥을 나갔다가 세트는 이시스가 오시리스 시체와 같이 있는 것을 보고, 화가 나서 그 시체를 열다섯 토막으로 잘라 야산에 뿌린다. 이시스는 다시 남편을 찾아 나선다. 그러나 열다섯 토막 가운데 한 토막은 찾지 못한다. 성장한 아들 호루스는 아버지의 원수를 갚기 위해 세트와 대결한다. 그때 호루스는 한쪽 눈을 잃는다. Joseph Campbell, 『신화의 세계』(*Transformations of Myth Through Time*),과학세대(역), (서울: 까치글방, 1998), pp.97-9.

노이만은 OHC에서 살해당한 오시리스를 찾아 소생시키는 이시스를 선한 어머니로, 아들 호루스가 세트와 대결할 때 아들을 저지하는 이시스를 공포의 어머니라고 부른다. 노이만에 따르면, 이시스가 세트를 보호하는 것은 세트가 이시스의 공포의 어머니 속성을 대변한 남성 살인자이기 때문이다(OHC66). 이러한 노이만의 분석에 의거하여, 본 연구에서 다루는 공포의 어머니 속성이 구현된 대표적 여신으로 이시스를 제시한다.

17) 노이만이 주장하는 중심화는 자아가 무의식에서 나와 의식 발달을 이루어 자신의 무의식에 있는 여성성을 만나 인격의 변화를 거치는 것이다. 그러므로 노이만의 중심화는 융의 개성화(individuation) 또는 자아실현에 상응하는 용어이다.

18) 자기-의식의 성장과 남성성의 강화는 대모 이미지를 배경으로 밀어 넣는다. 가부장제 사회는 이 이미지를 해체하여, 단지 선한 어머니의 모습만을 의식 세계에 남기고 반면에 대모의 공포의 속성을 무의식으로 억압한다. ……그러므로 나중에 대모 형상은 동물로 나타나는 부정적 속성을 지닌 반쪽과 인간 모습을 지닌 긍정적 속성의 반쪽으로 쪼개진다.

> The growth of self-consciousness and the strengthening of masculinity thrust the image of the Great Mother into the background; the patriarchal society splits it up, and while only the picture of the good Mother is retained in consciousness, her terrible aspect is relegated to the unconsciousness. …… In later developments, therefore, the figure of the Great Mother splits into a negative half, represented by an animal, and a positive half having human form(OHC94, 95).

19) 1952년에서 1969년에 걸쳐 완성된 이 시리즈는 『마사 퀘스트』, 『적절한 결혼』(*A Proper Marriage*), 『폭풍의 파문』(*A Ripple of the Storm*), 『사면초가』(*Landlocked*), 『사대문

도시』(*The Four-Gated City*)의 다섯 권으로 구성되어 있다. 마가렛 로우는 이 시리즈를 레싱의 대표적인 '성장 소설' 또는 '입문의식'의 소설로 분류한다. Margaret Moan Rowe, *Doris Lessing*(London: Macmillan Press Ltd., 1994), p.14.

20) Ruth Whittaker, *Doris Lessing*(London: Macmillan Press Ltd., 1988), p.35.

21) *Ibid.*, p.37.

22) Lorna Sage, *Doris Lessing*(London: Methuen, 1983), pp.30 – 4.

23) Margaret Moan Rowe, *op.cit.*, p.22.

24) Carole Klein, *Doris Lessing*(New York: Carroll & Graf Publishers, Inc., 2000), p.53.

25) Roberta Rubenstein, *The Novelistic Vision of Doris Lessing: Breaking the Forms of Consciousness*(London: University of Illinois Press, 1979), pp.33 – 35.

26) *Ibid.*, p.41.

27) 퀘스트 부인은 딸 마사의 나이를 열세 살이라고 우기는 것은 여자가 열세 살이 넘어 가면 멋 내고 꾸미기를 시작한다고 생각하기 때문이다. 퀘스트 부인은 여자는 열여덟 살이 되어야 멋도 부리고 사교계에 나가 남자도 만날 수 있다고 여긴다(*MQ*14).

28) 에드워느 에딩거가 주장했듯이 원 형태는 무의식 세계를 상징한다. 그러므로 마사의 어머니 세계는 무의식 세계를 대변한다고 볼 수 있다. Edward F. Edinger, *Ego and Archetype: Individuation and the Religious Function of the Psyche*(Middlesex: Penguin Books Ltd.,1972), p.4.

29) Roberta Rubenstein, *op.cit.*, p.35.

30) *Ibid.*

31) 북구 신화에서 노른은 신들의 나라 '이스가르드'(Ysgard)에 있는 거대한 물푸레나무 '이그드라실'(Yggdrasill)을 돌보는 역할을 한다. 노른은 매일 아침 샘물에서 진흙을 퍼 올려 그 나무의 가지나 줄기에 발라서 나무가 썩거나 건조하지 않게 했다. 다케루 베 노부아키 외 지음, 『켈트, 북구의 신화』, 박수정 옮김, (서울: 들녘, 2000), p.224. 그리고 노이만은 노른이 인간의 운명에 관여하는 것을 운명을 얽는다고 보고 실 짜 는 행위와 연관시킨다(*OHC*87).

32) 나영균, 「탐험과 환멸, 이상의 모색」, 『마사 퀘스트』(서울: 민음사, 1981), p.466.

33) 앤더슨 부인이 아들을 억압하는 모습은 자신에게 대적한 신들을 죽게 만든 아프로디 테(Aphrodite)의 모습을 연상케 한다. 노이만은 아프로디테를 이시스의 부정적 속성을 이어받은 여신 중 한 명으로 보았다. 앤더슨 부인이 아프로디테의 속성을 지닌 것을 암시하는 예를 그녀가 도노반에게 양귀비 꽃(*MQ*138)을 주는 장면에서도 볼 수 있다. 이러한 예에서 볼 수 있듯이, 앤더슨 부인은 이시스의 부정적 측면이 구현된 아프로 디테의 모습으로 아들을 지배한다. 노이만은 아프로디테의 부정적 속성을 보이기 위 해 아네모네, 수선화, 히아신스, 제비꽃과 관련된 신들의 신화를 제시하였다(*OHC*50).

34) 이윤기, 『이윤기의 그리스로마 신화』(서울: 웅진닷컴, 2001), p.29.

35) 일반적으로 사슴은 분석심리학의 꿈 해석에서 개인의 '아니마/아니무스'를 상징한다. Eric Ackroyd, 『꿈 상징 사전』, 김병준 옮김, (서울: 한국심리치료연구소, 1997), p.241. 특히 이 작품에서 마사에게 나타난 수사슴은 그녀의 내면에 있는 남성성을 상 징한다고 볼 수 있다.

36) 마사가 경험한 이 순간은 이블린 언더힐이 "초절적 질서와 완전한 조화를 추구하는 인간 영혼의 내재적 경향"이라고 한 특성을 지니고 있다. 이 경험은 외부의 환경과

마사의 내부가 서로 통합하는 것을 보여준다고 할 수 있다. 이처럼 내부와 외부가 융합하는 것은 마사가 자신을 억압하는 세력에서 벗어나 조화로운 삶을 살고 싶어 하는 바람이 반영되어 있다고 볼 수 있다. 그러나 그 황홀한 순간의 경험은 마사가 발달할 수 있는 힘으로 이어지지 않고 단순히 순간의 깨달음으로 끝나고 만다. Evelyn Underhill, *Mysticism*(New York: E. P. Dutton, 1910), p.xiv 참조.

37) 마사와 어머니의 옷에 대한 갈등은 어린 딸의 장래를 걱정하는 관습적인 어머니의 걱정에서 비롯되기도 하지만, 제 나이에 맞지 않는 옷을 입히는 것은 마사의 성적 발달을 방해하는 것으로도 볼 수 있다. 그 이유는 퀘스트 부인 자신이 성적으로 억압되어 있기 때문에 딸의 성적 발달을 이해하지 못하는 것이다.

38) Margaret Moan Rowe, *op.cit.*, p.22.

39) Jean Shinoda Bolin, *Goddesses in Everywoman*(New York: Harpercollins Publishers, 1985), p.47.

40) 나영균, *op.cit.*, p.470.

41) 꿈은 자아가 충격적인 사건으로 입은 상처를 드러내거나, 자아에게 끊임없이 자신이 억압받고 있다는 사실을 깨닫게 해 주는 도구라고 볼 수 있다. 마가렛 로우가 꿈이 미래의 변화를 예측해 주는 것이라고 지적한 것처럼, 마사의 꿈들은 그녀의 미래를 예측하거나 진단해 주는 역할을 한다. Margaret Moan Rowe, *op.cit.*, p.48.

42) Ruth Whittaker, *op.cit.*, p.33.

43) Lorna Sage, *op.cit.*, p.33.

44) Ruth Whittaker, *op.cit.*, p.40.

45) 나영균, *op.cit.*, p.472.

46) *Ibid.*, p.467.

47) Jonah Raskin, "Doris Lessing", *The Progressive Interview*(1996.6), http://lessingredmood.com/theprogressive.html, 00 – 03 – 16.

48) 나영균, *op.cit.*, p.472.

49) Roberta Rubenstein, *The Novelistic Vision of Doris Lessing*(London: University of Illinois Press, 1979), p.33.

50) *Ibid.*, p.18.
   루벤스타인은 이 작품의 제목을 T. S. 엘리어트(T. S. Eliot)의 『황무지』(*The Waste Land*) 5부와 연관시키고, 이 작품의 구조를 『사중주』(*Four Quartets*)에 있는 '끝이 시작에 잉태되어 있다.'(the end is in the beginning)는 구절에 비교하고 있다. 이 작품은 서두에 결말을 제시하고, 그 결말에 이르기까지의 이야기로 진행하여 끝을 맺는 순환적 구조를 통해 여주인공의 자아 추구 과정이 성공과 실패를 반복하며 나아간다고 주장한다.

51) *Ibid.*, p.31.

52) *GS*에 대한 연구 경향을 살펴보면, 월터 알렌은 *GS*가 메리와 모세의 멜로드라마의 표면구조와 인간성과 그 인간성에 영향을 끼치는 사회를 그리는 심층구조를 담고 있다고 평한다. Walter Allen, *The Modern Novel in Britain and the United States*(New York: E. P. Duton, 1964) 참조. 프레더릭 칼과 로렐라이 세더스트롬은 레싱과 D. H. 로렌스(D. H. Lawrence)의 연관성을 다룬다. Frederick R. Karl, "Doris Lessing in the Sixties: The New Anatomy of Melancholy", in *Contemporary Literature* 13, p.63 참조. 메

리 싱글톤은 도시와 아프리카를 대비하고 있다. Mary Ann Singleton, *The City and the Veld*(New Jersey: Associated UP, 1977), p.80. 게일 그린은 남성 혐오증과 여성 정체성의 관계를 성적, 인종적 억압 관계로 다룬다. Gayle Greene, *Doris Lessing*(Ann Arbor: The University of Michigan Press, 1994), p.15. 로나 세이지는 이 작품에 나타난 식민지 사회에서의 흑백문제를 다룬다. Lorna Sage, *Doris Lessing*(London: Methuen,1983), p.24.

53) Nissa Torrents, "Testimony to Mysticism: Interview with Doris Lessing", in Earl G. Ingersoll, *Doris Lessing: Conversations*(New Jersey: Ontario Review Press, 1994), p.64.

54) Walter Allen, *op.cit.*, p.276.

55) 메리의 죽음에 대한 견해를 보면, 모나 냅은 메리의 죽음을 '강력한 집단에 의해 희생당한 것'으로 보았다. Mona Knapp, *Doris Lessing*(New York: Frederick Ungar, 1984), p.20. 이태동은 '식민주의적인 억압과 식민지 사회의 압박'에 기인한 것으로 보았다. 이태동, 「식민지 체험의 리얼리즘」, 『풀잎은 노래한다』(서울: 도서출판 벽호, 1993), p.408. 한편, 제니 테일러는 그녀의 죽음을 '도덕의 붕괴' 때문이라고 지적하였다. Jenny Taylor, *Notebooks, Memoirs, Archives: Reading and Rereading Doris Lessing*(Boston: Routledge and Kegan Paul, 1982), p.? 도로시 브류스디는 메리 스스로가 숙음을 자초한 것으로 보았다. Dorothy Brewster, *Doris Lessing*(New York: Twayne, 1964), p.40.

56) 유제분, 「간극의 정체성」, 『영어영문학』 제45권 1호(영어영문학회, 1999년 봄), pp.3 – 18.

57) Margaret Moan Rowe, *Doris Lessing*(London: Macmillan Press Ltd., 1994), p.18.

58) *GS*에서 메리가 열여섯 살에 집착하는 것은 그녀가 학창 시절을 가장 행복했던 시기로 생각하는 것과 연관된다. 이 나이는 *MQ*의 마사가 열여섯 살에 대학을 포기한 것(*MQ*34)과 관련되기도 하는데, 어떤 면에서 보면 공부를 계속하지 못한 것은 주인공의 자아 발달이 중단된 것으로 볼 수 있기 때문이다.

59) Margaret Moan Rowe, *op.cit.*, p.17.

60) 리차드와 사랑 없는 결혼을 치르는 메리는 게일 그린이 지적했듯이 어머니의 불행한 삶을 답습하고 있다. 그러므로 메리의 결혼은 그녀가 어머니의 불행했던 결혼 생활에서 벗어나기 위해 도시로 나오지만, 결국 농부와 결혼하여 다시 농장으로 들어가는 순환적 감금 구조와 맞물려 그녀의 불행한 삶을 암시한다. Gayle Greene, *op.cit.*, p.25.

61) 가족에서 어머니가 딸에게 부정적 영향을 미치고, 딸이 겪는 이후의 불행과 실패는 모녀간의 관계에서 연유한다고 한 낸시 프라이데이의 주장을 상기해 보면 메리의 문제는 마사의 경우와 같이 어머니와의 관계에서 시작된다는 것을 유추해 볼 수 있다. Nancy Friday, *My Mother/My Self*(New York: Delacorte, 1971), p.105 참조.

62) 이승훈, 『문학 상징 사전』(서울: 고려원, 1995), p.394.

63) 이윤기, 『그리스, 로마 신화』(서울: 웅진닷컴, 2001), p.40.

64) Ruth Whittaker, *Doris Lessing*(London: Macmillan Publishers Ltd., 1988), p.27.

65) Eve Bertelsen, "Acknowledging a New Frontier", in *Doris Lessing: Conversations*, ed. by Earl G. Ingersoll, *op.cit.*, p.133.

66) 모세가 *GS*에서 『폭풍의 언덕』(*Wuthering Height*)에서의 히스클리프처럼 심리 묘사가 제시되지 않고, 개인사가 알려지지 않은 모호한 존재로 등장한다고 한 마가렛 로우의 주장 또한 모세를 공포의 어머니가 구현된 인물이라고 볼 수 있는 가능성을 제시한

다. Margaret Moan Rowe, *op.cit*., p.17.

67) Ruth Whittaker, *op.cit*., p.27.

68) 메리는 "사악한 그 무엇이 항상 내 곁에 붙어 다닌다는 것은 알겠지만 그것이 무엇인 지는 확실히 모르겠다."(GS195)고 고백하는데, 그녀의 고백에서 사악한 그 무엇은 모 세와 관련되어 있고, 그것은 모세가 메리의 무의식을 상징한다는 것을 나타낸다. 루 스 휘태커는 모세를 메리의 본성에 있는 어두운 부분이라고 본다. Ruth Whittaker, *op.cit*., p.26. 로렐라이 세더스트롬은 모세를 메리의 아니무스라고 주장한다. Lorelei Cederstrom, *Fine Tuning the Feminine Psyche*(New York: Peter Lang, 1990), p.25. 여기에 서 알 수 있듯이, 모세는 메리의 무의식이라 할 수 있다. 이 점에서 위 본문에서 모 세의 남성 살인자 이미지는 곧 메리의 모습을 투사한 것이라 할 수도 있다. 왜냐하면 자아를 살해하는 남성 살인자는 곧 공포의 어머니에게 지배당하고 있는 자아의 모습 이기 때문이다. 이는 메리가 투쟁자에서 남성 살인자로 발달해 간다는 것으로 해석할 수 있는 가능성을 지닌다.

69) 오시리스 신화에서 이시스는 오시리스의 없어진 신체 부분을 나무로 대치한다(OHC68). 그러므로 GS에서 폭력의 수단으로 사용된 채찍은 오시리스 신화에서 오시리스가 살해 되면서 실종된 생식 부분과 연결 지어 볼 수 있다. 그 점에서 메리가 휘둘렀던 채찍 은 오시리스의 가장 중요한 부분으로서 그녀의 자아를 상징한다고 볼 수 있는 것이 다. 즉 메리는 채찍을 통해 그녀의 무의식에 있는 모세를 만나게 된다.

70) 꽃 꺾기가 죽음을 상징한다고 노이만이 주장했듯이(OHC63), 모세가 메리에게 꽃을 선물하는 것은 그가 그녀를 살해할 수 있는 공포의 어머니 속성을 지닌 인물임을 암 시한다.

71) Ruth Whittaker, *op.cit*., p.27.

72) 이승훈, *op.cit*., p.241. 신화에서 제우스(Zeus)는 탑에 갇힌 다나에(Danae)에게 황금 비 로 다가가 새로운 생명을 잉태한다. 게롤트 돔머무트 구드리히, 『클라시커 신화 50』, 안성찬 옮김, (서울: 해냄, 2001), pp.26 - 9. 오시리스 신화에서 오시리스는 세트에게 살해당하고 나일 강에 버려진 후 다시 살아난다. Joseph Campbell, *The Hero with a Thousand Faces*(New York: Bollingen Foundation Inc., 1972), p.93. 이러한 맥락에서, 시 체 위에 내리는 비는 메리의 재생을 의미하는 한 상징으로 볼 수 있다.

73) Carey Kaplan & Ellen Cronan Rose, *Approaches to Teaching Lessing's The Golden Notebook* (New York: The Modern Language Association of America, 1989), pp.1 - 2.

74) Roberta Rubenstein, *The Novelistic Vision of Doris Lessing*(London: University of Illinois Press, 1979), pp.71 - 2.

75) Florence Howe, "A Talk with Doris Lessing by Florence Howe", in *A Small Personal Voice: Essays, Reviews, Interviews*, ed., by Paul Schlueter(New York: Vintage Books, 1974), p.79.

76) GN은 크게 5부로 나뉘어 있다. 이야기는 1950년에서 1957년에 걸쳐 검정, 빨강, 노 랑, 파랑 공책과 황금색 공책 그리고 『자유로운 여자들』로 구성되어 있다. 검정, 빨 강, 노랑, 파랑 공책은 4부에 걸쳐 순서대로 네 번씩 반복되어 열여섯 부분에서 이야 기가 전개된다. 황금색 공책의 이야기는 파랑 공책의 네 번째 부분 다음에 한 번만 등장한다. 『자유로운 여자들』은 각 부분에서 첫 번째로 등장하고, 5부로 나뉘어 다섯 번 소개된다.

77) Margaret Moan Rowe, *Doris Lessing*(London: The Macmillan Press Ltd., 1994), p.38.

78) *GN*에서 토미와 실제 어머니 몰리의 관계에서도 또한 투쟁자와 공포의 어머니 관계를 볼 수 있다. 토미와 몰리는 서로 방관하는 사이이다. 그러한 방관자적인 태도에 대해 몰리는 토미를 자신의 품에 가두고 싶지 않아서 그렇게 키웠다고 말한다.
   "난 토미가 어머니에게 사로잡혀 있는 지긋지긋한 영국인들 중의 한 사람으로 자라게 하고 싶지 않아요. 난 그 애가 내게서 벗어나 자유롭게 자라길 바라요. 그래요. 웃지 말아요. 하지만 이 집에서 서로가 하는 일들을 샅샅이 알면서 우리 둘이 항상 너무 가까이 있는 게 좋진 않았어요."

   "I don't want him to grow up one of these damned mother – ridden Englishmen. I wanted him to break free of me. Yes, don't laugh, but it wasn't good, the two of us together in this house, always so close and knowing everything the other one did."*(GN*17 – 8)

   그러나 토미는 오히려 몰리가 자신을 미약한 존재로 취급하고, 자신의 주체성을 인정하지 않음으로써 자신을 억압했다고 주장한다(*GN*268). 그는 그 압박감 때문에 자신의 성장이 멈춘 것 같다고 말한다. 몰리가 토미를 억압하는 모습은 아버지의 존재를 불신하게 하는 것에서 명백하게 드러난다. 몰리는 많은 돈을 지녔다는 이유로 여러 여자들을 만나는 남편 리차드를 여섯 명의 아내를 살해한 사악한 남편인 전설상의 '푸른 수염'(*GN*29) 같은 인물이라고 비난하며 토미에게 아버지를 믿지 말라고 세뇌한다. 몰리의 이러한 모습에서 아들의 정신적 성장을 방해하는 공포의 어머니를 볼 수 있다.

79) 토미가 눈을 실명한 것은, 노이만에 의하면, 오이디푸스가 눈을 뽑는 것, 삼손이 머리털을 잘리는 것, 프로메테우스가 독수리에게 간을 쪼이는 것, 그리고 오시리스가 생식기를 잃어버리는 것과 같은 것으로서, 토미가 더 이상 성장하지 못할 것임을 상징한다고 볼 수 있다. 신화에서 눈, 머리털, 간, 생식기는 자아의 의식 발달과 밀접하게 연관되는데, 그렇다면 실명하거나, 머리털을 잘리거나, 간을 다치거나, 생식기를 실종하는 것은 자아의 의식 발달이 중단된다는 것을 상징할 수 있기 때문이다(*OHC*158 – 62).

80) 에딩거는 자아가 무의식을 외면하고 억압할 때, 생명력의 원천을 잃게 된다고 보았다. 즉 무의식을 회복하는 것은 삶의 의미를 되찾는 것이라고 보았다. Edward F. Edinger, *Ego and Archetype: Individuation and the Religious Function of the Psyche* (Middlesex: Penguin Books Ltd., 1972), p.43.

81) 엠마 융은 『아니무스와 아니마』에서 여성이 아니무스를 만나면 강인한 의지, 목적의식, 활동성과 행동력을 지닌 강력한 성격의 소유자가 된다고 보았다. 아니무스는 내적인 인격으로서, 여성에게는 남성의 성질이 해당된다. 아니무스는 무의식적 내용과 의식 사이의 매개자이다. 그러나 무의식의 문이 쉽게 열리지 않은 여성에게 아니무스는 조력자라기보다 방해자가 된다. 여성은 아니무스에게 삼켜지는 대신 자신을 견실하게 잘 지키면 아니무스가 창조적 힘으로 다가온다. 즉 아니무스가 적절히 힘을 발휘하면 여성은 정신의 통합을 이루어 더 높은 의식을 갖춘 존재가 될 수 있다는 것이다. Emma Jung, *Animus and Anima*(Connecticut: Spring Publishers, 1957), pp.1 – 42.

82) C. G. Jung, *The Practice of Psychotherapy*(CW16), trans. by R. F. C. Hull(New Jersey: Princeton UP, 1966), p.32.

83) Lucy Goodison, 『여자들의 꿈』, 김인성 옮김, (서울: 또 하나의 문화, 1997), p.46.

84) Jean Pickering, "Philosophical Contexts for *The Golden Notebook*", in *Approaches to Teaching*

Lessing's The Golden Notebook, ed. by Carey Kaplan & Ellen Cronan Rose, *op.cit.*, p.45.

85) Jonah Raskin, "The Inadequacy of the Imagination", in *Doris Lessing: Conversations*, ed. by Earl G. Ingersoll(New Jersey: Ontario Review Press, 1994), p.14.

86) 사막은 또한 광야의 이미지로 사용되기도 한다. 에릭 애크로이드는 사막은 자아가 현재 상태를 벗어나 중간 세계로 들어가는 것을 의미한다고 본다. 다시 말해, 사막은 자아가 자신의 무의식 상태에서 벗어나 새로운 단계로 나오도록 촉구하는 상징적 의미를 지닌다는 것이다. Eric Ackroyd, 『꿈 상징 사전』, 김병준 옮김, (서울: 한국심리치료연구소, 1997), p.122.

87) Demaris Wehr, *Jung and Feminism: Liberating Archetypes*(Boston: Beacon Press, 1989), p.19.

88) Ruth Whittaker, *Doris Lessing*(London: Macmillan Press Ltd., 1988), p.26.

89) 노이만에 의하면, 교미를 한 후에 상대방을 잡아먹는 속성을 지닌 거미는 공포의 어머니 속성을 상징한다(*OHC*87).

90) Lorelei Cederstrom, "The Principal Archetypal Elements of *The Golden Notebook*", in *Approaching to Teaching Lessing's The Golden Notebook*, ed., by Carey Kaplan & Ellen Cronan Rose, *op.cit.*, p.56.

91) *Ibid*, p.54.

92) Claire Sprague, *Rereading Doris Lessing: Narrative Patterns of Doubling and Repetition* (Chapel Hill: University of North Carolina, 1987), p.76.

93) Roberta Rubenstein, *op.cit.*, p.78.

94) 에릭 애크로이드는 자아가 온전한 모습으로 성장하려면 아니무스를 의식으로 끌어올려야 한다고 주장한다. Eric Ackroyd, *op.cit.*, p.388.

95) Jennifer Byrne, "Interview with Doris Lessing", (2001.10) http://www.abc.net.au/fore/stories/s390537.htm. 01 – 11 – 21.

96) From the book jacket of Doris Lessing, *The Dairies of Jane Somers*(New York: Penguin Books, 1985).

97) Mona Knapp, *Doris Lessing*(New York: Ungar, 1984), p.26.

98) Margaret Moan Rowe, *Doris Lessing*(London: The Macmillan Press Ltd., 1994), p.94.

99) Gayle Greene, *Doris Lessing: The Poetics of Change*(Ann Arbor: The University of Michigan Press, 1994), p.193.

100) Carole Klein, *Doris Lessing*(New York: Carroll & Graf Publishers, Inc., 2000), p.238.

101) 노이만이 오시리스 신화 분석에서 오시리스의 죽음에서 호루스가 태어난 것을 죽음과 재생의 관계로 보았듯이(*OHC*238) 제인은 남편과 어머니의 죽음을 통해 정신적 재생을 경험하는 것으로 볼 수 있다.

102) 제인이 모디에게 받은 느낌의 변화는 노이만이 주장했듯이 자아는 공포의 어머니 속성을 극복하여 성격의 변화를 거치고 그러면 공포의 어머니는 자아에게 긍정적인 속성으로 다가오기 때문이다(*FF*203). 공포의 어머니가 구현된 모디가 제인에게 긍정적 인물로 다가오는 것은 오시리스 신화에 나오는 이시스의 변화에서도 나타난다. 이시스는 호루스가 아버지의 원수를 갚기 위해 세트를 공격할 때 방해하는 역할을 한다. 그러나 호루스가 세트를 물리치고 왕권을 물려받게 되자 이시스는 선한 어머

니로서 배경으로 물러앉는다(*OHC*252).

103) 이부영, 『인간과 무의식의 상징』(서울: 집문당, 1993), pp.175 – 288.

104) Virginia Woolf, *A Room of One's Own*(London: A Triad Grafton Book, 1977), p.80.

105) 집이 여주인공의 정신적 성숙과 연관되어 있다고 일레인 쇼왈터가 주장했듯이, 제인은 자신의 아파트와 모디의 방을 오가며 중심화로 나아간다. Eleaine Shwaltor, *A Literature of Their Own: British Women Novelists from Bronte to Lessing*(New Jersey: Princeton UP, 1977) 참조. 여주인공과 방의 밀접한 상관관계는 *GN*의 애나가 몰리의 집에서 자신만의 집으로 이사하고 나서 새 집이 자신의 글쓰기에 도움을 주는 장소가 될 것이라고 독백하는 장면에서도 엿볼 수 있다(*GN*475). 애나가 자신만의 방에서 글쓰기 문제를 극복하여 창조적인 작가로 거듭나는 것처럼 제인은 모디의 방에서 과거의 모습을 버리고 타인에게 도움을 베푸는 새로운 모습을 갖춘 인물로 변해 간다.

106) Eric Ackroyd, 『꿈 상징 사전』, 김병준 옮김, (서울: 한국심리치료연구소, 1997), p.229.

107) Francois – Olivier Rousseau, "The Habit of Observing", in *Doris Lessing: Conversations*, ed. by Earl G. Ingersoll(New Jersey: Ontario Review Press, 1994), p.147.

108) Eric Ackroyd, *op.cit.*, p.85.

109) Gayle Greene, *op.cit.*, p.192.

▮ 약력

아주대학교 영어영문학과 박사(2003)
University of East Anglia(영국): Post – Doc Researcher(2004)
University of Greenwich(영국): Post – Doc Researcher(2005)
University of Cambridge – CELTA Certificate(2008.03)
현) 청운대학교 영어과 교수

▮ 주요논문 및 저서

「A Study on Death in Doris Lessing's Novels」
「A Study on Trauma and Loss of Home: Special Reference to Doris Lessing's
  The Sweetest Dream」
「도리스 레싱의 『다시, 사랑에 빠지다』: 사랑과 죽음의 경험과 영적 성숙」
「도리스 레싱: 황금색 공책」(편저서)
『버드나무에 부는 바람』(역서) 외 다수

- 여주인공의 자아 발달 과정 탐구
도리스 레싱의 작품과 분석심리학의 접목

초판인쇄 | 2009년 3월 20일
초판발행 | 2009년 3월 20일

지은이 | 박선화
펴낸이 | 채종준
펴낸곳 | 한국학술정보㈜
주 소 | 경기도 파주시 교하읍 문발리 513-5 파주출판문화정보산업단지
전 화 | 031) 908-3181(대표)
팩 스 | 031) 908-3189
홈페이지 | http://www.kstudy.com
E-mail | 출판사업부 publish@kstudy.com

등 록 |
가 격 | 24,000원

ISBN   978-89-534-1399-3 93840 (Paper Book)
        978-89-534-1400-6 98840 (e-Book)

내일을여는지식 █ 은 시대와 시대의 지식을 이어 갑니다.